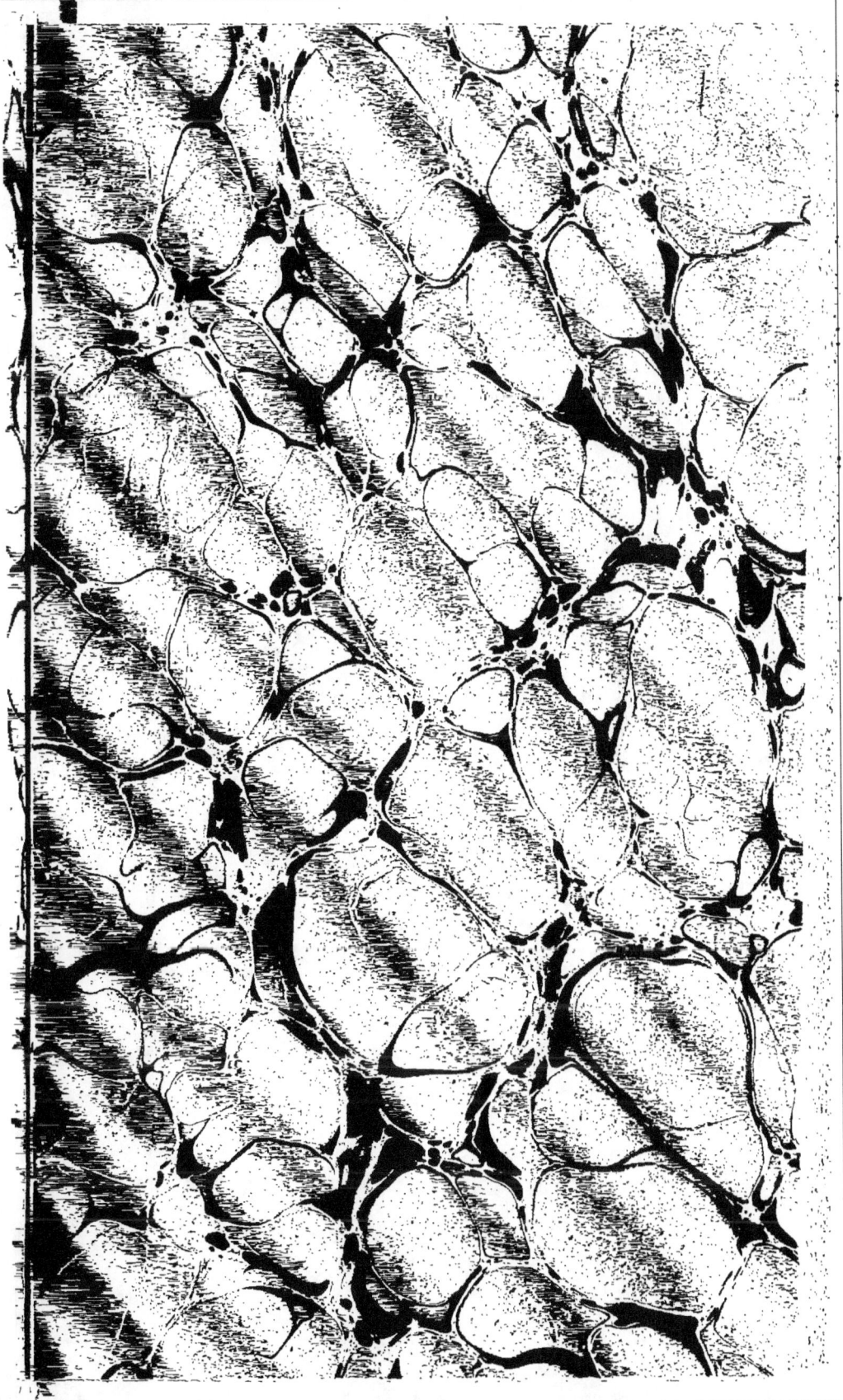

MADEMOISELLE CACHEMIRE

LIBRAIRIE DE E. DENTU, PALAIS-ROYAL

DU MÊME AUTEUR

IMPRIMERIE GÉNÉRALE DE CHATILLON-SUR-SEINE. — JEANNE ROBER

MADEMOISELLE
CACHEMIRE

PAR

JULES CLARETIE

PARIS

E. DENTU, ÉDITEUR

LIBRAIRE DE LA SOCIÉTÉ DES GENS DE LETTRES

PALAIS-ROYAL, 15, 17 ET 19, GALERIE D'ORLÉANS

—

1881

PRÉFACE

DE LA NOUVELLE ÉDITION

———

On a souvent — trop souvent, diraient quelques uns — publié des *Mémoires* sur les événements et les hommes. On devrait écrire des *Mémoires* sur les livres.

L'histoire de chacune des œuvres d'un écrivain, si humble qu'il soit, est presque toujours

a

---

un chapitre des plus piquants et des plus
inattendus.

Le volume que je réimprime aujourd'hui sous
un titre nouveau, c'est le premier ouvrage que
j'aie mis au jour. *Ouvrage* est un mot bien écra-
sant pour un tel récit, improvisé dans les rapides heures de la vingtième année, et composé
par hasard.

J'avais bien d'autres projets en tête, je jetais
à la poste des articles de fantaisie pour les
petits journaux littéraires où je n'osais mettre
les pieds, je faisais des vers ou des drames,
juvenilia pieusement conservés dans les limbes
de mes cartons, lorsqu'un aimable homme,
M. Henri Delaage, me demanda si je ne voudrais
point rendre service au plus accueillant des édi-
teurs, M. Ed. Dentu. Rendre service, moi, qui

n'étais rien qu'un débutant de lettres à un
homme qui était et qui est une puissance! Je
savais que Delaage s'occupait volontiers de
choses surnaturelles mais, en vérité, sa proposition me paraissait plus fantastique encore que
son magnétisme.

Voici ce dont il s'agissait. Madame la comtesse
Dash, une femme de lettres qui fut une femme
lettrée, et une *novellière* trop oubliée aujour-
d'hui, avait promis à M. Dentu un roman con-
temporain sous ce titre tapageur : *Une Drôlesse.*
Le roman avait été annoncé et figurait déjà au
catalogue de la librairie du Palais-Royal, puis,
pour une raison que j'ignore, la comtesse Dash
avait renoncé à écrire ce roman ou l'avait publié
sous une autre étiquette: *Une Femme libre*, s'il
m'en souvient bien. Ce mot cru, *drôlesse*, avait

sans doute effrayé l'auteur de tant de récits du
XVIIIe siècle. La poudre à la maréchale lui était
plus familière que la poudre de riz. Mais était-
il assez terrible, ce titre redoutable, pour faire
reculer un jeune auteur de vingt-deux ans, très
naturellement tenté par cette fiévreuse perspec-
tive du volume! — d'un premier volume — étalé
à la devanture des libraires avec une bande portant l'inscription fatidique : *Vient de paraître?*

Je regardais — avec raison — l'ouverture qui
m'était faite comme une bonne fortune. Je ne
suis pas de ceux qui croient qu'un homme doit
se croiser les bras et attendre l'inspiration. L'inspiration ne vient jamais. L'inspiration, c'est
l'habitude. Au génie lui-même il faut la régula-
rité dans le travail. Et puis, pour un esprit labo-
rieux l'action, c'est la vie. Le *struggle for life*

le « *combat pour l'existence* » de l'école de Darwin est non seulement pour certaines natures, une nécessité physique, mais un besoin intellectuel. La bataille fait vivre. Tu te dépenses, donc tu existes. Cette fièvre a ses dangers, mais qu'elle a de joies! Le labeur porte avec lui sa volupté.

Bref, j'acceptai la proposition faite. « Vous » n'avez pas d'église à décorer, disait Eugène » Delacroix, barbouillez des fresques sur les » murailles de la rue. » Ce premier livre était pour moi la fresque en plein vent qui devait précéder d'autres travaux d'histoire, de roman analytique, de critique littéraire, de théâtre! Ah! que de beaux projets printaniers! Beaucoup ont passé fleur, hélas! J'ai souvent donné ma vendange en verjus — et cueilli trop de grappes. Mais, comme disait le vieux

Mirabeau, *l'ami des hommes :* « L'abondance
» est le propre du premier sauvage, je le
» sais ; pourvu cependant qu'il fasse de bonne
» boisson pour le peuple ce serait dommage de
» l'ébrancher et l'enter pour qu'il donnât quatre
» ou cinq belles prunes pour la table des gour-
» mets... » Je ne les méprise point d'ailleurs,
ces gourmets, j'ai même (je le dis tout bas) la
prétention d'en être un et je vis volontiers avec
les délicats, mais la foule, avide d'apprendre, la
foule, à qui l'on peut, à qui l'on doit jeter des
vérités, a bien son mérite aussi. Il est bon de
travailler pour elle.

Même lorsque j'écrivais ce premier roman,
je croyais, — avec une naïveté toute juvénile,
que je ne suis pas bien sûr d'avoir complétement
dépouillée, — que je faisais œuvre de mora-

liste, de moraliste au fer rouge. M. Eugène
Pelletan dans son beau livre si fièrement
irrité, la *Nouvelle Babylone*, ayant condamné
Une Drôlesse sur le titre seul, j'en fus profondément attristé. Mais à qui la faute? L'é-
tiquette était audacieuse, bientôt M. Pelletan
m'écrivait : « J'ai tiré sur mes propres trou-
pes! » Et en effet, l'éloquence austère de l'auteur des *Fleurs de travail* me plaisait et j'avais
pris pour mot d'ordre sa devise : *Nulla dies
sine linea*. Ah! si M. Pelletan avait lu la Préface mise en tête de ce roman de mes débuts!
Que de grands mots pour un si petit récit! Il
faut avoir vingt ans pour croire que le monde
entier peut tenir dans un œuf à la coque. Mais,
en somme, bien heureux ceux qui ont eu vingt
ans! Il y a tant de gens qui semblent nés avec

des cheveux blancs aux tempes et quelque chose
comme des calus ou de la graisse au cœur.

« *J'ai voulu, disais-je en cette Préface, j'ai voulu*
» *dans ce livre mettre en opposition l'homme d'au-*
» *jourd'hui et celui d'hier. A côté du jeune homme*
» *de la génération nouvelle, élevé dans les robustes*
» *idées qui font la force de ce temps-ci, j'ai*
» *placé un homme pour représenter le type d'une*
» *époque de transition qui a cependant beaucoup*
» *trop marqué dans nos mœurs.*

» *Je suis de ceux qui aiment ce temps. Les âmes*
» *nobles y trouvent leur pâture ; les cœurs élevés y*
» *sont compris et s'y comprennent. On a beau nier*
» *le mouvement, la terre se meut. L'honneur mar-*
» *che. Qu'on ne nous jette pas au visage des dia-*
» *tribes sous forme de louanges à des époques dis-*
» *parues. Je répondrai par le présent, par les*

» jeunes hommes de vingt-cinq ans qui ont étouffé
» sous la raison sublime les vaines flammes de la
» passion, qui ont la foi vivace, le courage superbe,
» l'espérance inextinguible en un idéal réalisable.
» Ceux-là sont des hommes. Ils voient, pensent, et
» sentent. Ils voient juste et sentent avec justesse,
» avec justice. Leur cœur bat; ne l'entendez-vous
» pas? Touchez-le; est-il mort, en vérité? Ne niez
» pas ce souffle qui passe; ne niez point cette géné-
» ration de penseurs, de philosophes, de sondeurs,
» d'analystes, génération qui a son poëte aussi peut-
» être. Ne dites pas : Il n'y a rien là ! On vous ré-
» pondrait par le cri vaillant de Galilée : Et pur
» si muove ! Et pourtant elle se meut !

» Elle se meut, elle tressaille, elle lutte, elle es-
» père, cette génération. Elle a toutes les croyan-
» ces; elle aime le beau, le vrai, le bien! Elle mar-

» che à grands pas ; elle arrivera. Quand elle aura

» touché le but, qui applaudira? Ce sera vous! »

L'on découvrirait peut-être, sous cette phra-
séologie un peu confuse, une certaine confiance,
une ardeur printanière, une naïveté généreuse,
une foi.

La foi en l'avenir d'une génération qui n'a pas
été heureuse, qui a payé les fautes de ses aînées,
qui avait vingt ans sous l'empire et trente ans à
l'heure de l'invasion !

« J'ai représenté, ajoutais-je, par des personna-
» ges ces idées qui me semblent vraies. Ces person-
» nages sont tous de fantaisie. Il ne faut pas co-
» pier; il faut créer. La vérité servile n'est quel-
» quefois pas bonne à peindre. Idéalisez vos types,
» ils deviendront des créations. La photographie
» est parfois un art, mais plus souvent un métier.

» *Or, ce que nous devons rechercher toujours c'est*
» *l'Art et l'Art seulement.* »

On voit que déjà l'auteur de ce récit était
fidèle à ce qu'il a toujours défendu : la nécessité
d'un idéal, le respect de l'art, de l'amour cette
splendeur du vrai, dont Platon a parlé. Il était
aussi patriote, même au seuil de ce boudoir de
Cachemire. « *Je crois aux hommes de ce temps,*
» disait-il, *de quelque nom qu'ils s'appellent ; ils*
» *ont leur tâche à remplir, ils la remplissent et*
» *font une France nouvelle qui réalise, dans sa*
» *haute acception, ce mot du sublime Shakspeare :*
» *La France est le soldat de Dieu!* » Il eût été
assez cruel de relire, en juillet 1870, ces lignes
écrites en juillet 1862.

Quoi qu'il en soit, malgré ses balbutiements
et sa rapidité d'improvisation, ce roman eut du

succès. Il est, aujourd'hui, presque introuvable
en librairie. Le premier chapitre, où j'avais, pendant une première représentation, saisi au passage, d'un coup de crayon trop hâtif, le profil
de quelques célébrités fort parisiennes, piqua la
curiosité. M. Albéric Second, qui figurait justement dans la galerie, recommanda le premier,
Une Drôlesse aux lecteurs. Ah! le premier article
et le premier éloge! On ne l'oublie jamais, ce
premier rendez-vous de la renommée.

Il y avait alors, dans l'Avenue Frochot, un
aimable homme, fort indulgent, un poëte devenu critique, un ancêtre romantique dont
j'avais lu le nom dans les vers de Musset.
C'était Ulric Guttinguer. Avec quel battement
de cœur je lui portai mon livre! Avec quelle
amabilité souriante ce vétéran reçut le dé-

butant! Si j'ai, depuis, été volontiers accueillant aux nouveaux venus, c'est en souvenir de ce fin lettré, qui me traitait de pair
à compagnon, lui vieillard, moi conscrit! J'ai
relu hier les lignes que lui inspirait ce volume. On ne saurait être plus courtois et plus
charmant.

Un autre poëte, plus jeune, d'une sève ardente,
d'un viril talent, Charles Bataille, — mort comme
Amédée Rolland, comme Jean du Boys, ses amis
et les miens, — écrivait : « *Voici un nouveau venu!*
Voici une étoile! Vous ne la voyez pas, comme disait
Bonaparte à Caulaincourt. Eh bien! moi, je la
vois! » Une étoile!

Et Théodore de Banville! Il me louait tout
vif dans les colonnes de l'*Artiste!* Ces aînés
ouvraient généreusement leurs rangs et leurs

bras. M. de Pontmartin, finement, et quasi désil-
lusionné — il venait de publier (et avec quel re-
tentissement!) les *Jeudis de madame Charbonneau*
— en appelait de l'auteur débutant à l'auteur
vieilli et me demandait ou se demandait ce que
je penserais moi-même, dans quelques années,
de tous ces portraits indulgents tracés au début
de mon livre.

Eh bien! les voici, les années à venir! Elles
sont venues. Et, les tempes un peu blanchies, le
front un peu dégarni, j'ai conservé les verres
roses de la lorgnette d'autrefois. Je n'ai pu me
décider à voir le monde en noir. Sa véritable
couleur, hélas, serait le gris, cette teinte neutre
et morne qui donne aux hommes et aux choses
le ton du brouillard. Je n'apporterais que bien
peu de retouches aux portraits d'autrefois et,

parmi ceux qui étaient alors mes maîtres je suis
heureux d'avoir rencontré et de compter des
amis, et, en première ligne, malgré toutes les
divergences de la politique, le critique éminent
qui me demandait, il y a seize ans « ce que je
penserais un jour. » Je pense en vérité, que rien
ne vaut, en ce monde, la joie de cultiver les lettres et d'être fidèle à ses amitiés.

Je réédite donc sous une forme nouvelle, et
avec le titre que je lui eusse volontiers donné
tout d'abord et que je lui restitue, l'histoire de
cette *impure fille du fard qui la peint*, comme dit
Shakspeare dans *Cymbeline* [1].

Je fais reparaître ce premier-né d'une longue

---

1. Le volume de moi primitivement intitulé *Mademoi-*
selle Cachemire prendra place dans mes œuvres, refondu
et retouché, sous ce titre : *Une Femme de Proie.*

suite d'ouvrages, ce premier volume qui parut,
un jour, avec une belle couverture saumon et que
je contemplais, un peu étonné, et tout heureux
aux étalages! Je n'ai pas voulu le retoucher afin
de lui laisser, sauf son étiquette, sa physionomie
primitive, son accent de verdeur et, si je puis
dire, son acidité de verjus. Des œuvres plus mû-
ries, je crois, allaient bientôt le suivre. Mais, en
dépit de ses défauts, qui sont énormes, ce récit
garde pour moi le charme d'un souvenir de jeunesse, et il me semble, en le relisant, me retrouver
à ces heures de début où tout semble sourire et
où l'on sourirait volontiers à tout le monde. Je l'ai
fait suivre de quelques *Scènes de la vie de théâtre*
et de quelques tableaux du monde bizarre qui
pourrait s'appeler *Paris qui dépense* et auquel
j'ai toujours préféré *Paris qui pense*.

Le lecteur pardonnera les fautes de l'auteur. A l'heure où *Une Drôlesse* paraissait, je regardais, à l'horizon, ces doux feux d'aurore dont parle quelque part Vauvenargues. A l'heure où je la relis et la débaptise, -- la païenne ! — je contemple tout simplement la flamme du foyer et les lueurs de la braise qui tombe...

Les levers de soleil ont leur poésie, mais il ne faut point médire des consolations et des apaisements du coin du feu.

JULES CLARETIE

Chemin de la Saussaie à Viroflay. Septembre 1880.

MADEMOISELLE CACHEMIRE

MADEMOISELLE CACHEMIRE

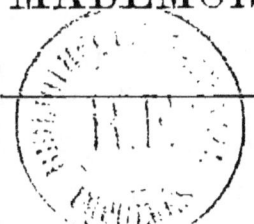

I

UNE PREMIÈRE REPRÉSENTATION

Le 3 janvier 1861, la Comédie-Française donnait la première représentation d'une comédie en cinq actes, *les Effrontés*, par M. Émile Augier. C'était un véritable événement littéraire, et les événements de ce genre sont rares aujourd'hui. En littérature, maintenant, dit un homme d'esprit qu'il ne faut pas complétement croire, la nuit s'est faite. Il y a, peut-être, beaucoup d'étoiles; mais on ne voit plus de soleil.

Henry de Varèse était naturellement arrivé un des premiers à ce rendez-vous de tout ce que Paris a d'illustre et de brillant. Vous connaissez tous, sous son vrai nom, celui que nous baptisons ici du pseudonyme de Varèse.

Henry est, à coup sûr, une des plus originales et des plus saillantes figures de ce temps-ci ; son influence est profonde et certainement beaucoup plus étendue qu'on ne pourrait l'imaginer. Partout où le succès est, on retrouve Henry de Varèse, non pas qu'il le suive comme le papillon suit la lumière, mais parce qu'il le précède, et, d'une main sûre, le dirige. Cette influence occulte n'est connue que de quelques intimes. Henry de Varèse se met volontiers à l'écart ; c'est un raffiné de jouissances. Dans l'œuvre commune, il ne prend pour lui que les petits bonheurs. Il est journaliste, et des armes qu'il porte, il ne se sert que pour combattre pour autrui, défendre les faibles, attaquer les injustices. Au physique, un homme d'une trentaine d'années, de taille moyenne, élégant, légèrement élancé, la tête rappelant immédiatement celle du Christ, avec deux grands yeux profonds et magnétiques. Au moral, la bonté même, secondée par un esprit toujours aiguisé, souvent caustique. Tel est Henry de Varèse, qui entra en saluant ici et là, et s'assit ensuite au balcon, à sa place accoutumée.

Le journaliste était, ce soir-là, accompagné d'un homme d'une cinquantaine d'années, à la démarche grave et digne, qui regardait autour de lui d'un air curieux, comme un homme transporté tout à coup dans un cercle qui n'est pas le sien.

Le provincial a beau porter en toute sa personne la plus exquise distinction, à coup sûr il laissera échapper, par quelque imperceptible côté, qu'il est un provincial. La prononciation défectueuse d'un accent dénotait aux femmes de l'Agora que Thémistocle n'était pas un Athénien. Cherchez bien dans toute la personne d'un élégant de province, et vous verrez qu'il se trahit et laisse deviner qu'il n'est point Parisien.

Le Parisien a, comme on dit, *son cachet*. Je regrette ce rapprochement commercial.

Le compagnon de Henry de Varèse était évidemment un provincial. Ce qui le trahissait, ce n'était ni sa gaucherie, ni la coupe de ses vêtements, ni l'accent ou le timbre de sa voix.

M. de Gaillac portait, en toute sa personne, une distinction native qui imposait. C'était un homme grand, aux épaules largement développées, le torse bien planté sur des jambes de montagnard. Il était vêtu de noir, tout entier, sauf la cravate blanche qui faisait ressortir sa belle tête, légèrement brunie par le soleil méridional. M. de Gaillac, avocat à la Cour de Toulouse, portait fièrement à sa boutonnière le ruban de la Légion d'honneur.

Il y avait longtemps déjà qu'il n'était venu à Paris. M. de Gaillac trouvait la ville singulièrement transformée. L'enfant avait grandi.

M. de Gaillac était un esprit cultivé, une âme im-

pressionnable, une nature excellente, un peu bour-
geoise, avec toutes les qualités de ce titre : la probité,
l'honneur, la vertu. Il avait deux fils, déjà âgés,
l'un de vingt-cinq ans, l'autre un peu plus jeune.
Leur mère les avait voulu garder à Toulouse pendant que M. de Gaillac irait à Paris, régler, je crois,
quelques indispensables affaires.

M. de Gaillac était l'intime ami de M. de Varèse, le
père. Il avait donc mis pied à terre dans un hôtel,
tout proche le logis de Henry, afin de pouvoir plus
facilement communiquer avec lui. Henry s'était fait
avec joie son cicerone, le conduisant à travers Paris, avec la fantaisie et l'habileté d'un voyageur qui
prend Sterne pour maître.

Le matin du 3 janvier, Henry avait reçu son
service de la Comédie et nos deux compatriotes
étaient allés, le soir même, entendre l'œuvre nouvelle du poëte de *la Ciguë*.

Une première représentation, toujours si agréable
pour la curiosité blasée du Parisien, devait sembler
du plus haut goût à M. de Gaillac, qui voyait ainsi,
rassemblées dans une même enceinte, la plupart
des célébrités du jour.

— Voyons, dit-il, mon cher Henry, soyez bon jusqu'au bout, et montrez-moi donc, avant le lever du
rideau, la lanterne magique de tous les grands hommes du jour !

— L'orchestre prélude, dit Henry. A l'entr'acte prochain, monsieur de Gaillac, je vous obéirai.

Le premier acte des *Effrontés* est émouvant et spirituel. La toile baissa sur des applaudissements et les conversations commencèrent. Il y avait quelque chose dans l'air. L'auteur venait, durant une heure, de décocher tant de flèches contre les rois du jour, les financiers, d'argent et les agioteurs, que bien des susceptibilités s'effarouchaient soudain, tandis que tant de rancunes et de vengeances légitimes s'épanouissaient radieuses.

Le souverain était là. Il écoutait gravement, souriait cependant au milieu de son calme.

— En vérité, dit de Varèse, cette fois, c'est la bataille. La force intellectuelle attaque la force matérielle, l'idée se mesure avec le lingot. C'est parfait. Je n'ai jamais aimé les manieurs d'argent. Place aux manieurs de pensées! M. Augier brise les vitres. L'œuvre vient à point. C'est une pierre jetée dans un étang de sangsues. Quel chaos, bon Dieu! et comme elles se sauvent, les vampires! J'aime l'homme et j'aime le drame. M. Augier est un oseur. Salut aux audacieux! Mais, fit Henry, je m'aperçois, monsieur de Gaillac, que tous mes beaux discours ne vous font pas connaître ce que vous voulez, et, en particulier, ces Messieurs de la Pensée qui ont, maintenant, leurs portraits-cartes à la vitrine des photographes. Ma foi, vous parlez de lanterne magique, silence ! La « pièce curieuse » va commencer.

Henry souriait et M. de Gaillac était joyeux. Il suivait du regard le regard de Henry et considérait l'homme qu'on lui montrait avec les yeux d'un adolescent qui se trouve pour la première fois en présence de quelque grand homme.

— Vous reconnaissez celui-ci ? disait le journaliste. On l'a appelé le prince des critiques. Il a bien de l'esprit, il a bien de la science. Son style est brillant, diapré, scintillant. Il vous jette aux yeux de la poudre d'or. Un vrai littérateur, dans le sens délicat du mot, qui a vécu des lettres et les a aimées de tout son amour. Les volages ! Elles le lui rendent bien, et, pour lui, les voilà fidèles. Il s'est retiré, loin de la ville, à l'ombre des arbres, comme un nouvel Horace, content de tout, au milieu de ses chers livres, qu'il aime et caresse comme des enfants. Il faut le voir, sur le perron de sa demeure, assis dans une chaise longue , devisant ou lisant pendant que son chien fidèle lui apporte, dans sa gueule, le journal ou les lettres, et que sa pie coquette, frétille et sautille autour de lui. Il sourit d'un sourire franc ; son visage honnête s'illumine si sa lecture est bonne, et, content, heureux, il reste là, pendant que le vent vient se jouer dans ses cheveux blancs et soyeux. Monsieur de Gaillac, regardez-le bien. Celui-là a su se borner. Celui-là est un heureux. Celui-là est un sage !

« N'avez-vous jamais vu ce styliste, cet enamouré de la forme et de l'art, qui nous regarde justement là-bas, d'un air bénin, secouant parfois sa longue crinière de lion en souriant dans sa barbe noire ? C'est un maître. Il a fait école. Un bien grand peintre, qui est en même temps un grand sculpteur ; car, pour ainsi dire, il a pétri la prose. Romancier hors ligne, poëte de premier ordre, il est un des feuilletonnistes les plus remarquables et les plus autorisés. On l'admire. On l'aime. Il a vécu insouciant des choses de la vie pratique, un peu à la turque, dédaigneux, fataliste. Nature contemplative, dont les aspirations se tournent sans cesse vers l'Orient. Il aime le soleil et il a vécu trop peu, à son gré, dans ce pays béni. Il adore les vers. Hélas ! et chaque lundi ne le voyez-vous point aligner de la prose ? Il ne se plaint pas. C'est un mahométan. Il va, et lorsque son feuilleton est achevé, il a bien le droit de dire : *C'est écrit !*

» Vous ne savez peut-être pas comment M. de La G... que vous apercevez, dans cette loge à droite, est parvenu à la haute position politique et littéraire qu'il occupe aujourd'hui ? Il y a dix ans, le comte d'Orsay lui confia certaines lettres intimes de celui qui maintenant Empereur, était alors Président de

la République française. L'homme, dans certaines
parties de sa correspondance, déshabille, pour ainsi
dire, son esprit. M de La G... se prit, en lisant ces
lettres de belle affection pour le prince. Il lui vint à
l'idée de s'en servir pour tracer le portrait intime de
l'homme. Il se mit à l'œuvre et le prince étonné
de se voir deviné et représenté avec talent de pied
en cap, voulut s'attacher le maître qui avait signé
un tel portrait.

» Regardez maintenant de ce côté. Voici encore
une des puissances du lundi. C'est Jupiter tonnant
et feuilletonnant. Un type superbe et digne du marbre; de grands yeux sombres et profonds, un nez
droit, un visage pâle encadré dans une épaisse
barbe noire. Il a quelque chose du Bacchus in-
dien, il ressemble à Mazarin. Je parlais de pays
du soleil. Celui-là est un Italien; il a l'élégance
de son pays, avec je ne sais quelle finesse toute
particulière qui n'appartient qu'à la France, mieux
que cela, au Parisien. Il laissera un véritable mo-
nument : le Dante, traduit par lui dans la langue
de Corneille. Mais sa plume est, dit-on, emmanchée
dans un stylet à manche ciselé. N'y touchons
pas!

— Parlez, parlez encore, dit M. de Gaillac, évidemment intéressé par tout ce que disait de Varèse.
Pour un pauvre provincial comme moi, tous ces

propos valent de l'or. C'est la clef du paradis intellectuel que vous me donnez là.

— Je pourrais longtemps parler encore, fit le journaliste avec un sourire. Les portraits à faire ne manquent pas ici. Vous le voulez, je continue.

Et, passant en revue les notabilités installées dans *ce temple de Thalie*, comme eussent dit même en 1861, plusieurs des habitués de l'orchestre qui discutaient en ce moment de Firmin, de Monrose le père et des *traditions*, il fit, rapidement, en quelques traits généraux, la silhouette de tous ces hommes qui dirigent le mouvement spirituel de notre temps.

— Là-bas, dit-il, c'est le coin de l'Académie. Cet homme, déjà chauve, quoique jeune, avec sa tournure martiale, sa moustache rude et son ruban rouge à l'habit, vous paraît peut-être un officier en rupture d'uniforme qui vient là se délasser des fatigues du régiment. Si vous ne le connaissez pas, vous ne devinerez jamais que c'est le plus délicat, le plus charmant et le plus suave de nos romanciers, un de ceux que le temps épargnera sûrement et qui n'ont rien à craindre de l'avenir. Sous cette enveloppe militaire, c'est un cœur de femme qui bat, une âme douce et bonne, aimante, aimée. Il vient applaudir l'œuvre de son ami, d'un de ses frères de pensée. C'est Jules S... Je ne vous en dirai pas davantage.

» Un peu plus loin, regardez, je vous prie, ce jeune homme aux façons aristocratiques, élégant, digne sans affectation, grave déjà. Il cause avec celle qui, portant son nom, partageant sa vie, a su se montrer à la hauteur d'un grand devoir, lors d'un funeste événement que vous connaissez bien. Regardez ce profil superbe, pareil à un camée antique. Elle sourit, et sur son visage sévère le sourire semble avoir plus de prix. Je n'ai pas besoin de vous le nommer, ce causeur inépuisable, qui est un penseur, le roi de la chronique, a-t-on dit.

» Un chroniqueur encore, c'est Albéric S..., un compatriote de Rubempré. Il se tient, en ce moment, debout à l'entrée des fauteuils du balcon. De longues moustaches, une large carrure, une haute taille. C'est encore un de ces cœurs excellents qu'on désire connaître parce qu'on les aime. Un peu caustique à ses heures, railleur impitoyable, mais tout dévoué à ses amis, franc et loyal. Il porte fièrement sa croix de chevalier ; elle semble faite, en effet, pour de telles poitrines.

» Cet autre est tout jeune et vient d'entrer brillamment dans la carrière. La comédie est son royaume. Il y règne par droit de conquête. J'aime fort cette physionomie vive et spirituelle, cette

bouche fine, souriant à la façon de Sterne ou
de Voltaire, ces yeux pétillants dans ce visage maigre, entouré de longs cheveux plats. On le prendrait
pour Bonaparte général. L'homme, c'est le style.
De la vivacité, de la pétulance, de l'originalité, de
l'esprit, de la science et de l'érudition. C'est un baril
de poudre, et toute cette poudre produit de beaux
feux d'artifice et de splendides illuminations. On
dit que les esprits lui dictent parfois de bien jolies
choses. Je le croirais assez. De ces esprits, j'en
connais un. Lequel ? Celui de Beaumarchais.

» Son voisin, par un rapprochement curieux, est
son émule et son rival. Moins d'éclat, plus de force
peut-être, moins d'esprit, peut-être plus de trait.
L'un pique, l'autre frappe. Celui-là mord, celui-ci
déchire. Il a écrit, d'ailleurs, la comédie de notre
temps la plus profonde, après celle de Balzac. Je
l'ai applaudie cent fois. Mais il a le tort de se dé-
penser, de se liquéfier, de se monnayer. Son visage
énergique, son front bombé, ses yeux brillants
comme des gouttes de café, sa moustache noire,
tout son tempérament maigre, nerveux, font de
lui une des personnalités physiques les plus remarquables, et son talent le classe au premier
rang. »

— Quel est celui, interrompit M. de Gaillac, que
vous venez de saluer ? Vous parlez de physiono-

mie. Sa belle tête, hardiment plantée sur un corps robuste, son nez droit, sa figure accentuée, ses lèvres spirituelles avec je ne sais quoi de narquois dans le sourire, lui composent un de ces remarquables visages qui sont un excellent laisser-passer dans le monde. On le prendrait pour un compatriote de Vannder Helst ou de Franz Hals et c'est un compatriote de M. de Pourceaugnac. Quel est le meilleur moyen de réussir dans les lettres? demandait-on, un jour, à Balzac. Il répondit dans son pittoresque langage : *Se faire une tête !*

— Pardieu, fit Henry, vous *portraicturez* à merveille, mon cher ami. Vous avez raison ; *** est magnifiquement doué, sa figure franche et loyale lui fait des amis partout. Dès l'abord, on se sent attiré vers lui. Mais il faut le connaître pour savoir qu'il est un camarade excellent, une nature riche, toute d'expansion, légèrement attristée par les choses de la vie. C'est un philosophe, non un misanthrope La misanthropie, après tout (c'est Béranger qui l'a dit), n'est qu'un amour malheureux. Alceste, sachons-le, c'est l'honneur. Les romans philosophiques de *** sont l'œuvre d'un cœur blessé ; il se sert d'une arme terrible, l'ironie, mais il la manie d'une main légère ; il veut frapper, mais tuer, jamais. Et ce philosophe cingle la bêtise humaine avec les lanières du bon Candide et de l'excellent Yorick!

» A propos de Voltaire, voici celui qu'on a voulu
lui donner pour petit-fils. Il est à côté de son fidèle
Achate, de son ami sincère et dévoué. Il est tout
mouvement, tout agilité. Il se démène dans sa
stalle comme un diable dans un bénitier. Il se
lève, s'assied, se relève. Il regarde partout, dans la
salle, saluant de tous côtés, envoyant à celui-ci un
signe de main, à celui-là un sourire. Une fois assis,
il frise sa moustache, cause ou fredonne, les yeux
à demi fermés, les lèvres et la moustache relevées
par un rictus. Il est le premier toujours à applaudir un trait d'esprit ; son caractère primesautier
connaît tout, comprend tout, saisit tout, avec la rapidité d'une étincelle électrique. On l'a beaucoup
éreinté, comme on dit, en ces derniers temps, dans
un journal dont il a fait, autrefois, la fortune. On
lui jette comme une injure un de ses plus beaux
titres, qui rappelle tant d'esprit, de finesse, de
repartie, on l'appelle *un bon jeune homme !* C'est
plutôt le fils de Paul-Louis Courier que le petit-fils
de Voltaire. Il a le talent de la polémique au degré
suprême. Le pamphlet est son triomphe. Il est le
seul pamphlétaire du moment ; ses meilleurs livres
sont des pamphlets. On a bien ri de la chute de sa
première pièce sur cette même scène où M. Emile
Augier donne les *Effrontés*. On a eu tort. L'œuvre
était hardie, originale, avec un souffle de Rabelais

et de Molière. On a sifflé. S'il ne prend jamais sa
revanche, il s'en consolera. Paul-Louis Courier n'a
jamais fait de pièces, mais il a écrit ses *Lettres de
Village* : à chacun sa part.

» Son ami S... est un bon gros garçon, qui rit
volontiers de ce qui est risible et s'amuse de tout
cœur lorsqu'il faut s'amuser. Nature excellente,
en somme et nature heureuse, pleine d'affection,
de dévouement, d'admiration... pour ceux de sa pa-
roisse. Un véritable ami — pour quelques-uns de
ses amis! — la chose rare! D'ailleurs, doué d'un
talent qui grandit tous les jours et se fortifie, il
deviendra populaire assurément. Pas beaucoup
d'éclat, beaucoup de fond, un grand courant
d'esprit gaulois, du trait, du nerf, en un mot,
un écrivain, ce qui est, parfois, aussi rare qu'un
ami.

» Justement, je voulais vous montrer P. de S.-
V... Le voici qui va vers sa loge. Si j'étais peintre,
je voudrais le prendre pour modèle d'une tête de
Van-Dyck. Le pourpoint lui siérait à merveille. On
le devine coloriste, rien qu'à sa démarche. C'est un
affamé de couleur, en effet. Il broie de l'azur et du
soleil sur sa palette. Lit-on ses causeries dramatiques? c'est un éblouissement. Parfois, on en a la
vue trouble, comme lorsqu'on vient de fixer le
soleil. »

En ce moment, le deuxième acte commençait, et M. de Gaillac cessa d'écouter Henry de Varèse, madame Arnould-Plessy parlait.

— Mon cher ami, dit avec empressement le magistrat de province, dès que la toile fut tombée, continuez, je vous prie, votre petite revue des célébrités contemporaines. Vous m'en voyez fort avide, et en vérité...

— A vos ordres, fit Henry. Mais j'irai plus rapidement. Je vous ai montré les statues, je ne vais plus vous désigner que les figurines. Ce petit gros homme au visage spirituel et sensuel, c'est Ch. M... Voilà un érudit; il écrit avec une pureté rare le français du dix-huitième siècle. C'était un poëte, un véritable écrivain. Le malheureux restera un petit journaliste. Le petit journal! Un minotaure, mon ami. Il attire à lui tant de victimes et combien n'en dévore-t-il pas? Le roi du petit journal, c'est M. de V...; le voici. Il s'appuie, en ce moment, sur l'épaule de son gendre, un de nos plus remarquables critiques dramatiques. Cet homme athlétique est une des puissances du jour. Il dirige sa barque avec habileté, d'ailleurs; appelant à lui toutes les intelligences batailleuses et s'en servant jusqu'au dernier moment : autant de citrons qu'il presse sur son rôti. Son gendre, un de ses gendres, J..., est un écrivain d'une grande valeur, sévère, studieux, un travailleur qui soigne ses articles comme on soignerait un livre.

— Vous ne me parlez pas des femmes, interrompit M. de Gaillac. Madame Sand est-elle ici ?

— Non pas, dit Henry. Elle n'habite point Paris. Qu'y ferait-elle ? Elle demeure dans son château, en famille, auprès de son fils et de ses amis, au milieu de cette nature simple et belle qu'elle aime, qu'elle fait aimer. C'est une châtelaine. Elle travaille son jardin, comme le compagnon de Pangloss. Elle vit calme et retirée. La solitude doit être ce que recherche cette âme avide d'infini. J'aurais voulu vous la montrer. Elle est calme, grave, un peu froide, avec un œil vague et profond. Elle semble songer. En effet, elle songe. Ses paroles sont rares, mais toutes ces paroles sont des pensées. Elle travaille beaucoup. On a voulu voir, dans quelques-unes de ses dernières œuvres, un affaiblissement ; elle répond victorieusement aujourd'hui par maints chefs-d'œuvre successifs. Ce ne sont plus ni les espèces de poëmes passionnément tourmentés de sa jeunesse, ni les idylles champêtres, si pures et si belles d'il y a dix ans, ce sont des œuvres graves et fortes, où tout est mûr : sens moral, philosophie, enseignement ; où tout est parfait, et surtout ce style incomparable qu'elle ne tient de personne, pas même de Rousseau, et qui est peut-être le plus beau des styles contemporains.

« Mon Dieu, mon ami, si vous voulez voir une des femmes dont on s'occupe le plus dans notre monde parisien, une femme de lettres, regardez la princesse de ***. Gracieuse et mignonne, elle cause à présent avec F. P***, l'académicien, l'heureux auteur d'une comédie qui a profondément remué le public avec des banalités bourgeoises assez bien réussies. C'est un type séduisant de distinction ; elle passe pour être mordante, je la crois bonne ; bonté n'exclut pas esprit. Elle sourit gentiment. Savez-vous ce qu'on a dit d'elle ? C'est une princesse de contes de fées. »

— Vous ne voulez pas dire des *Mille et une Nuits!* fit M. de Gaillac qui se *déprovincialisait*.

Le troisième acte des *Effrontés*, tout entier rempli par cette admirable discussion entre les divers personnages qui personnifient : l'un la noblesse maintenant abattue, l'autre la banque puissante aujourd'hui de par le droit du plus riche ; celui-ci le journalisme droit et honnête ; celui-là la démocratie et même le socialisme, cet acte excita dans la salle une surprise, une admiration, des applaudissements unanimes. Got, d'ailleurs, était prodigieux sous le paletot usé du bohème Giboyer, lançant ses raisons sarcastiques avec un aplomb désintéressé, plein

2

d'amertume toujours, de cynisme et parfois de tristes retours vers un passé qui était si beau. M. de Gaillac se sentait transporté!

Justement à la scène où Vernouillet, le financier, trafique avec un banquier d'une importante question politique, un homme de Bourse illustre et qui devait dramatiquement c'est-à-dire juridiquement finir, M. Mirès, entrait dans la salle. Tous les yeux se portèrent sur lui et comparèrent l'acteur et l'homme. On disait que M. Augier avait fait un portrait et le modèle se trouvait là! Le financier jeta sur la salle un regard pétillant d'une assurance ironique, salua quelques amis et s'assit, tout entier au spectacle.

Henry de Varèse le désignait justement à M. de Gaillac, lorsque celui-ci aperçut, dans une loge, toute seule, une exquise créature qu'il n'avait pas encore vue et dont la beauté séraphique lui fit, dès l'abord, l'impression la plus profonde.

C'était une jeune femme, élégante et distinguée, pleine d'un charme enivrant, avec de longs cheveux blonds, de grands yeux bleus, un teint légèrement pâle et transparent, une bouche rose souriant d'un sourire angélique. Elle s'appuyait languissamment sur le rebord de la loge. Un de ses bras, un bras blanc, délicieusement arrondi et d'une admirable pureté de lignes, pendait en dehors, et sa main, petite et délicate, jouait avec un charmant éventail peint à la gouache par Eugène Lami. Elle laissait aller sa tête sur son autre main et regardait la scène, les paupières à demi fermées, son regard doux filtrant à travers ses longs cils de soie.

Elle était vêtue de blanc, à la mode antique. La robe paraissait une tunique. Pas de bijoux ; un collier d'or et deux bracelets. Elle se détachait comme une féerique apparition sur le velours cramoisi de la loge.

De temps à autre, elle prenait sa lorgnette et la braquait sur quelque coin de la salle, cela d'une façon indifférente, avec une mollesse enivrante.

M. de Gaillac, qui n'était pourtant pas bien poétique, se prit subitement à songer à la *Lorely* allemande et aux blondes héroïnes qui traversent, languissantes, les chants brumeux du vieil Ossian.

Je ne crois pas qu'il entendit complétement la fin de la pièce.

Le dernier acte allait commencer, lorsqu'un jeune homme de vingt-cinq ans environ vint saluer Henry de Varèse et lui serrer la main.

Henry le présenta sur-le-champ, comme un de ses bons amis, à M. de Gaillac.

— Monsieur Olivier Renaud, dit-il, un de nos soleils de demain, une aurore d'aujourd'hui.

— Qui sait ! fit le jeune homme en souriant d'un air de doute.

Il y avait chez le nouveau venu, qui s'est fait depuis ce jour un beau nom dans le journalisme, beaucoup de charme et je ne sais quoi d'honnête qui attirait invinciblement.

Olivier était Parisien. Il avait la distinction native et les façons acquises. Mince, élancé, d'une taille moyenne, il portait avec élégance ses vêtements d'une coupe ordinaire et de couleurs sombres. Ce n'était certes pas ce qu'on appelle un beau garçon. Sa beauté résidait toute dans l'expression. C'est, en somme, la beauté moderne. L'art antique s'inquiétait peu de l'intelligence et de la flamme intérieure. La forme était son culte ; il l'adorait. Depuis le Christ, la beauté s'est heureusement transformée. L'enveloppe est peu de chose, l'intérieur est tout. Aussi recherche-t-on davantage ce qui laisse deviner le feu caché, je veux dire le regard ; le regard, où l'âme vient se refléter et qui rendrait éloquent un muet. Les yeux d'Olivier étaient beaux, avec une expression de bonté rêveuse qui ne manquait point parfois de raillerie.

Il avait un nez long et busqué, une bouche petite, une moustache fine, un menton long, non accentué, ce qui, dit-on, est un signe de faiblesse. Rien de remarquable en lui, si ce n'est un front

haut, mais non trop fortement développé, et s'enca-
drant dans des cheveux châtains, fins et naturellement bouclés.

Peut-être fallait-il de la bienveillance pour dé-
couvrir en lui toutes ces qualités. Naturellement
timide, Olivier se livrait peu ; il fallait aller à lui le
plus souvent ; mais, je l'ai dit, un certain air de
franchise attirait. Son sang coulait vif et pur sous
une peau brune ; il y avait dans sa physionomie
un air d'honnêteté qui captivait.

A coup sûr, après l'avoir vu durant quelques
heures, on l'estimait, si on ne l'aimait pas.

M. de Gaillac se sentit sur-le-champ attiré vers
lui.

Ils causèrent de choses et d'autres, de la comédie
et des comédiens, du spectacle et des spectateurs.
M. de Gaillac raconta comment Henry de Varèse
l'avait mis au courant des personnalités du jour et
de l'heure présente, et voyant Olivier sourire :

— Qu'avez-vous ? dit-il.

— Moi, rien ! fit le jeune homme ; mais je suis
bien sûr que de Varèse vous aura fait de tous des
portraits bien flattés. Son objectif voit le monde
sous son beau côté, en supposant qu'il ait un bon
côté. Je ne l'en blâme pas ; mais voilà cependant
comme on écrit l'histoire !

— Ne parlez pas d'objectif, s'écria Henry ; la photographie est mon ennemie. Si je fais des portraits, je les fais au pastel ; mais ils sont aussi ressemblants que vos affreux daguerréotypes.

— M. de Varèse a raison, reprit M. de Gaillac. Il ne faut pas ramener tout au collodion. On risquerait fort d'enlaidir son monde. Que diriez-vous, par exemple, du portrait de cette femme fait par un photographe, quelque habile qu'il soit?

Il désignait du regard la dame blonde dont ses yeux ne se détachaient pas.

Olivier la regarda.

— Madame de Montfort ! fit Henry ; je ne l'avais pas aperçue.

En ce moment, la Walkyrie se tourna par hasard vers nos interlocuteurs ; elle aperçut Olivier, le lorgna et le salua.

Olivier s'inclina profondément, et un sourire légèrement ironique lui vint aux lèvres.

— Quoi ! s'écria M. de Gaillac qui devint rouge, vous connaissez cette femme ! vous êtes bien heureux !

— Monsieur, dit alors Olivier en hochant la tête, croyez-moi, vous êtes bien heureux de ne pas la connaître !

II

MADAME DE MONTFORT

Cette réponse étonna fort M. de Gaillac, qui devint sérieux et regarda avec une attention soutenue celle que Henry de Varèse avait appelée madame de Montfort. Il n'écouta plus, dès ce moment, la comédie qui touchait à son terme. Il était, tout entier, fasciné par cette ravissante femme et comme attaché, tout d'un coup, à elle, par des liens indéfinissables, comme magnétiques.

Je vois bien que vous allez deviner la suite de l'aventure et vous êtes persuadé que M. de Gaillac va devenir bientôt amoureux fou de madame de Montfort.

On s'est assez spirituellement moqué de ces amours *coups de foudre* qui éclatent tout à coup dans un cœur et le consument.

N'a-t-on point nié leur existence? On a nié, mon Dieu, tant de choses! Et cependant ces amours existent. Je ne prendrai pas la peine de le prouver.

M. de Gaillac avait toujours vécu au milieu de la
calme austérité du foyer domestique. Ses joies et
ses plaisirs n'avaient eu rien de ce ragoût piquant
des jouissances faciles. Le fruit défendu était pour
lui le fruit inconnu. Il respectait, matériellement
et moralement, tous les murs mitoyens. Moins de
six jours auparavant, il avait donné, dans la grande
pièce de sa maison, un petit thé à ses amis. On
avait causé là de toutes les questions relatives à
l'intérêt du chef-lieu, discuté du mérite de M. de
Barbézian, conseiller général, de la moisson prochaine et du piétin des moutons. Mais cela, gravement, posément, en gens habitués à traiter les
questions en toute sagesse. Un grand feu flambait
dans la cheminée. On faisait cercle. Les pieds
étendus vers la flamme, les mains en avant, on
écoutait, chacun disait son mot. Avant minuit le
salon était vide. Minuit est, véritablement, pour un
provincial, *l'heure du crime.*

M. de Gaillac comparait, mentalement, l'existence
du provincial à celle du Parisien, et il lui prenait d'é-
tranges pensées de regrets et d'envie. Il se disait que
l'atonie est bien souvent comparable à la mort et
que le mouvement, fût-il fiévreux, est encore la vie.

D'ailleurs, cet entourage brillant, ce milieu chargé,
pour ainsi dire, d'une électricité d'intelligence, le
charmaient, s'emparaient de lui tout entier, le gri-

saient. A coup sûr, en cet instant, M. de Gaillac avait la fièvre.

Il devint distrait, répondit à bâtons rompus à Henry de Varèse, et plusieurs fois, se tournant vers Olivier, qui s'était assis à sa gauche, il eut l'air de vouloir entamer une conversation qui semblait lui importer beaucoup.

Il n'osait. Il hésita longtemps. Il lui fallut quelque courage pour aborder le sujet. Il demanda plusieurs renseignements sur la belle madame de Montfort, et si elle n'était pas une femme supérieure, comme elle en avait l'air. Olivier répondit, en souriant, à toutes ces questions. Peut-être y avait-il quelque raillerie dans son sourire, mais une raillerie à coup sûr affectueuse.

M. de Gaillac, d'ailleurs, ne s'en aperçut pas.

— Madame de Montfort, dit Olivier, est ce qu'on appelle, à Paris, une femme à la mode. Je veux dire qu'elle ne suit point la mode : elle la précède. Madame de Monfort est veuve. M. de Monfort est, dit-on, mort dans les Grandes-Indes. Madame de Monfort est riche, puisqu'elle vit richement. Elle a de l'esprit, puisqu'elle en fait. Elle est assurément belle, elle est célèbre et fêtée. On l'adore. Une femme adorée, ce n'est plus une femme, c'est une madone. Les soins qu'on lui rend ne sont plus de la politesse, mais une religion.

Du ton dont il parlait, on devinait bien qu'Olivier Renaud avait abjuré. Mais M. de Gaillac ne comprit guère que la lettre. Le sens était, encore une fois, trop *parisien*, pour qu'il le devinât sur-le-champ.

Aussi Olivier fut-il légèrement étonné lorsqu'en réponse à son esquisse de la comtesse, M. de Gaillac lui dit :

— Une déesse a un temple. N'y pourrais-je point pénétrer ?

— Sans métaphore, fit Olivier, vous voulez que je vous présente à madame de Montfort?

— Je vous en serai très reconnaissant. Les portes ne s'ouvrent pas d'elles-mêmes aux barbares. Barbare ou provincial, c'est tout un.

Et, comme pour le bien prouver, il citait Ovide. Du latin, le malheureux, quand il eût fallu de l'argot !

— *Barbarus hic ego sum...*

Le journaliste l'interrompit net.

— En ce cas, dit Olivier, la présentation sera facile. L'entr'acte est long encore, suivez-moi, je vous prie, jusqu'à sa loge.

— Quoi ! ici ?...

— Bah ! fit le jeune homme qui se méprit sur l'exclamation, vous entrerez dans le salon plus tard.

— Ne venez-vous pas ? dit Olivier à Henry.

— Madame de Montfort, répondit de Varèse, me
sait l'intime de son ennemie, madame de ***. Elle a
peut-être de la rancune. Laissez-moi ne pas appro-
cher ma main de ses petites griffes roses.

— Soit, fit Olivier.

— Je reviens, dit M. de Gaillac.

Il suivit Olivier qui, prenant son bras, lui demanda tout en marchant :

— Quel titre voulez-vous que je vous donne ?

— Le mien !

— Le vôtre ?

— Assurément...

— A votre aise. Vous le savez, il y a un roman de
Fenimore Cooper qui s'appelle : *Précaution*.

La porte de la loge était ouverte. Madame de
Montfort, étendue dans son fauteuil, grignotait des
bonbons qu'elle prenait dans un sac placé sur une
chaise, à côté d'elle. En apercevant Olivier Renaud,
elle releva lentement la tête, ébaucha un petit sourire et lui tendit sa blanche main, en disant :

— Bonjour !

Ce bonjour, prononcé à la turque, ce qui en dou-
blait le prix : *Bojou!*

Olivier présenta alors M. de Gaillac, et madame
de Montfort, se soulevant à demi, acheva pour l'a-
vocat le charmant sourire commencé pour le journaliste.

— Madame, dit M. de Gaillac, M. Olivier Renaud
m'a parlé de vous d'une façon telle que je n'ai pu
résister au désir de m'assurer si la fable des bâtons
flottants n'est pas une histoire, et si, vues de près,
les étoiles perdent de leur éclat. Je suis maintenant
sûr du contraire.

— Tiens, songea Renaud, mais c'est vraiment le
ton.

— De la mythologie! fit madame de Montfort d'une
petite voix douce et caressante ; vous êtes galant !

— Nous en sommes encore à Dorat, dans nos ta-
nières, madame, dit l'avocat. Ne m'en veuillez pas.
La vérité, assure-t-on, n'a pas besoin de vêtements
pour se présenter à nous. Qu'importe alors la façon
dont on l'habille ?

— Mais si on l'habille, ce n'est pas la vérité ;
partant on n'y croit plus.

— Que voulez-vous que nous fassions cependant? dit Olivier. Tout le monde est tenu de porter
des vêtements, par ordonnance de police.

— Fi ! dit-elle à Renaud ; c'est ici la maison de
Racine et de Molière.

— C'est bien plutôt la maison de M. Ponsard et
de M. Laya.

— Oh ! l'incorrigible ! Monsieur de Gaillac, si M.
Renaud vous a parlé de moi, quelle déplorable
idée en avez-vous, hélas !

— De vous, madame?

— Et pourquoi cela? dit Olivier.

— Parce que vous avez la manie des *mots*, parce que vous en faites sur et aux dépens de tous, et vous savez bien qu'un bon mot est toujours un méchant mot.

— Vous traduisez, en ce cas, bonté par malice. Cela vaut mieux que de le traduire par bêtise ; mais c'est encore un contre-sens. Bonté veut simplement dire vertu.

— Bravo! fit M. de Gaillac. Vous êtes un philologue... et un philosophe en même temps !

— Un philosophe, lui ! dit la comtesse ; un satirique tout au plus, presque un misanthrope. Parce qu'il se nomme Olivier, il se croit obligé de poser en Olivier de Jalin. Vous connaissez *le Demi-Monde ?*

— C'est charmant, dit l'avocat.

— Oui, la pièce, fit Olivier.

— Oh! s'écria madame de Montfort, le sceptique ; il ne croit à rien.

— Parce que je crois à tout, comtesse.

— A tout?

— En tous cas, soyez bien sûr que je crois au demi-monde. On ne peut nier une plaie, puisqu'elle saigne. Je voudrais même à ce propos être un peu médecin.

— Oh ! un nouvel idéal maintenant ! Mais Bichat ne s'appelait pas Olivier.

— Il aurait pu s'appeler *Fer-Rouge*.

La comtesse se mordit les lèvres... pour ne pas rire, peut-être. Elle haussa légèrement les épaules, et, se tournant vers M. de Gaillac :

— Monsieur, dit-elle, peut-être suis-je indiscrète de vous demander le sacrifice d'une partie de votre temps. Un voyageur se doit trop souvent à son voyage ; mais si vous voulez bien venir chez moi, vous serez le bienvenu. M. Renaud voudra bien vous accompagner. Vous le savez, Renaud, ou plutôt vous l'avez oublié, je donne le chocolat tous les soirs, après le spectacle. Oh ! le transfuge ! Il faut que vous me promettiez de venir bientôt, ce soir même ; mais non : je veux rester jusqu'à la fin du spectacle. Augier a du bon, cette fois. Et, ce soir, j'ai mon monde habituel. Venez demain, et de bonne heure. Minuit. Nous serons seuls durant un moment et nous causerons. Je compte sur vous, monsieur de Gaillac.

L'avocat s'inclina, et lorsqu'ils furent partis, il remercia Renaud avec effusion.

— Ce n'est cependant pas, murmura Olivier, un service que je vous ai rendu.

— Elle est charmante ! Quelle distinction ! quelle grâce ! Son esprit égale sa beauté.

— Prenez garde ! dit le journaliste ; prenez garde d'en devenir amoureux !

M. de Gaillac se mit à rire et se tut.

— Eh bien ? dit Henry en le revoyant.

— Mon ami, répondit-il, croyant faire un madrigal, je crois à la mythologie.

Jusqu'à la fin du spectacle, il ne dit mot.

La toile baissait sur le nom de l'auteur, lorsque madame de Montfort, qui venait de jeter un burnous sur ses épaules, envoya vers M. de Gaillac un gracieux salut.

— Cette fois, dit Olivier, vous êtes heureux !

— Oh ! fit-il, n'oubliez pas de me venir prendre demain.

— Je n'y manquerai pas, dit Olivier.

— Monsieur, dit M. de Gaillac avant de s'éloigner, nous ne nous connaissions pas ce matin. Le hasard nous a mis en face l'un de l'autre ; il a souvent la main heureuse ; mais, s'il faut lui venir en aide, je tâcherai qu'il ait fait deux amis de deux inconnus.

— Je le souhaite, dit le journaliste. A demain !

M. de Gaillac partit avec Henry, après avoir laissé à Olivier son adresse. Il ne parlait que de Paris, de la vie de Paris, des joies et des triomphes de Paris :

— Ah ! c'est la vie ici, c'est l'enivrement. Ailleurs,

on s'atrophie ; on gèle loin de ce foyer de chaleur ;
on devient aveugle loin de cette lumière. Pourquoi
ne suis-je pas demeuré à Paris ? J'avais l'ardeur et
la foi ; j'aurais lutté. Il est trop tard !

— La province a son mérite, dit Henry. Hier encore, vous lui donniez l'avantage sur Paris.

— Hier ?... hier, je ne *la* connaissais pas !

M. de Gaillac voulait parler, sans doute, de la province. C'est, du reste, ainsi que de Varèse le comprit.
Ils se séparèrent.

Toute la nuit, l'avocat continua ses rêves de regrets, et tout le lendemain aussi. Il prenait la fièvre
pour la vie, et il se disait que jusqu'alors il n'avait
pas vécu. Il attendait le soir avec impatience.

La nuit vint.

Olivier fut exact. Il conduisit M. de Gaillac chez
madame de Montfort. L'hôtel de la comtesse était
situé dans la grande avenue des Champs-Elysées.
Ceux qui le connaissent savent que c'est une merveille.

M. de Gaillac semblait ébloui.

La comtesse attendait évidemment ses hôtes ; elle
les reçut dans son salon, *vêtue* du plus séduisant
déshabillé qui se puisse voir. Ses cheveux blonds
descendaient en longues boucles sur ses épaules
arrondies et qui semblaient refléter la lumière des
candélabres aux bougies roses. Sa toilette blanche

se détachait sur le fond sombre du salon, somptueusement décoré dans le style de la merveilleuse galerie d'Henri II, au château de Fontainebleau. Ce soir-là, madame de Montfort était plongée dans cet état charmant que les Italiens eussent rendu ainsi : elle est *innamorata!*

Innamorata! c'est-à-dire troublée, affligée, à la fois triste et comme joyeuse, un sourire gracieux aux lèvres, un ennui profond dans le cœur. *Innamorata!* mettez : altérée d'idéal, d'amour, d'infini, et vous aurez le sens de ce mot divin qui vient d'une langue divine.

— En vérité, monsieur, dit-elle à l'avocat, je vous remercie d'être venu. Vous êtes un homme de courage. Vous étiez prévenu et vous voici ! Monsieur Renaud, c'est bien à vous aussi. Décidément, est-ce que vous vous repentiriez ?

— Et de quoi, madame ? demanda le jeune homme. Pour faire un acte de contrition, encore faut-il avoir péché.

— C'est juste. Vous avez une religion à vous. Je ne vous dirai plus rien.

M. de Gaillac regardait en ce moment un délicieux portrait de femme placé justement au-dessus de madame de Montfort ; c'était le portrait de la comtesse. M. de Gaillac le reconnut sur-le-champ. Un pastel délicat et fin, d'une grâce achevée,

mais qui n'arrivait cependant pas à égaler le
modèle.

M. de Gaillac semblait s'absorber dans la contemplation de cette image, lorsque madame de Montfort s'en apercevant, lui dit :

— C'est mon portrait que vous regardez là ? Vous
avez raison. Il est joli. Ce Vidal est un pur flatteur.
Il ne faut pas croire un mot de ce que vous disent
ses pinceaux.

M. de Gaillac s'était levé et contemplait de plus
près le pastel. Madame de Montfort, à son tour, se
leva, et appuyant son bras sur celui de l'avocat :

— Si vous tenez à voir un portrait bien fait, dit-
elle, je vous en vais montrer un. Venez !

Le bras satiné de la comtesse touchait la main
de M. de Gaillac; à ce contact, l'avocat éprouva une
singulière commotion, et pour un moment il *perdit
la tête*. L'expression populaire est souvent la plus
pittoresque.

— Vous demeurez là, Renaud ? demanda la comtesse.

— Je feuilleterai votre album, dit Olivier.

Il s'approcha de la table où s'étalaient quelques
livres et des brochures.

— Tiens ! dit-il, *Paul et Virginie !* Que vient faire
ici Bernardin de Saint-Pierre ? C'est le *vieux jeu !*

Il prit le livre, l'ouvrit et s'assit dans un fauteuil.

Madame de Montfort conduisit M. de Gaillac à sa chambre à coucher. C'était une délicieuse pièce, à pans coupés, coquettement tendue de brocart de soie d'un bleu pâle, ce fard des blondes. Un épais tapis des Gobelins à fond blanc, parsemé de bouquets de myosotis, couvrait le parquet tout entier.

M. de Gaillac aperçut tout d'abord le lit, un lit en bois de rose incrusté d'or ciselé et de merveilleux médaillons en vieux Sèvres. Il occupait le milieu de la chambre, élevé comme un trône de deux ou trois marches, sur lesquelles s'étageaient de larges coussins. Les rideaux, retombant en longs plis, étaient recouverts de point d'Alençon. Le couvre-pied valait la rançon d'une reine.

Un charmant bureau en bois de rose lui faisait face. Marie-Antoinette en eût été jalouse. Entr'ouvert, il laissait voir les mille et une superfluités qui l'emplissaient.

Dans l'embrasure des fenêtres, de grandes jardinières remplies des fleurs les plus rares, les plus riches de formes et de couleurs, mais sans parfums.

Toute chambre riche a des allures de musée et de bric-à-brac. Les verreries de Bohême, les statuettes de Saxe, les horreurs chinoises, les curiosités japonaises, les petits bronzes, la porcelaine craquelée, les mille riens sans nom, mais simplement charmants, qui encombrent la demeure d'une jolie femme, se blottissaient dans tous les coins, grimpaient sur les étagères, se prélassaient sur la cheminée, brillaient, étincelaient de tous côtés, éclairés de mille façons par une lampe en opale qui jetait dans ce délicieux réduit une lumière discrète.

Madame de Montfort alluma une bougie marquée à son chiffre, ornée de ses armes, et l'élevant au-dessus de sa tête, montra à M. de Gaillac un superbe portrait, peint avec un art merveilleux par Hébert, le poétique auteur de la *Mal'aria*.

Il y avait tant de grâce, de séduction, de *morbidesse* (ce mot est ici le seul exact), dans la pose et la physionomie, que M. de Gaillac ne put s'empêcher de pousser un cri.

— Oh ! dit-il, c'est vous, madame, et pourtant ce n'est pas vous ! C'est votre grâce, votre langueur enivrante, et ce n'est pas votre spirituel sourire et vos yeux étincelants. C'est votre charme, et ce n'est pas votre séduction. Le peintre a rendu votre poésie, madame, il n'a pu rendre votre esprit !

— Ah ! flatteur, fit-elle, quel contraste vous faites avec ce frondeur d'Olivier Renaud !

Elle sourit et se retourna.

La bougie éclairait, en ce moment, le lit, et mettait en pleine lumière une chemise de la batiste la plus fine, brodée, bordée de dentelles, enrubannée, une merveille qui s'étalait, blanche comme un lis, sur

la couverture bleu de ciel. Les yeux de M. de Gaillac
s'y arrêtèrent. Il regardait cette chose délicate, qui
lui faisait un effet singulier. Les boutons de manchettes le frappèrent : de petites miniatures peintes
avec une minutiosité inouïe et représentant des scènes amoureuses, de ces groupes exquis de Pompéi
ou du Musée de Naples.

Il demeurait ainsi en contemplation, lorsque la
comtesse toussa légèrement. Tout honteux, il tressaillit et se retourna en rougissant. Madame de Montfort
souriait.

Elle poussa une petite porte masquée par une
portière en velours bleu, recouvert de point d'Alençon, comme les tentures du lit et des fenêtres, et
laissant passer M. de Gaillac :

— Je vous demande pardon, dit-elle, de vous
montrer, comme une curiosité, mon cabinet de toilette ; mais mon logement est ma coquetterie. Avec
lui, j'ennuie mes nouveaux amis ; mais cela ne m'arrive qu'une fois. Monsieur de Gaillac, vous allez en
être quitte. Mon excuse, d'ailleurs, est peut-être
dans le plaisir que j'éprouve à vous regarder comme
un intime...

Elle lui tendit sa petite main et il la serra en frissonnant. Cette main était moite et douce.

Les murs et le plafond du cabinet de toilette, aux
couleurs rose et lilas, harmonieusement mélangées,

entièrement recouverts d'un fin tissu de l'Inde, blanc comme la neige, faisaient penser à ces boîtes ouatées et coquettes où se conserve avec amour quelque précieuse relique. Sur une large toilette, tout en marbre blanc artistement sculpté, s'étalaient, dans de riches flacons aux couvercles d'or marqués au chiffre de la comtesse, les parfums les plus exquis, les essences les plus rares, les pâtes les plus onctueuses. Ces objets, indispensables aux besoins d'une femme, étaient rangés avec l'ordre d'un musée ; Rabelais eût appelé *un harnois d'amour* tout cet arsenal coquet de la belle élégante qui, pareille au comte d'Orsay, de somptueuse mémoire, ne comptait pas moins de quarante-quatre différentes limes pour se faire les ongles.

Il y avait là, comme dans la chambre à coucher, des fleurs ; mais, cette fois, pleines de parfums pénétrants qui donnaient le vertige et venaient mêler leurs ivresses à l'atmosphère, imprégnée déjà de ces voluptueuses senteurs qui émanent de la femme.

M. de Gaillac sortit enivré de ce cabinet. Il était muet, il suivait madame de Montfort ; elle glissait devant lui avec ces balancements de hanches, qui, dit l'Écriture, ont perdu les fils des hommes.

Il se retrouva dans le salon, auprès d'Olivier Renaud, sans bien savoir comment il y était venu.

Un moment après, les hôtes habituels de madame de Montfort faisaient leur entrée. Ils étaient là quinze environ, des jeunes gens, pour la plupart, tous riches ou menant train de prince. Cette devise leur était commune : *La vie à grandes guides. Hurrah!* Quelques-uns portaient de grands noms, comme les valets portent les vieux habits de leurs maîtres. Ils étaient, en général, instruits, mais on ne l'eût pas deviné en les écoutant. Quant à leurs manières, ils disaient : *Pas de manières!* Le sans-façon est une pente rapide qui aboutit à un fossé. La tenue est un tuteur. Du reste, tous au courant des propos de ville ou de coulisses, connaissant toutes les célébrités de Paris, toutes les pièces, toutes les actrices, faisant courir, se couchant tôt, puisqu'ils se couchaient le matin, se levant à l'heure du dîner, ne dînant point, soupant ; n'aimant rien qu'eux-mêmes, et peut-être leur cheval, qui courait bien et leur donnait du relief ; grands égoïstes, qui eussent inventé, en lui donnant un autre sens, la fameuse formule économique : *Laissez faire, laissez passer !*

Cette race est immortelle. Elle s'est appelée de divers noms, selon les temps, selon la mode : *agréables, muscadins, mirliflors, lions,* — des lions sans griffes. Comment l'espèce se nomme aujourd'hui? L'auteur des *Parisiens* leur a valu un surnom, qui était bon, puisqu'il est resté un moment.

Le *gandin* est ordinairement un fils de bourgeois qui veut trancher de l'élégant et coupe dans l'imbécile.

Les hôtes de madame de Montfort n'étaient cependant pas, à vrai dire, des *gandins*. C'étaient des viveurs, de vrais gentilshommes, mais leur blason dédoré sentait le ruolz ; de grands seigneurs aux couleurs déteintes ; des fils des croisés, qui ignoraient l'histoire de leur famille et l'histoire de leur pays.

Il y avait là le petit vicomte de Lorbac, un des convives les plus gais, disait-on, des nuits d'orgie. Depuis qu'il avait, mécontent du service, jeté par la fenêtre du Café Anglais la vaisselle de l'établissement, en la faisant porter sur la carte, le vicomte de Lorbac était célèbre.

Il y avait le marquis de Bucy, vingt-cinq ans, sportman distingué, faisant la chasse aux mots et courant le calembour. Un de ses aïeux combattait aux côtés du roi à Bouvines. Pour lui, il devait se couvrir de gloire, place de la Bourse, lors des batailles fameuses du *Cotillon* et passer en police correctionnelle pour avoir résisté à la police comme ses ancêtres avaient rossé le guet.

Il y avait encore M. de Rosne, une intelligence

éteinte, qui promène, à travers ce qu'il appelle les *cabarets de Paris*, son hébétude et son ennui. M. de Rosne vit encore. Il a la démarche chancelante d'un homme ivre, l'œil perdu d'un buveur d'absinthe, le mutisme d'un fumeur d'opium. Un chroniqueur l'a surnommé déjà *le Chinois du boulevard Italien*.

Les autres, tous taillés sur ces modèles illustres, riaient, causaient à l'envi. La bêtise d'un homme d'esprit est amusante quelquefois ; mais on ne connaît rien de désespérant comme la sottise d'un sot.

Madame de Montfort ne s'occupait guère des nouveaux venus, qu'elle laissait parler de coulisses, de chevaux et de soupers. Elle n'avait de regards et de bonnes paroles que pour M. de Gaillac, qui sentait, peu à peu, une ivresse étrange lui gagner le cœur.

Olivier, cependant, allait de l'un à l'autre, du vicomte de Lorbac au marquis de Rosne, de M. de Bucy à madame de Montfort, n'épargnant pas ses traits caustiques, et lançant à travers toutes ces sottises ou toutes ces roueries, ses flèches honnêtes et acérées.

Il s'était fait un moment de silence, au milieu duquel le domestique annonça :

— M. Léon Vaubernier.

C'était un jeune homme de vingt-cinq ans,

grand, robuste et d'une beauté fière. Il était pâle.
Il entra, salua la maitresse de la maison, s'excusa
de se présenter en costume de voyage, et dit presque sans préambule :

— Vous ne me reverrez plus, madame, sans
doute. Vous avez le droit d'être ingrate ; moi, je
pars heureux. J'emporte avec moi votre souvenir.

M. de Gaillac regardait madame de Montfort qui
essayait en ce moment de sourire.

Léon se tourna vers Olivier :

— Mon ami, dit-il, je vais au Mexique. On parle
des mines d'argent de ce pays féerique. J'en juge-
rai par moi-même. Puissé-je emplir ma besace de
pépites hyperboliques. Mon cher Renaud, vous êtes
journaliste ; je vous écrirai de temps à autre, et si
mes lettres sont intéressantes, vous y trouverez
prétexte à quelque *premier-Mexico*. Allons, adieu !

Il tendit la main au journaliste, salua profondément madame de Monfort et s'éloigna.

Il y avait dans cette apparition quelque chose
d'étrange.

— Quel est donc ce jeune homme ? demanda à
Olivier M. de Gaillac.

— Oh ! dit tout haut Renaud, rien ! un homme à
la mer ! Un malheureux dont le cœur et la bourse
sont à présent vides, n'est-ce pas, madame ? (Il
regardait madame de Montfort.) Ne le plaignez

pas ! Il était assez fou pour croire à l'amour, aux hommes, et surtout aux femmes.

— Oh ! oh ! interrompit madame de Montfort, monsieur Renaud, vous n'êtes pas aimable ce soir !

— Ce n'est point ma faute, répondit-il ; quand j'ai des gants, je suis maussade !

La réponse fit rire M. de Bucy.

— Bravo, Desgenais ! fit-il. A la bonne heure, notre personnage se dessine. Vous ferez mettre sur votre carte : *Olivier Renaud, paysan du Danube.*

— Allons donc ! dit Olivier. Cela ferait trop peur aux gens. L'humeur farouche est un peu parente de l'honnêteté, et l'honnêteté est un épouvantail,

— Pour les badauds, dit la comtesse. L'honnêteté a, au contraire, un attrait invincible et charmant. N'est-ce-pas, monsieur de Gaillac ?

Et elle tendait en souriant la main à l'avocat. Le malheureux balbutia quelques paroles qui pouvaient ressembler à un madrigal et se rapprocha instinctivement de madame de Montfort.

On servit le chocolat. M. de Rosne mangea beaucoup. M. de Bucy ne manqua pas de le faire remarquer, ce qui fit grogner le Chinois, mais réjouit fort le vicomte de Lorbac, lequel dit à son voisin :

— C'est comme *Fido !* Cette bête-là me ruinera, c'est sûr !

Madame de Montfort redoublait d'amabilités en-

vers M. de Gaillac ; elle avait pour lui de ces mines
adorables et de ces petits mouvements séduisants
qu'on a si justement appelé des *chatteries*.

Quelquefois, les yeux enivrés de M. de Gaillac ren-
contraient ceux d'Olivier Renaud et semblaient dire:

— Eh bien ! Ne suis-je pas un homme heureux ?

Le regard d'Olivier répondait alors par une expression ironique et douteuse qui voulait dire bien
des choses et que M. de Gaillac ne comprenait pas.

Peut-être aussi ne voulait-il pas comprendre.

Le *medianoche* achevé, comme les hôtes se reti-
raient, madame de Montfort dit au vicomte de Lorbac:

— Où avez-vous donc mis votre gaieté, ce soir?
Et votre esprit, monsieur de Bucy? et le vôtre,
monsieur Renaud?

Elle passa en revue tous ses hôtes, et n'eut un
mot gracieux que pour M. de Gaillac qui partit
enivré, et dit dans la rue à Olivier Renaud:

— Mon ami, je suis le plus heureux des hommes!

Olivier ne répondit qu'une chose :

— Allons, tant mieux !

Et cependant, le marquis de Bucy disait à de
Lorbac, en parlant de l'avocat :

— Le nouveau venu a du succès. Je le plains, ce
fortuné mortel! Avant six mois, il sera ruiné !

III

DIX MILLE FRANCS

M. de Gaillac était à peine éveillé le lendemain, lorsqu'on l'avertit que madame de Montfort envoyait vers lui son homme de confiance :

— Faites entrer ! s'écria-t-il tout surpris, ému, le cœur battant.

L'homme de confiance, le *factotum*, l'intendant de madame de Montfort, Michel, était un petit homme déjà vieux, sec, maigre, à la parole enfantine, au geste humble et doux.

Il salua M. de Gaillac jusqu'à terre et lui tendit une lettre, en lui disant qu'il y avait une réponse.

M. de Gaillac prit la lettre et l'ouvrit. Michel remarqua que sa main tremblait.

Le petit homme fixait sur l'avocat ses regards pénétrants ; il vit M. de Gaillac devenir extrêmement rouge et hésiter comme devant un obstacle qui surgit tout à coup imprévu : ce fut tout.

M. de Gaillac regarda Michel et lui dit :

— C'est bien ; je serai dans une heure chez madame de Montfort.

Michel salua et sortit.

Voici ce que disait la lettre de madame de Montfort :

« Vous m'avez été présenté par un ami ; permettez-moi de vous traiter en ami ; ce me sera facile : des natures comme la vôtre appellent la confiance et l'affection.

» Je n'hésite donc pas à vous faire part d'une petite contrariété qui vient se jeter dans ma vie. Ce n'est rien, et c'est beaucoup. Une de mes amies, entraînée par ce besoin de luxe qui est la plaie de ce moment, avait laissé trop inconsidérément grossir les notes de ses fournisseurs. Lorsqu'il lui fallut payer, point d'argent. Avouer le contre-temps à son mari, c'était confesser ses folies. Elle me confia tous ses ennuis. C'est moi qui lui conseillai de souscrire quelques billets. Elle devint toute joyeuse et suivit mes avis ; mais les fournisseurs exigèrent deux signatures, et je donnai la mienne. Un de ces billets échoit demain ; cette amie ne pourra le payer. Pour moi, j'ai beau chercher, je vois que, sans faire argent de mes valeurs ou de mes bijoux, je ne puis toucher la somme suffisante avant quinze ou dix-huit jours, époque à laquelle je rentrerai dans une créance sûre.

» Je ne veux cependant pas que ma signature soit protestée. Je ne veux pas être poursuivie. J'ai donc songé à mes amis, — vous m'entendez, monsieur, et tout d'abord à vous. Pourquoi? Vous êtes le dernier venu, je n'ose pas dire que vous êtes le plus cher.

» Seriez-vous assez bon pour laisser à ma disposition dix mille francs, que je vous remettrai dans trois semaines? De cette façon, vous m'aurez rendu un grand service, dont vous sera toujours obligée celle qui se dit

» Votre amie,

» MARIE DE MONTFORT. »

Lorsque Michel rentra à l'hôtel, il alla tout droit à la comtesse.

— Eh bien? dit-elle.

Le factotum hocha la tête :

— Il a hésité, madame.

— C'est bien.

Michel sortit.

Moins d'une heure après, on annonçait M. de Gaillac.

Madame de Montfort ne s'était point levée ; elle le reçut, nonchalamment étendue dans son lit, enveloppée d'un riche peignoir qui découvrait à peine

enfin, se décida. Peut-être balbutia-t-il un peu. Je
n'en sais rien. Il s'excusa du mieux qu'il put, exposa ses raisons, protesta de son dévouement, finit
enfin par dire qu'il ne pouvait prêter ces dix mille
francs.

Madame de Montfort souriait toujours. Elle ne parut nullement affectée de cette réponse. Tout au
contraire, elle redoubla d'attentions, de prévenances
et de bonnes paroles.

— Que voulez-vous ? dit-elle. Je regrette de ne
pouvoir être votre obligée. Je ne sais pourquoi, j'aurais eu plaisir à vous devoir quelque chose. Je ne
voudrais pas cependant être l'obligée de tout le
monde. Mais n'y pensons plus. Il faut regarder d'un
autre côté; j'aurais mieux aimé choisir mon point
de vue !

M. de Gaillac ne disait rien. Il semblait mal à
l'aise, parfois il commençait une phrase qu'il n'a-
chevait pas, il hésitait, il s'excusait encore.

— Je vais chercher aussi. Nous verrons.

Elle s'en défendit. Elle ne voulait pas ennuyer
un ami. A son tour, elle s'excusa.

— Mon pauvre monsieur de Gaillac, faut-il que
notre amitié débute ainsi par un ennui pour vous!

M. de Gaillac sortit, enchanté de ce gracieux
accueil de madame de Montfort et furieux contre
lui-même.

— Double imbécile ! avec tes sottes défiances ! cette femme avait dit vrai, tu cherchais le mensonge là où est la vérité pure ! C'est méchant, c'est maladroit ! Allons, c'est bête !

Il marchait vivement par les rues un peu au hasard.

Il portait la main à sa poitrine, y tâtait son portefeuille et songeait.

— Ces dix mille francs, je les avais sur moi ! Je pouvais les lui donner sur-le-champ. Je ne l'ai pas fait. Je croyais qu'elle me trompait... Pourquoi croyais-je cela ? Parce qu'elle a besoin d'argent. Tout le monde et même une grande dame, à un moment donné, peut se trouver dans un tel embarras... Parce qu'elle s'adresse à moi, qu'elle connaît à peine ? Mais ne m'a-t-elle pas appelé son ami ? L'affection n'a pas besoin d'être nourrie pour grandir, et l'on a des amis pour les éprouver. Les éprouver ? Ah ! si cet emprunt était une épreuve ? Quoi, vraiment !... et pourquoi non ?... Je serais perdu ! Que pense-t-elle de moi ? Je me souffletterais ! Oh ! la sottise ! si je revenais sur mes pas ? Elle ne s'est encore adressée à personne. Je lui donnerais cet argent que j'ai là, qui me pèse, qui me torture comme un remords. Allons !

Puis il s'arrêtait.

— Si je reviens ainsi sur-le-champ, elle devinera

tout, et mes hésitations, et mes défiances, mon
manque de foi, mon mensonge. Il faut attendre.
N'ai-je pas des amis à Paris ? Je lui dirai que je les
ai vus aujourd'hui, que c'est l'un d'eux... Oui, ce
soir, je vais à elle, je lui apporte cette somme qui
lui cause un tel tourment. Pauvre femme !... Peut-
être, alors, me pardonnera-t elle. Je le voudrais.
Est-ce que je l'espère ? Ah ! j'aurais dû donner deux
fois cette somme ! Un galant homme eût fait cela.
Je suis un sot !

Il souffrit réellement pendant tout le jour. Il
prit une voiture et se fit conduire au bois. Il faisait
beau. Les équipages étaient nombreux. Les femmes,
enveloppées dans leurs fourrures, ressemblaient à
des roses frileuses M. de Gaillac ne vit rien. Il songeait. De raisonnements en raisonnements, le malheureux, avec les heures, en vint à se noircir étran-
gement à ses propres yeux. A la nuit tombante, il
se méprisait.

Il s'arrêta, heureusement, en si beau chemin, et,
le soir, il alla droit chez la comtesse.

Madame de Montfort était seule ; elle lisait, auprès
du feu.

Elle salua M. de Gaillac d'un sourire légèrement
attristé et lui fit signe de s'asseoir à côté d'elle.

— Madame, dit-il, lorsque, ce matin, je vous
parlais de mon impuissance à vous rendre service,

j'oubliais, et je vous en demande pardon, que j'a-
vais ici même de puissants amis et que je pouvais
m'adresser à eux. Je l'ai fait, et ce soir, plus heureux que ce matin, je vous apporte ce que vous
m'avez fait l'honneur de me demander.

Madame de Montfort s'inclina doucement, et,
prenant le portefeuille que lui tendait M. de Gaillac,
elle le posa sur un guéridon, à côté de son livre :
la Femme, par Michelet.

— M. de Gaillac, je vous remercie, dit-elle d'un
ton légèrement contenu. Je n'avais pas encore fait
d'autre démarche pour trouver ces dix mille francs ;
je n'avais, du reste, aucune crainte. J'ai beaucoup
d'amis. Il est vrai qu'en pareille circonstance, les
amis ressemblent aux étoiles par les nuits d'orage,
ils s'éteignent. On ne comprend pas, voyez-vous,
tout le plaisir qu'on a à obliger, et surtout à bien
obliger ; car, en toutes choses, il ne faut pas oublier
ce précepte culinaire très vulgaire mais très exact :
La sauce fait passer le poisson. Cela est odieusement
prosaïque, je le répète, mais cela est absolument
vrai.

M. de Gaillac était, pour le moins, aussi embarrassé que le matin. Devant cet accueil qui pouvait
paraître froid, surtout après le précédent, il se
trouvait décontenancé et mal à l'aise.

Il se disait qu'elle avait réfléchi, sans doute, et

deviné toute sa conduite ; il se maudissait intérieu-
rement.

Elle, cependant, lui demanda :

— Je ne suis pas, au moins, une importune, et
la manière dont vous vous êtes procuré ces dix
mille francs ne peut vous être nuisible ?

— En aucune façon, madame, répondit M. de
Gaillac ; c'est mon ami de Reude, qui a mis cette
somme à ma disposition.

— Monsieur de Reude ? le conseiller de préfec-
ture ?

— C'est un ami de collège, un bon ami, répondit
l'avocat qui ne mentait pas à présent, s'il avait
menti tout à l'heure.

— Oh ! dit madame de Montfort, je le connais,
mais de vue ; il est charmant, dit-on, dans l'inti-
mité. Vous ne pourriez pas me le faire connaître ?

— Au contraire, et quand il vous plaira.

— Nous en reparlerons, en ce cas.

— Je suis tout à vos ordres.

Ils causèrent ainsi un peu de temps. Madame de
Montfort, dont le front s'était déridé au nom de
M. de Reude, redevint pensive, légèrement attristée,
et M. de Gaillac, tout peiné, le remarqua bien.
L'heure s'avançait.

— Ces messieurs vont venir, dit-elle : de Rosne,
de Bucy, Lorbac, Chamiard, de Lussan, Rivière ;

je ne parle pas de Renaud, qui est rare comme les
jours de soleil. Je suis fatiguée ce soir, je ne rece-
vrai personne.

M. de Gaillac se leva pour se retirer, il salua, et
comme il s'éloignait, la comtesse le rappela.

— Eh bien, dit-elle en se blottissant dans son fauteuil et en tendant ses deux mains à l'avocat, vous
n'embrassez donc point ces *petites pattes ?*

M. de Gaillac mit ses lèvres brûlantes sur ces
mains si douces, et sortit avant que la comtesse eût
sonné la femme de chambre pour le faire accompagner.

IV

UN DINER CHEZ VOISIN

Depuis qu'elle savait que M. de Gaillac était l'intime ami du conseiller, madame de Montfort roulait
dans sa tête un étrange projet. A coup sûr, si elle
l'eût confié à quelque étranger, on l'eût prise pour
une femme déraisonnable, légère et vaine, alors

que, dans toute l'acception du mot, on pouvait l'appeler une femme forte.

Elle dit à Michel, un matin, de lui amener deux ou trois de ses hommes d'affaires habituels, et cela, au plus vite, car il s'agissait d'une chose de toute importance. Avant midi, ces gens arrivaient à l'hôtel et Michel les introduisait dans le salon de la comtesse.

Ils étaient trois : Meyer, Jacob, deux juifs ; Léonard, un Grec.

Ces hommes formaient un curieux trio : Meyer, gros, gras, rubicond, replet, ramassé, les joues luisantes ; Jacob, long, maigre et jaune ; Léonard, petit et nerveux, sautillant, babillant ; tous trois vêtus d'une façon commune, excepté Meyer dont les doigts étincelaient de bagues et qui regardait pendre sur son ventre rebondi une grosse chaîne chargée de breloques précieuses. Ils s'étaient assis, sans façon, sur les meubles (c'était Jacob qui les avait fournis). Ils allaient, venaient, sifflaient sans gêne aucune.

Meyer regardait les tableaux d'un œil expert, Léonard hochait la tête en touchant les rideaux et disait à Jacob :

— Tu as dû gagner gros !

Jacob hochait la tête.

— On *cagne* ce qu'on *beut !* fit-il. Les *dents* sont *turs*.

Comme tous les juifs, Jacob parlait allemand, puisqu'il savait l'hébreu.

Lorsque madame de Montfort entra dans le salon, ils se levèrent d'un commun accord et saluèrent; puis aussitôt ils se rassirent, et Meyer commença, je dois dire avec politesse :

— Vous nous avez fait venir, madame, et nous voici. Vos désirs sont des ordres. J'ai toujours obéi à la beauté (madame de Montfort fit un mouvement). Oui; passons. Ne sachant pas ce que vous pouviez me vouloir, je me suis muni, par précaution, de ma facture générale, dont le total offre le compte des dernières fournitures que j'ai eu l'honneur de vous faire.

Il prit dans son portefeuille un papier bleu qu'il tendit à la comtesse. Jacob et Léonard présentaient également : l'un un papier blanc, l'autre un papier jaune.

— C'est bien, dit-elle. Vous serez payés, n'en doutez pas. Je vous l'ai promis.

— Promesse de femme ! murmura l'anacréontique Meyer; mais la comtesse n'entendit pas.

Elle s'était assise et jouait avec son éventail.

— Vous serez payés bientôt intégralement et au delà. Vous allez rire. Je viens vous proposer de nous associer.

— Nous ! s'écria Léonard. Allons donc !

Jacob se mit à rire en effet.

Meyer regardait fixement madame de Montfort.

— Oui, reprit-elle. Je vous propose une affaire, vous l'exécutez, et nous partageons les bénéfices. Que diriez-vous si je vous faisais obtenir le privilége de quelque entreprise par M. le préfet de la Seine?

— Une entreprise ! Quelle entreprise? fit Léonard.

Meyer avait bondi. Son œil étincelait. Il alla droit à la comtesse, et lui dit :

— Madame, vous me sauvez la vie ! Vous pouvez faire ma fortune et assurer la vôtre ! J'ai un projet dans la tête que je rêve d'exécuter depuis bien longtemps. Un projet, une fortune ! Ah ! si cela se pouvait ! J'ai pétitionné à ce sujet. Mais qui connaît Meyer, dans ces hautes régions? On a refusé.

— *Beut*-être, interrompit Jacob, on a refusé parce qu'on te *gonnaissait !*

— Pas de bêtises ! fit Meyer. Je suis sérieux !

— Voyons le projet, dit Léonard.

— Il est bien simple. Mais il faut des protections et de l'argent. De l'argent, nous en avons.

— Des protections, ajouta la comtesse, j'en aurai.

— Eh bien ! dit Meyer, j'ai réfléchi que les bouchers ont de la besogne pour aller chercher leur viande aux abattoirs (pardon, madame), et les abattoirs pour aller chercher les bêtes au marché. Ecoutez-moi. Paris s'éloigne, chaque jour, de son centre. Paris va devenir, à lui seul, un **département**, dont chaque quartier sera une ville. Il faudra donc que chaque quartier s'approvisionne lui-même, se nourrisse et vive, pour ainsi dire, indépendamment des quartiers voisins. Chaque quartier aura ses abattoirs (madame, pardon !); mais il suffira pour tous d'un seul et même marché. Ce que je veux établir, c'est un marché de bêtes à cornes, en plein Paris. L'emplacement est déjà choisi. J'ai jeté les yeux sur le passage Sainte-Marie. Il y a là une fortune. Nous affermons ce marché. Nous touchons tant par tête de bétail. Les abattoirs (pardon !) nous sont redevables. L'argent afflue. C'est mon idée, je la crois superbe. Qu'en pensez-vous ?

— Ayons d'abord la permission, hasarda Léonard pendant que Jacob hochait la tête.

Madame de Montfort se leva :

— Vous l'aurez. Mais il s'agit de me dire quelle sera ma part dans tout ceci.

— La permission vaut cher, fit Meyer. Je vous l'achète deux cent mille francs.

Jacob et Léonard crurent qu'il devenait fou.

— Bast ! reprit Meyer, je les aurai bien vite regagnés.

— Vous aurez la permission demain, dit la comtesse.

Dès qu'ils furent partis, elle écrivit à M. de Gaillac :

« Faites-moi donc dîner demain avec l'ami du préfet. Le pouvez-vous? »

Moins de quelques heures après, M. de Gaillac répondait :

« Mon cher de Reude accepte. Demain je viendrai vous prendre à cinq heures. Merci de me fournir l'occasion de vous être agréable. »

Après avoir lu ce billet, madame de Montfort laissa échapper un grand soupir de satisfaction; elle alla à son miroir, se regarda et sourit.

— A demain, dit-elle. Qui sait?

M. de Gaillac fut exact le lendemain. A l'heure dite, il arrivait chez madame de Montfort en voiture, accompagné du conseiller.

De son côté, madame de Montfort était prête; elle était habillée et attendait. Elle s'était mise en frais de toilette. Une robe de velours gros bleu garnie de dentelles noires, couverte d'un long pardessus, l'enveloppait tout entière. Elle avait enroulé autour de son cou un magnifique boa à l'ancienne mode. Sa tête blonde était couverte d'un chapeau de soie bleue. Elle portait, sur ses gants blancs, des bagues de toutes sortes : émeraudes, diamants, topazes — une vitrine de joaillier.

Elle tendit cordialement la main à M. de Gaillac et salua M. de Reude avec une grâce charmante, tout à la fois respectueuse et prévenante.

M. de Gaillac lui offrit son bras jusqu'à la voiture. Lorsqu'elle monta sur le marchepied, elle releva légèrement sa robe, découvrant ainsi un pied petit et cambré, et la naissance d'une jambe aristocratiquement fine.

On décida bien vite qu'on irait dîner chez Voisin. Durant le trajet, madame de Montfort se montra charmante, spirituelle, aimable. Elle causait gaîment, de tout un peu, avec une vivacité extrême. Ses paroles semblaient ailées ; elles partaient comme avec un froissement d'ailes.

M. de Gaillac regardait d'un œil fier son ami qui écoutait attentivement cette femme et ne se lassait pas de lui fournir l'occasion de quelque nouvelle repartie, de quelque nouveau paradoxe.

Lorsque la voiture s'arrêta, M. de Gaillac descendit le premier et offrit la main à la comtesse. Comme elle descendait, elle se pencha sur lui, et il sentit l'haleine embaumée de la jeune femme lui courir sur le visage. Il lui dit alors tout bas à l'oreille et d'une voix émue :

— Vous êtes adorable !

Madame de Montfort se dégagea prestement et poussa elle-même la porte d'entrée.

Le conseiller la suivait sans mot dire.

M. de Gaillac se sentait en ce moment le plus heureux des hommes. Il se trouvait aux côtés de cette femme belle, riche, fêtée; de cette femme qu'il aimait sans se l'être avoué encore. Il était là; il la voyait. Elle était à lui pour une heure, et il se parait de cette possession intellectuelle devant son ami; il semblait lui montrer tout son succès, et quel triomphe il remportait ainsi !

L'amour qui ne se targue point de sa victoire est l'amour rare et pur. L'amour est trop souvent le frère de la vanité, sinon de l'orgueil. On aime une femme pour s'en parer, comme on aimerait un bijou de prix. C'est ce qui explique l'attrait que possèdent sur tant de gens, certaines courtisanes, les filles de théâtre, entre autres.

Le dîner fut gai. Madame de Montfort avait fait provision d'esprit; elle en dépensa follement, en vraie prodigue. Elle n'était pas habituée à compter, et, pour elle, les mots étaient une monnaie courante. M. de Reude semblait ravi. Il écoutait en souriant; il opinait volontiers et complimentait en galant homme.

Madame de Montfort mettait en jeu toutes ses batteries pour arriver à captiver l'intérêt du conseiller, après son attention. Il s'agissait pour elle d'une forte partie. Elle jouait, comme on dit, gros jeu ; mais elle était de ces femmes qui aiment à tenter le destin. Jouer avec sa destinée et la forcer, c'est le rêve et l'espoir de tout esprit aventureux.

On avait causé déjà de bien des choses, des *Effrontés*, la pièce en vogue, et du scandale à l'ordre du jour, des diamants de mademoiselle Duverger... et du jeune P... qu'une actrice de la Comédie-Française avait, sans façons, enlevé à sa famille. On avait dépouillé, pour ainsi dire, toute cette correspondance secrète et scandaleuse que Paris adresse chaque jour à Paris, lorsque madame de Montfort se décida à aborder le sujet qui lui importait davantage.

En pareille circonstance, une femme d'intelligence médiocre attaque la place par la tranchée et la prend souvent ; une femme supérieure donne l'assaut sur-le-champ et souvent se fait battre.

Madame de Montfort, sans hésiter, donna l'assaut.

Elle exposa son plan fantaisiste avec esprit, avec grâce ; elle montra l'avantage que toute la population parisienne retirerait de ce marché ; elle cita, à ce sujet, des économistes, et, tout en jouant avec une de ses bagues et regardant M. de Reude qui souriait, pendant que M. de Gaillac, étonné, ravi, écoutait sans mot dire :

— Je ne demande pas, continua-t-elle, un prix de vertu pour cet accès de philanthropie, qui n'est nullement, au reste, dans ma nature ; je ne demande même pas ce titre de philanthrope que tant

de gens ambitionnent aujourd'hui. Je demande la
permission de ce marché, sa concession. Le préfet,
qui est homme d'esprit, ne peut me la refuser. —
Dites-lui que ce sera un marché de bêtes à cornes. Ça
le fera rire ! Pensez donc, nous aurons également des
vaches laitières qui approvisionneront Paris de lait
pur et sain, et non falsifié. Les Anglais ont eu déjà
cette idée, mais ce sont des Anglais. Voilà que vous,
vous souriez aussi, mon cher de Reude ! Le projet vous semble absurde, et vous n'y croyez pas,
ni comme saint Augustin, parce qu'il est absurde,
ni comme Voltaire, quoiqu'il soit absurde. Je vous
en prie, répondez-moi.

M. de Reude s'était mis à rire.

Il se leva, alla à la comtesse, lui prit la main, et,
comme M. de Gaillac, tout à l'heure, il lui dit :

— Vous êtes charmante !

— Soit ; mais la réponse ?

— Ma foi, ce projet que vous me faites qualifier
d'absurde, je le trouve au moins étrange, et avant
d'y souscrire, je demande à réfléchir. La réflexion
est une de mes vertus

— Oui, fit la comtesse, et la nuit porte souvent de
bons conseils. C'est pour cela que minuit est l'heure
du crime. En vérité, vous ne pouvez me refuser cela.

— Je consulterai les parties intéressées, madame,
et tout d'abord les bœufs.

— Vous vous moquez.

— En ai-je l'air ?

Madame de Montfort mordillait nerveusement le bout de ses doigts gantés et regardait M. de Gaillac, comme pour lui dire :

— Soutenez-moi donc !

M. de Gaillac comprit, et se tournant vers son ami :

— Voyons, dit-il, le projet est bon, il faut le suivre. Je suis en tiers ici et n'y ai aucun intérêt ; mais si l'on m'écoutait...

— Ah ! fit M. de Reude en se levant, si vous êtes deux contre moi, je me retire... Sérieusement, ajouta-t-il, il faut que je parte...

Madame de Montfort demeurait assise, le front légèrement plissé. Lorsqu'elle vit M. de Reude s'éloigner, elle se leva :

— Ainsi, dit-elle, adieu mon projet !

Le conseiller se mit à rire.

— Vous ne m'en voulez pas, au moins ? ajouta-t-elle.

— Moi, madame ?

— Alors, monsieur, une marque d'amitié : votre main ?

Il lui tendit sa main largement ouverte.

Elle y mit ses doigts délicats et fins, et le regardant avec un sourire alangui :

— Pardon, dit-elle.

Comme ils descendaient tous les trois, M. de Reude prit à part son ami, et lui dit tout bas :

— Défie-toi de cette femme. Ne l'as-tu pas vu, c'est une drôlesse. On fréquente ces créatures ; mais on ne les aime pas.

M. de Gaillac était stupéfait. Il regarda son ami d'un air étonné.

— Je dis la vérité, fit M. de Reude.

M. de Gaillac haussa les épaules.

— Je t'avais toujours cru, reprit-il, un homme d'esprit, et je vois maintenant que tu n'es qu'un homme d'affaires.

— Soit ! dit le conseiller.

Il salua madame de Montfort, monta dans la voiture qu'un garçon lui avait amenée et s'éloigna.

Madame de Montfort se fit conduire chez elle.
M. de Gaillac ne l'avait pas quittée.

V

UNE LETTRE DE PARIS

Madame de Montfort était légèrement irritée.

Elle se jeta, en arrivant, dans un fauteuil, sonna, pour se déshabiller, sa femme de chambre et, faisant à M. de Gaillac signe de se rapprocher d'elle :

— Il fait froid, dit-elle. Je suis transie. J'aime le feu. Le feu est encore un de ces amis qui ne vous trahissent pas ; il est vrai qu'il est de ceux qui peuvent vous brûler.

— Vous êtes sceptique ! fit M. de Gaillac.

— Non. Je suis vieille, voilà tout. J'ai vingt-cinq ans.

— Vous avez souffert, madame ?

— Beaucoup, dit-elle avec un soupir profond. J'ai été trompée, moi, bonne, aimante, dévouée. On ne m'a pas comprise. Combien de gens passent à côté de votre cœur sans l'entendre battre, car ils n'écoutent pas ou ils sont sourds. Oui, j'ai souffert, mon ami. (Elle prononçait ces deux mots avec

une intonation d'une infinie douceur.) J'ai beaucoup souffert. Mais pourquoi vous parler de tout
ceci, qui ne vous importe guère ?

— Méchante ! Ne savez-vous pas que rien de ce
qui vous touche ne m'est étranger ?

— Est-ce la vérité ?

— Je vous le jure.

— Un serment ! Savez-vous bien qu'à présent
on ne croit plus aux serments ? C'est une monnaie
de cuivre. Il faut payer en pièces d'or ; je veux
bien croire que mes affaires vous intéressent. Vous
avouerez que je suis bonne.

— Pourquoi cela ?

— Parce que vous me connaissez à peine et que
je pourrais m'étonner de cet intérêt subit.

— Ne m'avez-vous pas, dit M. de Gaillac, donné
l'exemple de la confiance ?

Dans la bouche d'Olivier Renaud, cette réponse
eût été une satire. De la part de M. de Gaillac,
madame de Montfort ne la prit pas ainsi.

Elle sourit, au contraire, lui tendit la main, et
dit :

— Merci ! Oui, vous avez raison. Je vous crois, et
je vois bien que vous m'aimez.

Elle avait prononcé ce mot le plus naturellement
du monde, sans affectation, avec une ravissante
simplicité.

M. de Gaillac la regarda. Il était ému, son cœur battait Elle souriait d'un air candide.

— Oh! fit-il, vous avez raison. Je le vois, je le sens, vous avez dit vrai, et je vous aime!

Il avait mis tant de feu dans ces quelques mots, tant d'éclat, tant de jeunesse, que madame de Montfort fixa sur lui un long regard, réellement surpris.

Elle sourit de cet air bénévole que prennent les mères pour gronder leurs enfants, et tendant ses deux mains à M. de Gaillac:

— En vérité, dit-elle, je ne vous comprends pas. Parlez-vous sérieusement?

— Vous me le demandez? répondit-il; mais vous voyez bien que je deviens fou! Oui, je vous ai dit que je vous aimais. C'est la vérité. Je vous ai aimée en vous apercevant, en une minute. C'est ainsi. Je suis venu à vous, poussé par je ne sais quelle force. Je vous ai parlé. Vous m'avez souri. C'est tout; et depuis lors, je rêve. Je vous dis que je suis fou. Vous parlez de souffrances! Je souffre, moi. Je souffre, parce que je vous aime, parce que je suis là, à vos côtés, à vos pieds, à vous répéter que je vous aime, et qu'il me va falloir partir, vous quitter, vous perdre, bientôt, dans quelques jours, demain, peut-être.

— Partir? fit madame de Montfort, pourquoi partir?

— Eh ! s'écria M. de Gaillac, si vous m'aimiez, je ne partirais pas !

Madame de Montfort se leva brusquement. Elle se mit à marcher dans la chambre. Elle avait les bras croisés et regardait à terre. M. de Gaillac la suivait des yeux, tout surpris.

Au bout d'un moment, elle vint à lui tout droit, lui prit les mains, le regarda dans les yeux et lui dit :

— Répétez-moi que vous m'aimez !

Toute la passion, toute l'ivresse de cet homme passèrent alors dans ces mots qu'il dit à demi-voix :

— Je t'aime !

Elle se jeta follement à son cou, l'étreignit dans ses bras et l'embrassa longuement sur les yeux.

M. de Gaillac, inondé de caresses, crut, en ce moment, qu'il allait mourir.

Le soir même, elle lui disait :

— Tu écriras chez toi que tu es malade. Invente une maladie, deux maladies, dix maladies, toutes mortelles Il te faut suivre un traitement à Paris et ce traitement sera long. Que la lettre parte au plus vite. Me le promets-tu ? C'est que, maintenant, va, je ne veux pas que tu partes !

— Ah ! tiens, s'écria M. de Gaillac, Marie, tu es un ange !

Deux jours après, une lettre de Paris arrivait à

Toulouse. Madame de Gaillac appela ses deux fils et la lut.

La lettre disait :

« Ma chère femme,

» J'ai eu tant de soucis depuis mon arrivée, que j'ai négligé de t'écrire exactement, comme je l'avais promis. Me l'as-tu pardonné ? J'en suis bien sûr, quand je pense à ta bonté et à ton affection.

» Me voici donc à Paris, dans ce Paris que je n'avais pas vu depuis tant d'années. Il est bien changé ! Il me semble bien triste. On l'a habillé de neuf, et on n'a pas réfléchi que changer ses vêtements, c'était détruire sa physionomie.

» Je ne sais pas quel est le philosophe qui a écrit : Ne revoyez jamais ce que vous avez aimé.

» J'ai beaucoup aimé Paris. J'y ai reçu autrefois mes premières idées nobles et grandes, et je lui en garde toujours une profonde reconnaissance.

» Paris était pour moi un de ces souvenirs savoureux dont on aime à nourrir son âme. Souvenirs bien rares dans une vie et qu'on aime justement davantage à cause de cette rareté.

» J'ai mal fait de le revoir, mon amie. Je ne l'aime plus. Ou plutôt ce Paris nouveau n'est plus mon Paris d'autrefois. On me l'a changé. On me l'a

mutilé. On me l'a amputé. Pauvre Paris ! Je ne le
reconnais pas.

» Mon Paris, à moi, était gai, vivant, bruyant,
joyeux, rieur, plein de soleil et de chansons. La belle
ville ! On s'y amusait beaucoup, on y travaillait, on
y aimait de même. Il y avait dans l'air un souffle
d'enthousiasme, un courant électrique d'idées
hautes et belles. Hélas ! la musique est maintenant finie. Paris, mon Paris est mort. C'en est fait,
Mon Dieu ! *Finis Poloniæ !*

» Paris veut, à présent, rivaliser avec Londres.
Il s'agrandit, dit-on. Non. Il s'élargit. S'agrandir,
c'est croître. Paris s'atrophie. Je n'y vois plus ni
gaieté, ni entrain, ni souffle élevé.

» Je n'y vois que l'ennui, un ennui britannique.
Oh ! triste ville, où les théâtres jouent des inepties,
où les livres en faveur sont des petites brochures
scandaleuses, où l'or règne en maître, où l'amour
est vénal, et d'où la foi, le courage, l'espérance,
toutes les vertus, se sauvent en pleurant !

» Je deviens moraliste, mon amie. Mon vieux levain satirique se met à fermenter, et j'en suis aise.
Depuis que je me suis soulagé ainsi, je me sens
mieux.

» Donc, me voici maintenant enfermé dane cette
grande ville que Jean-Jacques disait faite de boue
et de fumée. Isolé, hors du monde, j'attendrai que

la santé me revienne, ce qui ne peut tarder. Le soir,
pensant à vous, je fermerai les yeux, et je vous
reverrai tous, là-bas, assis au coin du feu, devisant
et parlant de moi. Je vous aperçois d'ici. Toi, Marthe, bonne mère, brodant quelque joli chef-d'œuvre,
à côté de Léon qui lit et de Jules qui écrit; quelquefois tu t'interromps. Tu parles de moi. Tu as peur.
Jules te rassure. Il est le plus fort, il est le père de
famille maintenant.

» Rassurez-vous, du reste; cet isolement dont je
vous parle n'est pas complet. Je vois souvent Henry
de Varèse, ce cœur excellent, cet honnête homme.
Je vois aussi un de ses amis, M. Olivier Renaud,
un journaliste de talent, plein de verve et d'éclat,
dont l'esprit frondeur plairait bien à Jules. Je dirai
même à ce cher enfant qu'il a tort, en vérité, de
s'éterniser dans sa province. Son talent de journaliste est mûr pour la première scène. Que ne quitte-
t-il point Toulouse? Paris lui tend les bras, Paris si
triste et si morne pour moi, qui, pour lui, serait si
brillant et si beau! Mais je sais qu'il a toujours été
partisan de la décentralisation littéraire. Il voudrait
faire de Toulouse un cerveau. Lourde tâche! La province est bonne pour les corps, non pour les intelligences. Léon y prospérera. L'industrie est
de tous les pays. L'art n'a qu'une patrie, Paris.
Je voudrais, si j'étais Jules, être, dans six mois,

un des hommes remarquables de la capitale. Il y songera.

» Justement Olivier Renaud vient d'entrer. J'ai interrompu ma lettre, et je l'ai reprise pour écrire ces mots qu'il vient de me dire : Il n'est que Paris.

» Notez bien, mes chers amis, que je ne parle point pour moi. Paris est une vieille courtisane qui conserve ses caresses pour les jeunes fronts ; mes cheveux blancs lui font peur. Elle me regarde d'un air refrogné. Fi, la vilaine ville ! et combien je la déteste. Je souffre d'ailleurs, et la souffrance vous fait voir les objets sous de tristes couleurs. De là, cette diatribe que vous ne montrerez pas, s'il vous plait, aux Parisiens émigrés à Toulouse.

» Je m'arrête, ma bonne Marthe, je t'écrirai souvent et te rassurerai. Pas d'inquiétude. Si je n'aime point Paris, je crois aux médecins de Paris. Ils me guériront, malgré Molière.

» Encore une fois, je vous quitte, et à bientôt. Je t'embrasse, ma chère Marthe, mille fois, et te charge de tous les baisers pour tes fils. Une bonne accolade, mon cher Jules, une franche embrassade, mon bon Léon, et aimez-moi tous comme je vous aime.

» ARNAUD DE GAILLAC. »

Après avoir lu cette lettre, madame de Gaillac se laissa aller, en pleurant, dans un fauteuil.

Léon lui prit les mains, et, tout affectueux :

— Va, mère, dit-il. Il n'y a pas de danger, tu le vois bien !

Pour Jules, il ne disait rien.

Il relisait la lettre de son père.

VI

UN NID A LA CAMPAGNE

M. de Gaillac disait, un matin, à madame de Montfort, qu'il ne s'était jamais vu aussi heureux, et M. de Gaillac ne mentait pas.

L'amour s'était emparé, tout entier, du cœur de ce vieillard.

M. de Gaillac, jusqu'alors habitué à une vie calme, ordonnée, paisible, se sentait inondé d'une ivresse inconnue, au milieu des joies fiévreuses qui l'occupaient. Le bois sec et mort est celui qui brûle le plus vite. M. de Gaillac aimait avec une ardeur ultra-junévile et retrouvait ses folies et ses longues rêveries de vingt ans. Il se croyait aimé. Il en était

sûr. Cet amour lui remplissait le monde. Il était ivre,
ai-je dit, il était fou. Il ne quittait pas madame de
Montfort et cette femme était devenue sa vie même.
Il lui fallait, à présent, sa présence, sa voix, son regard. Ils passaient ensemble de longues heures,
sans presque parler, se regardant et se souriant. Ils
se redisaient cent fois les mêmes paroles. Il se mettait aux genoux de Marie, lui prenait les pieds et
les baisait. Il retrouvait, auprès d'elle, des attitudes
et des allures d'enfant. Un jour, il voulut dénouer
ses longs cheveux blonds et les lui peigner. Il s'arrêtait parfois pour les embrasser et respirer leur
parfum enivrant. Ce fut, désormais, une de ses grandes joies. Elle riait, alors, et, pour le remercier, elle
l'embrassait bien fort sur les deux joues.

Il y avait dans l'amour sénile de cet homme je
ne sais quel charme qui lui allait parfois au cœur à
elle-même. Il était si doux, si bon ; il la regardait avec des yeux si attendris, il lui parlait
d'une voix si soumise, qu'elle lui disait, tout d'un
coup :

— Tu es bon, et je t'aime !

Elle ne recevait plus personne. Elle se sacrifiait à
lui, tout entière.

— Je ne veux pas d'amis, disait-elle. Les amis
sont des fâcheux. Je ne veux que toi.

Et lui la remerciait alors du fond de l'âme.

— Mon ami, lui dit-elle un jour, m'aimez-vous véritablement comme vous me le répétez?

M. de Gaillac lui prit la main.

— Que me demandes-tu là? fit-il.

— Je vous demande si vous m'aimez, voilà tout.

— Je t'aime comme je n'ai jamais aimé, Marie.

— Je vous crois. Et cependant, dit-elle, si je vous demandais une preuve de cet amour?

— Je te la donnerais.

— Bien vrai?

— Je te le jure.

— Eh bien ! mon ami, dit madame de Montfort, Paris m'ennuie. J'ai un caprice. Je voudrais vivre avec toi, loin d'ici, seule à seul, à la campagne, à Nogent !

-- Tu le veux?

— C'est une folie !

— C'est un ordre ! dit-il.

Huit jours après, ils étaient installés, sur les bords de la Marne, dans une petite et coquette maison.

M. de Gaillac ne songeait à sa famille que régulièrement, pour ainsi dire, et aux jours où il lui fallait écrire pour donner des nouvelles de sa santé. Les lettres étaient courtes, pour la plupart, mais affectueuses, attristées avec art. Il y avait toujours à côté d'un ennui profond une rayonnante espérance.

M. de Gaillac suivait, d'ailleurs, pour ses amis et sa satisfaction propre, un traitement régulier. Il allait souvent à Paris, passait à l'appartement qu'il avait gardé, recevait ses lettres, faisait à son docteur une visite, et s'en revenait, impatient de retrouver l'amour et les séductions de madame de Montfort.

A Nogent, la vie était douce, M. de Gaillac respirait en pleine idylle. Ses joies avaient quelque chose de doux et d'enfantin. Un regain de poésie lui poussait, pour ainsi dire, dans le cœur. Il aimait madame de Montfort en amoureux de vingt ans, je veux dire qu'il l'adorait.

Ces adorations passent vite. Elles ne sont d'ailleurs pas solides. L'homme à vingt ans croit aimer une femme. Aussi bien l'amour d'un jeune homme de vingt ans n'est-il point un joyau dont se parent les femmes qui n'aiment pas à porter des diamants qui sont du strass.

M. de Gaillac, qui n'avait jamais beaucoup aimé la campagne, lui trouvait un charme enivrant. Elle n'était pas belle, cependant. L'hiver l'avait dépouillée de toutes ses verdures et de ses splendeurs. Le vent sifflait tristement dans les arbres dénudés et comme amaigris. Il y a quelque chose de navrant dans la vue d'un arbre sans feuilles comme dans celle d'un squelette. La terre, sèche et dure, se

couvrait souvent de neige, et la Marne charriait des
glaçons. Mais cette saison malheureuse ajoutait,
pour ainsi dire, au bonheur de nos amants. Leur
maison était un véritable réduit d'amour et de bien-
être. Ils y vivaient enfermés, capitonnés, rapprochés
l'un de l'autre, près du feu qui égayait leurs interminables conversations. Parfois, ils sortaient; elle
s'enveloppait d'une grande pelisse de velours garnie de fourrure, elle se pendait au bras de M. de
Gaillac, et ils marchaient, aspirant l'air froid et pur
de l'hiver, cet air frais qui rafraîchit les poumons et
régénère le sang. Ils allaient souvent dans les bois,
en voiture. Le feuilles et les branches sèches cra-
quaient sous les roues; la bise entrechoquait les
arbres grêles; le cocher fredonnait quelque vieil
air de chasse. Eux se regardaient muets, sans
pensée comme sans voix, tout entiers à leur amour.

M. de Gaillac était bien heureux.

Il recevait exactement, chaque semaine, plusieurs
lettres de Toulouse. C'était tantôt madame de Gaillac qui écrivait, tantôt un de ses fils. Il les lisait
négligemment, rapidement, quelquefois les décache-
tait à peine. Toutes ces lettres, en effet, étaient uni-
formes. Elles lui apportaient la preuve d'un amour
constant, d'un rare dévouement, d'une affection
profonde. Qu'avait-il besoin d'amour, en ce moment? il avait rencontré un cœur qui l'en inondait,

une âme qui comprenait la sienne, et ce nouvel amour avait toute l'âcre saveur d'un fruit nouveau et défendu, tandis que l'autre lui semblait fade comme l'habitude.

Cette existence de retraite voluptueuse et de doux renoncement dura deux mois, pendant lesquels madame de Montfort se montra sans cesse douce, affectueuse, prévenante. Elle n'avait qu'un désir : celui M. de Gaillac, elle n'avait qu'un nom sur les lèvres : le nom de M. de Gaillac. Elle l'enivrait; bien plus, elle le gonflait d'orgueil. L'ivresse est passagère; mais ces amours-propres ballonnés durent d'autant plus qu'ils sont vides. M. de Gaillac était sûr de sa victoire. Il eût sacrifié à cet amour, dont il était si fier, tous les siens et sa fortune tout entière. Encore une fois, il était heureux.

Depuis quelques jours cependant il semblait triste, et seulement parce qu'une implacable tristesse se peignait sur le visage de madame de Montfort.

Il devinait qu'elle souffrait d'une intime pensée, et instinctivement il n'osait l'interroger.

Il avait peur. Peur de quoi? Vous l'eussiez fort embarrassé avec une telle question. Il ne savait.

Mille et mille idées venaient à la fois traverser son cerveau.

Il avait l'intuition de quelque malheur. Il avait peur de tout et de rien. A coup sûr, madame de

Montfort n'était point malade; elle le lui avait dit,
et c'était *de là* qu'elle souffrait, *de là*, de cet
endroit où bat le cœur, où l'on a placé l'âme,
où est la vie. Mais pourquoi souffrait-elle? Elle
s'ennuyait sans doute, dans cette campagne.
L'hiver, la campagne est triste. Et pourtant elle
trouvait plaisir à marcher par les bois déserts.
Qu'avait-elle donc? Peut-être, oh! l'affreuse appréhension, si cela était? peut-être qu'elle ne l'aimait
plus, peut-être...

A cette pensée, il se sentait pâlir. Il s'irritait; il
avait la fièvre, il tempêtait; puis tout à coup s'arrêtant, le malheureux, il fondait en larmes.

Il se disait aussi qu'il fallait l'interroger, savoir
son secret, lui parler, lui répondre. Il allait à elle,
et n'osait; elle le regardait d'un œil triste. Il se dé-
tournait et souvent essuyait une larme.

— Quoi! déjà? pensait-il.

Il lui dit enfin un jour:

— Marie, tu es triste, et je me suis aperçu, un
matin, que tu avais pleuré. Tu souffres. Réponds-
moi. Qu'as-tu donc?

— Je n'ai rien, fit-elle.

— Oh! je t'en supplie, mon amie, ne me cache
pas ce chagrin. Je dois le partager, tu le sais, quel
qu'il soit. Parle, parle-moi, Marie, pourquoi, l'autre
jour, avais-tu pleuré?

— J'étais triste, répondit-elle, et je vous l'ai caché jusqu'à présent, parce que j'ai peur.

— Peur de quoi? s'écria l'avocat.

— Peur de vous.

— De moi?

— De votre amour.

— Je ne comprends pas.

— Oh! s'écria-t-elle, si j'étais sûre de ton amour, comme ce chagrin se changerait vite en joie!

— Marie, fit M. de Gaillac, que dis-tu? Tu doutes de moi, tu ne crois pas à mon amour? Qu'as-tu donc! C'est insensé. Tu sais bien que je t'aime; je t'aime, entends-tu? je t'aime, je t'aimerai toujours. Mais parle-moi, dis-le moi, ce secret qui t'attriste. Dis; j'attends; je t'écoute. Marie, mon amour, je t'en conjure, dis-moi tout!

— Tu le veux? reprit-elle; soit! Après tout, je verrai bien si tu dis vrai et si tu m'aimes.

— Mais qu'est-ce donc? dit M. de Gaillac.

— Eh bien! fit-elle en le regardant fixement, je vais être mère!

M. de Gaillac jeta sur elle un regard éperdu, recula, chancela, voulut parler et s'affaissa dans un fauteuil.

— Oui, dit-elle, mère. Un pauvre enfant va naître de cet amour de rencontre qui n'aura marqué dans ta vie que comme une aventure passagère;

6

un petit être innocent de ma faute et sur la tête duquel elle rejaillira tout entière.

M. de Gaillac avait relevé la tête : il regardait Marie d'un air étrange. Une immense expression de bonheur illuminait son visage :

— Un enfant ! un enfant de toi ! une fille ! car ce sera une fille : je n'aime que les filles. Les garçons, quel ennui ! c'est méchant, c'est rétif. Un enfant ! Marie ; tu as bien dit que tu allais avoir un enfant ? Je rêve ! Dis-le moi encore ! Un enfant ! Je suis heureux, moi, je deviens fou. Une fille ! une fille de de toi ! ma fille ! Et voilà ce que tu me cachais, méchante. C'est mal, c'est très mal. Je pleure. Cela me fait du bien. Ma fille ! Oh ! tiens, Marie, viens, et embrasse-moi !

Elle se pencha vers lui ; il se jeta follement à son cou et l'étreignit avec amour.

— Marie, Marie, répétait-il, je t'aime !

Il se mit à marcher ardemment, par la chambre, riant, chantant, s'arrêtant pour répéter ces mots : Une fille ! Il était fou ; il ne songeait à rien, et fut longtemps à entendre auprès de lui madame de Montfort, qui, couchée sur le canapé, la tête dans ses mains, échevelée, pleurait. Il courut à elle aussitôt, s'agenouilla, lui prit les mains, et la couvrant de baisers :

— Mais pourquoi pleurer ? s'écria-t-il.

Madame de Montfort se leva d'un bond.

— Il n'a pas compris! dit-elle. Malheureuse! Vous n'avez pas compris!

— J'ai compris, dit M. de Gaillac, que cet enfant, ce gage de notre amour, c'est le bonheur qui me vient!

— Le malheur! fit-elle. — Etes-vous libre, monsieur? Le nom que vous portez lui appartient-il, à ce petit être qui naîtra, et celui que je porte m'appartient-il davantage? Pauvre créature maudite! La souffrance l'attend; la souffrance, le déshonneur, la misère; car je suis pauvre, car je n'ai pas plus une fortune à lui offrir qu'une famille.

Elle vint se planter devant lui, les bras croisés :

— Et tu ne comprends pas cela, toi? dit elle.

— Marie! s'écria M. de Gaillac les larmes aux yeux, ce que tu fais là est mal. Tu doutes de moi?

Il alla vers son bureau entr'ouvert, y prit un papier timbré, et dit gravement :

— Combien veux-tu que je te reconnaisse pour faire élever notre enfant?

Madame de Montfort poussa un cri, un cri de joie suprême; elle s'élança vers lui, l'embrassa, et dans son ivresse :

— Ah! s'écria-t-elle, tu es bon comme le bon pain! — Merci au nom de notre enfant, de ton enfant, dit-elle au milieu d'un baiser.

Elle écrivit le soir même à Olivier Renaud :

« Mon cher ami, venez donc demain; j'ai à vous parler. Je serai seule. »

Elle mit au bas du billet son adresse, signa : MARIE, et fit porter la lettre à la poste par sa femme de chambre.

Le soir même, M. de Gaillac, radieux, lui dit :

— Vois-tu, nous l'appellerons Marie !

— Oui, fit-elle, si c'est une fille; mais si c'est un garçon?

— Ce sera une fille; elle se nommera comme toi et elle te ressemblera. Tu es drôle, pourquoi veux-tu que ce soit un garçon?

VII

OLIVIER RENAUD

Le lendemain était un samedi. M. de Gaillac ne manquait jamais, ce jour-là, de se rendre à Paris. Il allait chez son médecin, chez ses amis, passait chez lui pour y prendre les lettres de Toulouse, et revenait à Nogent aussitôt. Cela lui prenait sa journée.

Il partit, cette fois, un peu plus tard que de coutume, tout joyeux, le front rayonnant, le cœur plein d'amour et d'orgueil.

Le temps était beau. M. de Gaillac crut, sans doute, que la nature s'était parée pour célébrer ce qu'il appelait son *triomphe*. Il allait être père ! Cette seule pensée l'absorbait tout entier. Rien n'affole les vieillards comme ces paternités tardives. Il était fier. Il passa, droit comme un I, devant les employés, demanda son billet d'une voix haute et monta dans le wagon avec l'agilité d'un jeune homme. Je suis bien sûr qu'on le prit pour un fou.

Cependant, Olivier Renaud arrivait à la maison de Nogent. Madame de Montfort l'attendait.

Elle paraissait bien joyeuse. Durant la matinée elle avait fredonné, les uns après les autres, tous les refrains en vogue à ce moment-là.

Lorsqu'elle vit Olivier, elle lui tendit la main avec élan, et lui dit :

— Vous êtes exact ! Vous êtes bien gentil !

— Vous désirs sont des ordres, madame, dit en souriant Olivier, qui ôtait ses gants.

— Tiens, dit-elle, vous voici dans vos jours de belle humeur. Vous avez oublié les pierres pour le jardin du voisin?

— Que parlez-vous de pierres, madame, fit Olivier sur un ton à demi plaisant; en venant vous voir j'aurais dû faire provision de fleurs.

— Aïe! aïe! Les madrigaux! Bah! dit la comtesse, laissons cela, allez! Nous ne sommes pas dans mon salon, heureusement, et nous pouvons nous parler à cœur ouvert. Mon cher Renaud, j'ai mille et un remerciments à vous adresser, et c'est pourquoi je vous ai fait venir. Voyons, tendez votre front, qu'on vous embrasse!

— *As you like it !* dit le journaliste.

— Hou! fit-elle, vous parlez l'anglais comme un Américain!

Elle l'embrassa au front, et, lui prenant les mains, se pencha vers lui avec une de ces attitudes contournées qui sont le privilége des femmes et des chats.

— Mon petit Renaud, dit-elle, savez-vous bien que je vous adore?

— Je vous adore de même, répondit-il.

— Vous ne me comprenez pas. Je veux dire que vous avez fait ma fortune.

— Puisque je ne sais pas faire la mienne, c'est une consolation de faire celle des autres.

— Voyons, écoutez-moi.

— Il est si difficile de vous écouter quand on vous regarde!

— Méchant bavard! Non, sérieusement, dit madame de Montfort, c'est la Californie que vous m'avez ouverte en m'amenant, l'autre fois, votre vieil ami.

— Il n'était pas mon ami, puisque je vous l'ai amené. Je parie que vous l'avez perdu!

— A son âge! Allons donc! Je lui inculque les meilleurs sentiments. Cet homme-là a la bosse de la paternité. Je l'ai tâté de suite. Il a reconnu (et il en reconnaîtra bien davantage) cent cinquante mille francs à mon enfant futur, à sa fille à venir, car il veut une fille. Le malheureux! Il ne sait pas ce que c'est qu'une fille. Heureusement que celle-là ne lui causera pas beaucoup d'ennuis.

Elle souligna les derniers mots d'un sourire parfaitement railleur. Olivier la regardait fixement, sans aucune expression dans le regard.

— Je comprends, dit-il alors, je devine.

Elle éclata de rire, se renversa dans un fauteuil et dit :

— Franchement, est-ce bien joué?

— C'est gentil, répondit Olivier.

— Oui, mon ami, dit-elle, il en est là : à se croire père et à doter par avance le fruit de notre hymen. On n'en trouve plus de ces cœurs-là. Il n'y en avait qu'un seul sous le ciel et vous me l'avez amené. Moi qui ai douté de votre amitié! J'étais folle. Ah!

je vous adore, Olivier. Ce brave M. de Gaillac, il
vous chérit, de son côté. C'est à vous qu'il doit son
bonheur. Il vous dresserait une statue si vous l'exigiez.
Voilà une belle âme ! Sans compter qu'il a de l'esprit. Il m'amuse. C'est un volcan. Je vous fais un
roman avec lui. Nous nous adorons. Je vous racon-
terai nos amours, et vous les détaillerez en feuilletons. « *M. de Gaillac dit à Marie... La suite au prochain numéro.* » Vrai, Renaud, je vous aime de tout
cœur. Vous êtes un brave garçon.

Elle s'interrompit, le regarda en face et dit en riant :

— Qui aurait pu prévoir ce qui arrive, hein ?
Vous, mon ami ! La vie est bouffonne ! Est-ce que
vous partez ? demanda-t-elle en voyant Olivier qui
prenait son chapeau.

— Mais, dit-il, ma visite est faite et mes affaires
m'appellent à Paris.

— Au diable les affaires ! Restez donc.

— Impossible. Vous êtes charmante. Je vous
aime beaucoup. Mais...

— Il y a un mais ?

— Nécessairement. Mon journal avant tout.
C'est le dernier jour pour la *copie.* Notez que je
ne vous dis pas adieu, mais au revoir !

— Un dernier mot, Olivier. Est-ce bien joué ?

— Voici mon avis : vous auriez dû vous faire appeler Marie de Metternich.

Il lui prit la main et la baisa, la salua d'une façon plus cavalière que chevaleresque, et se retira.
De retour à Paris, il télégraphia à Jules de Gaillac,
à Toulouse, l'avis suivant :

« Venez à Paris de suite. Communication grave. »
Et il signa :

« Un ami,

» OLIVIER RENAUD.

» 5, rue Taitbout. »

— A coup sûr, se dit-il, il viendra. Il doit me
connaître. Quoique essentiellement parisienne, ma
pauvre réputation s'est fait jour, sans doute, en
province, pour les gens qui s'occupent de lettres.
Jules de Gaillac, m'a dit de Varèse, est un journaliste. Il comprendra que cette dépêche signifie péril
en la demeure. Il viendra et je l'attends avec impatience, on ne trouve pas toujours l'occasion de
commettre une bonne action.

Olivier vit, un matin, arriver chez lui un jeune
homme qui, se nommant aussitôt, lui dit :

— Je suis M. Jules de Gaillac.

Olivier le regarda et reconnut, d'un seul coup
d'œil, une nature d'élite. Le jeune homme était
grand, brun, réellement beau. D'une tournure distinguée, il avait je ne sais quelle raideur qui est

une qualité de plus chez l'homme. La femme doit être souple, l'homme doit être ferme.

Olivier remarqua combien le jeune homme était pâle et défait. Ses traits étaient creusés, ses yeux battus, sa joue pâlie, non de fatigue, à coup sûr, mais d'appréhension et de douleur.

— Monsieur, dit Jules, il y a une heure à peine que je suis arrivé à Paris. Je n'ai pas encore vu mon père. Je suis venu à vous, sur-le-champ, plein de craintes ; mais, en même temps, de confiance Il y a des pressentiments et aussi des instincts. J'étais sûr, monsieur, en venant ici, d'y rencontrer un ami.

Il avait dit cela simplement, d'une voix grave, avec l'accent de la vérité et de l'honnêteté.

Olivier se sentit réellement ému en présence de cette franchise quelque peu primitive et si rare qu'il la rencontrait peut-être pour la première fois de sa vie.

Il tendit la main à Jules et lui dit à son tour :

— Je vous remercie d'avoir confiance en moi, monsieur. Je vous remercie d'être venu. Je ne vous connais pas autrement que comme un honnête homme ; mais à ce titre seul, je vous dois toute assistance. Vous en avez besoin. Me voici.

— Monsieur, continua-t-il, vous avez prononcé tout à l'heure un beau mot, celui d'ami. Permettez-

moi de vous appeler de ce nom. Vous êtes le fils
d'un homme honorable, entre tous, et cet homme
est l'ami de Henry de Varèse, un de ceux que
j'aime. M. de Gaillac, que je connais depuis peu,
m'inspire un intérêt profond. Je devrais dire une
crainte profonde. Je vais vous mettre au courant
de la position, qui n'est pas désespérée, j'en suis
sûr. Mais pardon, dit le jeune homme, vous arrivez
de voyage, vous devez être fatigué, ou plutôt vous
devez avoir faim. Voudrez-vous bien partager mon
déjeuner de journaliste, une simple côtelette arrosée
d'un vin ordinaire?

Jules accepta avec cette bonne grâce exquise qui
fait plaisir à celui qui offre.

Olivier sonna son domestique et l'on se mit à table. Jules était inquiet. Il attendait ardemment ce
qu'allait dire Olivier, et cependant il dépensa, tout
d'abord, quelques paroles pour expliquer l'état des
esprits en province et exposer sa théorie, réalisable, de la décentralisation littéraire. Olivier comprit bien qu'en ce moment le jeune homme parlait,
mais que sa pensée était loin de son sujet. Il laissa
naturellement tomber la conversation ; car, après
avoir recommandé qu'on le laissât seul avec Jules,
il se rapprocha du jeune homme et lui dit :

— Je vous ai parlé de la situation grave où se
trouvait votre père. Votre père est perdu si vous ne

le sauvez. Seul, je ne pouvais rien. Avec vous, je réponds du succès. Ecoutez-moi. C'est une longue histoire que je vais vous raconter. N'en perdez pas un mot. Cette histoire, qui est la mienne, est celle de votre père aussi, ou plutôt elle est celle d'une drôlesse à qui j'ai eu le bonheur d'échapper et qui tient, en ce moment, votre père dans ses griffes.

Jules se leva, jeta sa serviette sur la table et se frappant les mains :

— Une femme ! s'écria-t-il, j'avais bien deviné !

— Oh ! dit Olivier, une femme, et la pire des femmes : la plus charmante et la plus cruelle, une femme de proie, ni plus ni moins.

— J'écoute, répondit Jules en se rasseyant.

Il fixa sur Renaud son regard franc, et celui-ci lui tendant la main :

— Voilà tantôt douze ans, reprit-il, que je rencontrai dans un bal madame la comtesse de Montfort. Madame de Montfort est jeune, belle, spirituelle. Elle sourit délicieusement, chante à ravir, cause à merveille. Figurez-vous... comment dire ?... bah ! le nom est vieillot mais il est juste... une Circé en crinoline. Avec elle, je causai longuement et dansai deux quadrilles, une polka et cinq valses, pour le moins. Lorsque je la quittai, j'étais fou, fou d'amour, fou de délire. Je ne rêvais que de cette femme, je ne songeais qu'à elle, je n'avais que son nom sur les lèvres. Je suis un sceptique ; partant, je crois à tout.

Je voulus la revoir, et je la revis bientôt. Un de mes amis me présenta chez elle. Elle me reçut avec une charmante affabilité, me pria de revenir et m'autorisa bientôt tacitement à la cour que je fis avec cette assiduité des amoureux... qui aiment. Je n'avais nullement l'espoir d'en faire ma maîtresse. Il y avait en elle je ne sais quel charme enivrant et noble qui imposait le respect. Je voulais l'épouser, et ce mariage m'apparaissait, dans le lointain, comme un mirage que je ne pourrais atteindre jamais ! Un long temps s'écoula pendant lequel je multipliai les visites, les attentions, les petits soins, les prévenances. Je connaissais la carte du Tendre et j'y voyageai par les chemins habituels. Je risquai un jour ma déclaration, qui était en même temps une proposition. La proposition fut acceptée et je me vis sur le point d'être légalement heureux.

C'était un bonheur inespéré. J'étais au comble de mes vœux et je m'épanouissais de fierté. Non que mon orgueil se gonflât à l'idée que j'épouserais, moi, plébéien, une noble et grande dame ; mais parce que mon amour se redressait de toute sa hauteur comme pour dire à tous : On m'a compris.

J'abrége cette partie du récit qui m'est toute personnelle et qui importe peu à la situation présente.

Le mariage était convenu, les bans publiés déjà et je pressais mon tailleur de hâter l'habit de noce, lorsqu'un beau jour, je n'oublierai pas cette date, qui m'est chère, c'était le 30 juillet, je m'en souviens, un homme en blouse demanda à être introduit auprès de moi. Je travaillais, justement. Je refuse de le recevoir. Il insiste. On l'introduit.

— Monsieur, me dit-il, vous êtes monsieur Olivier Renaud ?

— Que me voulez-vous ?

— Voici. Je vous reconnais bien. Vous m'avez défendu, il y a cinq ans, dans une triste affaire. A ce moment-là vous étiez avocat.

—J'ai, en effet, quitté le barreau, où il faut, à défaut de génie, plus de souplesse que de talent.

Cet homme continua :

— J'étais accusé de vol. L'affaire du boucher de la rue Serpente, un brave homme qui fait marché avec les bonnes du quartier pour voler leurs maîtres, moyennant remise. Sans vous, j'étais condamné ! Vous m'avez défendu, et gentiment. L'avez-vous oublié ? Je m'appelle Pierre Bélard.

— En effet, je me souviens, lui dis-je ; que me voulez-vous ?

— Attendez. Vous allez vous marier, monsieur
Renaud?

J'ai pour principe de tout entendre et de ne m'é-
tonner de rien.

— Je vais me marier, répondis-je.

— Bientôt?

— Avant huit jours.

— Avec madame de Montfort?

— Avec madame de Montfort.

— Tenez, monsieur Renaud, dit-il alors, vous
allez bondir; mais, foi de Dieu, ce que je vais vous
dire est la vérité. Monsieur Renaud, vous n'épou-
serez pas la comtesse de Montfort.

— Ah! vraiment, fis-je; et pourquoi cela?

J'aurais volontiers, en ce moment, jeté le coquin
par la fenêtre.

— Pourquoi? Mais parce qu'elle est indigne de
vous et ne mérite pas de porter votre nom. Oh!
c'est vrai. Vous m'avez défendu. Vous m'avez fait
acquitter. Je vous dois bien un bon avis pour votre
bonne plaidoirie. Eh bien! franchement, plantez
là toute l'affaire. Rendez le cachemire et la corbeille,
serrez vos gants et repliez la cravate blanche.
Vous ne serez pas marié cette fois-ci.

Je commençais à sentir la colère me monter au
front, et je regardais Pierre Bélard d'un air irrité,
lorsqu'il me dit :

— Surtout ne vous fâchez pas. Je n'ai pas que des paroles, j'ai des preuves. Ecoutez-moi.

Je m'assis, et, en moins d'une heure, j'appris de cet homme quelle était la femme que j'allais épouser.

La comtesse de Montfort s'appelait Marie Pidoux, du nom de son père, c'était une ancienne danseuse de bals publics, figurante de petits théâtre sous le pseudonyme de *Cachemire* et, est-il besoin de vous le dire ? *Mademoiselle Cachemire* n'avait jamais été mariée La grande dame était une aventurière, couverte d'un nom d'emprunt, parée d'un titre faux, une courtisane, une fille perdue, et Pierre Bélard, le voleur, était son amant !

Vous allez connaître, tout à l'heure, en détail. son histoire. Je finis ce récit, qui touche à sa fin.

Dès que Pierre Bélard se fut retiré, je courus chez la comtesse.

Elle me reçut avec un visage souriant, et me dit de cette voix harmonieuse qu'elle a dérobée aux sirènes :

— Bonjour, mon bien-aimé Olivier !

Je pris un ton dégagé, et lui répondis, en riant :

— Bonjour, mademoiselle Cachemire !

Elle était assise.

A ce nom, elle se redressa, son œil s'alluma et elle devint rouge.

Puis, me regardant, elle laissa échapper un grand

éclat de rire et se renversa dans son fauteuil pour rire toujours.

J'eus assez d'esprit pour être maître de moi. Je pris un air piteux, et dis, en soupirant :

— Où s'en vont les neiges d'autan ? Où s'en vont les mariages manqués ?

— Bast ! fit-elle, mon cher, il n'est pas difficile de trouver à se marier, à Paris.

— La difficulté, dis-je, est de se bien marier.

— On ne se marie jamais bien. Il ne faut pas croire aux bonnes femmes. Mais, dit-elle en me tendant la main, il faut croire aux bonnes amies !

Je pris sa main et la baisai.

— Mon Dieu ! dis-je alors, c'est dommage !

— Et pourquoi cela ?

Je la regardai, je souris.

— C'est, répondis-je, que *tu* étais si jolie et que je *t*'aimais bien !

Là-dessus, je sortis.

Je la revis souvent.

Un jour, au bal, devant moi, quelqu'un lui dit :

— Madame, j'ai beaucoup connu autrefois votre mari, M. de Montfort, un galant homme, un gentilhomme.

Elle me dit tout bas :

— Ce monsieur est plus heureux que moi.

Et de rire.

7

Mademoiselle Marie Pidoux, dite *Cachemire*, est une femme d'esprit. Voilà pourquoi je suis demeuré son ami. Je pourrais dire son tourment.

VIII

MADEMOISELLE CACHEMIRE

— Monsieur de Gaillac, continua Renaud, c'est à cette femme qu'appartient aujourd'hui votre père, et il faut le lui arracher. Pour cela, je sais un moyen que vous allez connaître. L'histoire même de la comtesse vous apprendra tout.

Madame de Montfort s'appelle, je vous le répète, Marie Pidoux, Jeanne Thérèse Marie Pidoux de son vrai nom. Elle est née à Paris, dans la rue peut-être au coin de la borne. Ces existences de bohémiens sont communes dans notre grande ville. Paris a ses aventuriers et ses Tziganes, et ses sauvages qu'on a appelés des Mohicans.

Il y a ici toute une race d'enfants du pavé, qui

ne connaissent ni père ni mère, naissent du hasard et vivent au hasard.

Marie, cependant, connut ses parents.

Le père de Marie était un professeur de déclamation, qui enseignait, au cachet, l'art du drame, de la comédie, de la tragédie et du vaudeville ; un homme grand, maigre, à la démarche lente, portant un lorgnon bleu sur son nez recourbé. Au moral, un cynique de la plus belle eau. Diogène, sans doute, a laissé des enfants ; cet homme était un de ses petits-fils.

Il n'avait, en vérité, aucune idée de la morale. La religion était, pour lui, un mot complétement vide de sens. On a retenu de lui cette parole :

— N'ayant jamais *coupé dans le pont* du péché originel, je n'ai jamais fait, comme bien vous pensez, *refroidir* mes enfants dans une église.

Marie, en effet, n'avait jamais été baptisée, pas plus qu'un frère à elle et une sœur, morts tout jeunes.

Vous connaissez le père. La mère était une pauvre petite actrice du théâtre Beaumarchais, sans talent et sans intelligence ; elle vivait maritalement avec ce professeur, qui s'appelait Pidoux et pour ses camarades Greluchet. Un surnom. Sa femme le haïssait, car il lui faisait peur et il la battait ; mais elle se sentait si inférieure à lui, qu'elle n'osait même

murmurer ; elle courbait le dos et rentrait ses sour-
des colères.

Marie avait dix ans quand sa mère mourut.

Elle n'aimait point cette femme, qui ne lui *disait
jamais rien,* qui surtout ne lui *donnait rien,* tandis
que son père avait toujours pour elle quelque nouveau cadeau. de peu d'importance, il est vrai.

— Je tiens, disait-il, à développer dans ce jeune
cœur les instincts de coquetterie et de séduction que
le doux Seigneur a eu la bonté d'y déposer en
germe.

Marie ne regretta pas sa mère.

Pidoux, homme instruit et profondément et atro-
cement instruit, enseignait à sa fille bien des scien-
ces utiles et d'autres encore qui l'étaient moins.

C'était une enfant intelligente ; elle sut de bonne
heure correctement et même élégamment écrire ;
elle avait une teinture exacte de tout ce qu'on apprend assez mal dans les pensions ; elle faisait la
gloire de son père, qui la prenait, parfois, dans ses
bras, et, la regardant avec amour, disait :

— Tu es l'espoir et le gagne-pain de ma vieillesse !

Il la faisait souvent asseoir sur ses genoux, et lui
tenait des discours de cette sorte :

— Ma chère enfant, tu n'es pas riche ; tu n'as jamais vu, sous nos lambris non dorés, le moindre

coffre-fort. J'ai toujours été pauvre ; c'est une mal-
adresse. Un bonhomme que j'aime beaucoup, le
neveu de Rameau, disait : Le *poignon* est roi. Le
poignon, l'argent, comprends-tu bien ? ce qui nous
donne de la *poigne*. Sans argent, ma petite, on est
un sot ici-bas, et la sottise, c'est un rude état Il
faut gagner de l'esprit. Comment ? c'est bien simple.
Tu as cent mille francs dans tes beaux yeux. Lorsque tu les regarderas dans ton miroir, ne manque
pas de leur sourire. Ce sont de vrais amis qu'il faut
bien aimer. Maintenant, une question : tu ne sais
pas ce que c'est que l'amour ? Non Eh ! bien, ne
l'apprends jamais. Jamais. L'amour, c'est une mauvaise affaire ; c'est un petit monsieur qui vous coupe
bras et jambes, vous rend lâche et bête et vous
empêche de prospérer dans votre commerce. Surtout, n'aie pas la sottise de te prendre d'amour
pour personne, et pas même pour moi ; je ne te demande pas d'affection, mais tant pour cent dans les
bénéfices. Tu ne comprends pas ? Cela viendra !

Je n'invente rien, de tels fucus existent, nés de la
pourriture sociale. Des champignons vénéneux.

Et Pidoux la mettait alors à terre, et, haussant
les épaules, il disait :

— C'est bête, les enfants !

Marie, cependant, grandissait, sans tuteur, sans
guide, sans même cette lumière intérieure qui

montre à tous la bonne route et qui s'appelle la
conscience. Elle n'avait, la malheureuse, aucune
idée morale et nulle notion du bien et du mal.
Ne parlez pas des idées innées, philosophes. Il n'est
point d'idées innées; je ne reconnais que des instincts. Ceux de Marie la poussaient vers le mal.
C'était non-seulement une nature viciée, mais une
nature vicieuse. Son visage avait je ne sais quoi de
séraphique et d'idéal; son âme, mise à nu, eût of-
fert un triste spectacle.

Pour Pidoux, il était, le malheureux, un maître
sot jusque dans son cynisme.

Tout son bel échafaudage de répugnants para-
doxes, un jour s'écroula lourdement. Il se trouva
seul, tout d'un coup, face à face avec la vieillesse
qui venait et la misère depuis si longtemps arrivée.

Marie s'était enfuie avec je ne sais qui, le premier
venu, un homme quelconque qui s'était trouvé là.

— Patatras! dit philosophiquement Pidoux; j'aurais dû m'y attendre. Imbécile! Je comptais qu'elle
me prendrait pour associé; je croyais encore à un
sentiment, celui du devoir. Je suis bête! Encore
un plan à reconstruire. Et me voilà vieux. Berthe est
morte. A mon âge, on n'a plus d'enfants. C'est dur!
Ce métier me pèse. L'eau coule pour tout le monde,
il est vrai, mais je ne sais pas nager. Bast, en
cherchant, on trouve.

Il trouva et se mit dans la police. Sa fille ne l'a jamais revu. Sans doute, il est mort.

Marie, cependant, entrait dans la vie du plaisir par une porte basse. Elle *trimait* comme eût dit son père, dansait des quadrilles avec des allures hystériques dans les nuits de bal, apparaissait, à Bobino, le petit théâtre du Luxembourg, aux Délassements du boulevard du Temple, dans les *revues*, sous le pseudonyme de *Cachemire* et, sous ce nom encore, usait sa jeunesse, vendait sa puberté, pressait, dès ses dix-sept ans, la vie comme un citron... Ah ! elle dut souffrir, désespérer, regarder plus d'une fois la Seine en passant les ponts. Triste jeunesse. Mais elle croyait à son étoile ; elle croyait aux cartes aussi (c'était sa seule religion), et les cartes lui prédisaient un avenir brillant. Elle avait l'air candide, vous ai-je dit ; Murillo, le peintre des vierges, l'eût prise pour modèle. Les cartes parlaient souvent à Marie d'un certain *vieux* qui l'aimait beaucoup, justement à cause de cette angélique expression de visage.

Mademoiselle Cachemire, alors, cet ange aux pieds fourchus, souriait et attendait.

Les cartes, s'il faut le dire, ne mentaient pas, ou plutôt la somnambule, qui connaissait ce vieillard depuis longtemps et le présenta, un beau jour, à la jeune fille.

Il s'appelait d'un antique nom de France : Aymeric, comte de Xangrailles. Il avait soixante ans passés et vingt mille livres de rentes, restes d'une fortune jadis princière, dissipée à travers l'orgie. Physiquement, M. le comte Aymeric de Xangrailles avait l'air d'une ruine ambulante. Il portait, sur son front chauve, une perruque blonde qui surmontait un visage ridé, ratatiné et peint comme un mauvais pastel.

Son nez était long, veiné de lignes rouges ou plutôt violacées; ses lèvres s'épanouissaient tout encarminées. Il se fardait délicatement les pommettes des joues, et il dissimulait de la meilleure façon chaque ride sous une ligne de pâte. M. le comte Aymeric, qui avait eu jadis de fort jolies main, se figurait qu'elles n'avaient pas vieilli. Il les *faisait valoir*, comme on dit, et marchait en les montrant volontiers, ces pauvres mains, jadis fines, délicates, potelées, maintenant allongées, amaigries, creusées M. le comte avait, d'ailleurs, une toux insupportable qui résonnait jusque dans les profondeurs de sa poitrine et semblait soulever cruellement ses poumons, une toux déchirante et de mauvais augure, qu'il appelait, en plaisantant, sa *coquine de compagne*. M. le comte plaisantait volontiers. Il se disait Gaulois et gausseur. Il avait été, autrefois, un bon vivant Il était, maintenant, un bon mourant. Le mot aurait pu être de lui: il en faisait beaucoup, mais jamais contre lui-même. Au reste, nullement méchant, naturellement sceptique, ne croyant ni au ciel, ni à l'enfer, ni à l'homme, ni à la femme, et n'aimant pas grand'chose en dehors de sa propre personne.

Il ne fit pas à Cachemire de longues protestations d'amour, mais de grandes promesses de richesse.

Cachemire trouva que cela valait mieux. Il souriait; elle sourit. Lorsqu'elle sortit de chez la somnambule, elle se dit :

— Bon! voilà que je commence à grandir!

Elle grandit vite et se transforma en quelques jours.

Naturellement distinguée, elle avait reçu de son père cette élégance théâtrale et factice des comédiens que, jusqu'alors, elle n'avait pu mettre à profit: mais, dès qu'elle se sentit couverte de soie et qu'elle put se draper dans un cachemire (son rêve), elle se composa une démarche, une tenue qui, non-seulement avait ce qu'on appelle la distinction, mais la noblesse.

L'homme a beau s'élever, s'il est parti de bas la tache originelle subsistera toujours; il peut, de larve, devenir hanneton. C'est beaucoup. La femme fait mieux; elle a pu être chenille, elle se transforme, un jour, en papillon.

Marie quitta son théâtre, le *bouis-bouis,* comme
elle l'appelait, l'étroite loge où elle s'habillait avec
une autre camarade, morte phthisique. Le nom
de *Cachemire* disparut des programmes des petits
théâtres et des devantures de photographes. Adieu
Cachemire! Morte, mademoiselle Cachemire! Peau
neuve et vie nouvelle. Cette enfant, qui était femme,
devint bientôt une des élégantes de Paris; elle eut des
domestiques et sut leur commander comme si elle
était née duchesse. Elle eut un coupé et s'y trouva
comme chez elle. Elle eut sa loge aux premières
représentations et sa stalle à toutes les courses. Elle
ne recevait personne, ne connaissait personne et
n'était plus connue de personne. Il n'y a qu'à Paris
qu'on voit cela. Le comte, qui la regardait comme un
trésor, l'accaparait comme un avare. Domestiques
nouveaux, maison nette. Ah! si le passé se net-
toyait comme une maison!

Vous devinez d'ailleurs combien la pauvre *ex-Ca-
chemire* s'ennuyait. Non pas qu'elle regrettât,
comme les carpes de Fontainebleau ou comme
madame de Maintenon, la bourbe d'où elle était
sortie; elle n'en n'avait plus même souvenir. On
n'est pas ingrat, à tout prendre, parce qu'on a oublié la misère.

Mais Marie avait vingt ans à peine; elle se sentait, sinon le besoin d'aimer, au moins celui de

vivre, et vivait-elle, franchement, ainsi attachée à un cadavre? Il est tant de manières de vivre qui ressemblent à l'action de mourir.

Oui, oui, Marie s'ennuyait. Compagnon fatal que l'ennui, conseiller funeste, hôte malsain, qui marche escorté toujours d'acolytes funèbres! Une des grandes distractions de cette fille était de se regarder dans la glace et de bâiller. Elle se donnait, en ces moments-là, une attitude voluptueuse et se souriait à elle-même. Elle avait essayé d'abord de causer avec sa femme de chambre ; c'était une distraction. Elle lui demandait des nouvelles du dehors. Le moindre accident arrivé à une lieue de là l'intéressait; mais peu à peu elle en vint à aborder avec la caményé ; c'était une distraction. Elle se plaignit sans doute de son ennui, et sans doute aussi la femme de chambre alla répéter ces propos au comte; car celui-ci dit à Marie un matin :

— Prenez garde au spleen, mon enfant; il n'y a rien de bête comme la pâleur, et c'est ennuyeux pour les autres.

Dès lors, Marie se tut.

Elle garda ses tristesses pour elle, et dévora les œuvres complètes de Paul de Kock qu'elle envoyait chercher au cabinet de lecture voisin.

Sur ces entrefaites, M. le comte Aymeric dut partir pour un voyage de quelques jours. Il voulut bien emmener Marie; mais elle avait entrevu déjà un moment de liberté. Elle prétexta une indisposition et demeura à Paris. Le comte allait au Havre où il devait passer une semaine.

Le soir même de ce départ, Marie était au Cirque, seule, en robe blanche. Elle respirait; elle se sentait libre: elle était heureuse; elle lorgnait le vaste amphithéâtre avec une joie inouïe. Elle buvait cette odeur de poudre de riz d'autrefois jointe à des parfums d'écurie qui lui plaisaient. Tout lui paraissait joyeux, et la musique la transportait. Elle se sentait redevenir *Cachemire!*

Tout justement elle aperçut au-dessus d'elle sa femme de chambre qui entrait par hasard, au bras d'un sergent de la ligne.

— Tiens, se dit-elle, Joséphine! A chacun son goût.

Elle était tout entière à sa joie, lorsqu'elle remarqua un écuyer qui, assis en face d'elle, la regardait avec une étonnante persistance.

Elle le lorgna aussitôt; elle eut même un petit mouvement nerveux, un léger frisson bizarre qui n'échappa point à cet homme.

Il se leva, fit un tour de Cirque, et, en passant devant elle, lui lança certain coup d'œil accompagné d'un sourire qui était un salut.

Cachemire sourit de son côté.

Elle venait de reconnaître dans ce bateleur son premier amant, celui pour lequel elle avait quitté son père.

Cet homme, dit Olivier, était justement le misérable qui m'a fourni tous les détails de cette effrayante histoire, celui que j'avais défendu, et qui devait, en échange de sa liberté menacée, me rendre — les coquins ont-ils seuls de la reconaissance ? — mon honneur compromis.

Les exercices terminés, Marie descendit les gradins du Cirque et passa par les écuries, sûre d'y rencontrer Pierre Bélard, l'écuyer.

Pierre Bélard l'attendait.

Ils sortirent ensemble et s'enfoncèrent dans les Champs-Élysées en se faisant mille confidences.

L'écuyer entraîna ainsi cette fille jusque chez lui. Marie retrouva là ces heures d'ivresse qu'elle cherchait depuis si longtemps.

Elle dit à Bélard :

— Est-ce que tu es garçon ?

— Libre comme l'air.

— Tant mieux ! fit-elle. Je t'aime bien et nous nous amuserons.

Elle délaissa quelque peu son hôtel durant les huit jours que le comte fut absent.

Joséphine lui avait promis le secret.

Quand M. de Xangrailles revint, il fut étonné de la gaîté et de la verve de Marie.

— Vous êtes rieuse! dit-il.

Elle l'embrassa follement.

— C'est que je vous revois!

M. de Xangrailles ricana de plaisir et faillit avoir une quinte de joie.

Marie reprit la vie monotone des anciens jours. Le comte Aymeric ne la quittait pas; il l'accablait de sa présence. La malheureuse s'ennuyait à périr.

Elle aurait bien voulu voir Pierre. Impossible. Le vieux comte s'attachait à elle comme une froide sangsue à la chair palpitante. Peut-être était-il jaloux. Elle se disait que sans doute Joséphine avait parlé. Joséphine n'avait rien dit; mais l'ennuyé comte voulait faire partager à sa maîtresse son opiniâtre ennui.

Elle avait pour ressource d'écrire à Pierre Bélard. Il lui répondait par des lettres d'amour d'un style ampoulé et d'une orthographe extravagante. Il lui demandait souvent des rendez-vous qu'elle ne pouvait accorder. Un jour, il se fâcha tout rouge. « Elle ne l'aimait pas, elle se moquait de lui; elle ne voyait pas qu'il se mourait pour elle. » Il finissait par dire qu'il l'attendrait à telle heure, à tel endroit.

Le comte, ce jour-là, était malade; Marie le laissa

et courut au rendez-vous demandé; elle dit à Pierre :

— Je deviens maigre!... Mon vieux barbon s'est métamorphosé en ours; il ne me donne plus rien que des ennuis; j'en ai assez. Veux-tu faire une chose?

— Laquelle? dit l'écuyer.

— Tu viendras cette nuit à l'hôtel; voici la clef du jardin; tu entreras par derrière ; le domestique et Joséphine seront couchés; je veillerai seule à côté du vieux, qui ne peut se passer de moi : lorsqu'il dormira, j'irai à la fenêtre qui donne sur le jardin, j'aurai un flambeau à la main. La fenêtre est presque à hauteur d'homme; tu grimperas sur le balcon et tu entreras; alors, main basse sur les bijoux, l'argenterie et les espèces. Nous partons ensemble et nous vivons heureux, n'importe où! Veux-tu?

Elle fit entrevoir à cet homme des mines d'or et des jours de joie. La pente était fatale; il se laissa aller.

— Au moins, dit-il dans le jardin, il n'y a pas de de chiens?

— Tu ne cours aucun danger, aucun; mais viens, n'y manque pas.

— A ce soir !

Ils se séparèrent.

Mademoiselle Cachemire, la fille de Pidoux, songeait :

— Je vais être libre !

IX

DRAME

Cette nuit même, Marie veillait auprès du vieux
comte Aymeric assoupi dans son lit. Il était tard
déjà, et la maison tout entière dormait. Marie était
pâle ; elle avait de fiévreux mouvements d'impatience. Assise auprès du lit, elle tenait un livre
qu'elle ne lisait pas ; elle écoutait les bruits du dehors et n'entendait que le bruissement du vent
dans les arbres.

Parfois le comte s'agitait, murmurant quelques
paroles étouffées ; mais il n'ouvrait pas les yeux et
demeurait plongé dans cette somnolence maladive
qui l'avait envahi.

Lorsqu'elle entendit sonner une heure, Marie
se leva doucement, prit un flambeau, et, l'é-

levant au dessus de sa tête, marcha droit à la fenêtre.

Elle demeura là un moment, immobile, attendant.

Elle avait d'avance ouvert la fenêtre. Son regard cherchait, dans l'ombre du jardin, celui qui devait venir; elle ne voyait rien.

Tout à coup une ombre sauta sur le balcon.

Marie tressaillit.

— C'est toi? dit-elle.

— C'est moi, répondit l'ombre.

Et elle reconnut la voix de Bélard.

Elle le prit par la main, le guida dans la chambre, et lui montrant le secrétaire du comte :

— Là sont les valeurs, dit-elle; là (elle désignait une sorte de dressoir que M. de Xangrailles voulait toujours avoir à sa portée), là, les objets précieux, l'argenterie. Ouvre, prends et donne. Moi, j'attends.

— Alors, dit l'homme, j'ai bien fait d'apporter des pinces. Allons-y!

Il fit sauter la serrure du secrétaire et fouilla rapidement les tiroirs.

— Un portefeuille ! dit-il.

— Prends.

Il mit le portefeuille dans sa poche. Au moment où il prenait l'argenterie dans le dressoir, le comte, entendant du bruit, s'éveilla.

Il poussa d'abord un cri et se mit sur son séant, tout effrayé, l'œil agrandi, la bouche béante.

Pierre dit tout bas :

— Nous sommes perdus !

Marie s'élança vers le lit ; elle vit cette figure maigre, pâle, presque terrible, du vieillard. Il tremblait, il était blême. Elle sentit qu'il allait appeler ; elle saisit un oreiller et le lui jeta sur le visage. Alors, comprimant la tête du vieillard et la serrant entre ses mains crispées :

— Va, dit-elle à Pierre, et dépêche-toi !

Il fouillait les meubles et volait au hasard, tandis qu'elle empêchait le vieillard de crier. Pierre la voyait, les cheveux épars, à demi défaite, l'œil égaré, tenant entre ses bras le comte qui s'agitait avec des soubresauts désespérés. Il l'entendait l'encourager, lui indiquer les objets à prendre ; il allait, prenait, pillait.

Tout à coup elle poussa un cri ; elle recula. Le comte ne bougeait plus. Elle rejeta loin d'elle l'oreiller ; elle vit un visage livide et immobile. Elle se jeta sur le lit et prit la main du comte, une main inerte. Elle interrogea le cœur ; il ne battait plus.

Elle courut à Pierre, l'enlaça dans ses bras, et, avec une terreur profonde :

— Oh ! malheureuse, s'écria-t-elle ; je l'ai tué !

— Il est mort? dit l'homme.

— Etouffé!

— Ah! tonnerre! qu'as-tu fait là?

— Va-t'en, reprit-elle; je te rejoindrai demain.
Je demeure ici. Va-t'en. Laisse tout cela (elle désignait les bijoux, les valeurs); je sauverai cela
mieux que toi. Va-t'en; j'expliquerai tout.

Pierre obéit; il disparut bientôt dans l'ombre.

Une fois seule, Marie eut peur; elle n'avait pas
voulu tuer cet homme. Elle se sentit perdue; elle
frissonna. Elle voulut rappeler son amant; elle eut
peur encore qu'on l'entendît.

Le terreur lui dicta de suite un projet. Elle prit
avec elle les bijoux, l'argent, les valeurs, et partit.
Le jour venait. Elle quitta Paris le matin même.

La police fut instruite de la mort du comte. On
ne soupçonna pas l'écuyer, mais seulement Marie
Pidoux dont la fuite semblait prouver la culpabilité.
On la cherchait encore à Paris qu'elle avait gagné
l'Allemagne; elle s'embarqua de là pour l'Amérique.

— Ce roman impossible est une histoire, monsieur de Gaillac, dit Olivier. J'ai eu entre les mains
tous les éléments de la procédure dirigée contre
Marie Pidoux, dite Cachemire.

Notre aventurière demeura un an et demi à
peine à New-York; elle devait y faire fortune. Elle

devint la maîtresse de je ne sais quel membre in-
fluent du Congrès, et, à la mort de cet homme, hé-
rita d'une partie de ses richesses. Une fois riche, elle
voulut revenir en France. Elle se fabriqua je ne
sais quels titres; elle anéantit si bien Marie Pidoux
qu'on la prit réellement, dès son arrivée, pour une
comtesse de Montfort authentique. Je crois qu'une
instruction judiciaire fut commencée pourtant et
aboutit à une ordonnance de non lieu. Mademoiselle
Cachemire devenue madame de Montfort accepta
peut-être une de ces fonctions sociales occultes qui
mettent les Vidocq mâles et femelles du côté du
manche. Elle eut un salon et des habitués. Elle vé-
cut de la vie difficile des femmes faciles; elle eut
des amants et des soupirants. Elle dépensa son argent et fit des dettes. Elle changea souvent de cava-
liers servants, et eut l'esprit de ne pas aimer d'a-
mour. Pierre Bélard se présenta certain jour chez
madame de Montfort. Elle refusa de le reconnaître.
Mais il l'avait aimée! Pour toute vengeance, il lui
fit simplement manquer l'occasion de porter légalement ce nom de *Madame*. Il trouvait en même
temps l'occasion de s'acquitter envers moi. C'était
bon. De cet échec, elle se consola bien vite;
l'humaine faiblesse est si grande que ces sortes
de femmes n'attendent pas longtemps leur revanche.

Votre père est venu ; elle l'a pris aussitôt dans ses rets.

Olivier raconta alors à Jules de Gaillac l'amoureux roman qui se dénouait en cet instant à Nogent. Il le lui fit connaître jusque dans ses moindres détails et lui dit enfin :

— Vous savez tout, monsieur, et vous voyez que si j'ai contribué à ce malheur, je suis prêt à le réparer. Je suis de ceux qui ne luttent pas contre les courants, de peur d'aller se briser contre les rochers. Je n'irai pas dire, par exemple, que le public est ingrat envers M. de Lamartine. Le public a raison, puisqu'il est le plus fort. J'ai vu votre père, un inconnu après tout, ardent à se jeter dans la vie de cette femme, et je lui ai dit : Allez ! C'est un remords. Il me faut réparer cela, et je suis prêt. Je vais vous remettre tout le dossier de l'affaire Pidoux, la copie des lettres de Pierre à Marie, la relation du vol et de la mort de M. de Xantrailles, certaines lettres de madame de Montfort à moi adressées qui peuvent vous fournir de nouveaux et très précieux détails. Je ne crois pas que cela vous puisse servir à châtier devant un tribunal, mais cela est bon pour démasquer devant l'opinion. Vous irez à elle, et sans pitié, sans faiblesse, vous la forcerez à rendre à votre père son bien, et vous sauverez l'honneur du nom que vous portez. Ce que je ne puis faire, monsieur de Gaillac, vous le ferez. Je vous le dis, courage ! Cette femme est terrible ; mais il y a quelque chose de plus fort que l'astuce : c'est le droit !

Jules de Gaillac se leva. Il était pâle, mais très calme, froid.

— Monsieur Renaud, dit-il, c'est à Nogent qu'il faut aller pour rencontrer cette femme ; mais je ne voudrais pas encore voir mon père.

— Eh ! bien, répondit Olivier, madame de Montfort sera demain chez elle, à son hôtel des Champs-Élysées. Elle vous recevra à deux heures. Sur une lettre de moi, elle viendra, je vous l'assure.

— Elle vous obéira ?

— Elle me hait et me craint !

— Monsieur Renaud, dit Jules, ma mère est là-bas, anxieuse. J'ai fait pour la rassurer ce que j'ai pu. Elle ne voit qu'une chose, la pauvre femme, c'est que son mari et son fils l'ont quittée. Elle pleure. Mon frère, qui sait tout, la console et attend. Si je ramène à notre foyer mon père, ce sera la joie, le bonheur que j'y ramènerai, et ce bonheur, je vous le devrai, monsieur. Je vous remercie. Vous avez été imprudent, mais vous êtes bon. Monsieur Renaud, je vous remercie encore, et cette fois au nom de ma mère.

Ces deux hommes s'embrassèrent.

— Allez ! s'écria Olivier, et du courage.

— J'aurai celui de ne voir mon père que lorsqu'il pourra relever le front devant son fils, dit Jules de Gaillac qui s'éloignait.

Olivier se mit aussitôt à son bureau et écrivit à madame de Montfort.

Il pensait en lui-même :

— On a beau faire, on ne pourra pas écraser tous les honnêtes gens !

X

LE FILS

Jules de Gaillac était une de ces âmes d'élite qui, sous une apparente réserve, gardent le culte intime du dévouement et de l'amour.

Jules aimait beaucoup son père; mais l'affection première de sa vie, c'était sa mère.

Il avait pour elle un amour profond, à toute épreuve. Les autres amours lui paraissaient petits à côté de celui-là.

Jules, qui pouvait passer, au premier abord, pour

un homme froid et dédaigneux de bien des choses
de la vie, s'était, au contraire, senti l'âme ouverte
à toutes les aspirations ; mais il avait reconnu, de
bonne heure, la vanité de tous ces rêves.

— Aspiration, disait-il quelquefois en souriant,
égale déception. A + B. A = B. Les mathémati-
ques, il n'y a que cela.

Assez heureux pour être convaincu, bien vite,
que les bonheurs humains sont un peu comme des
bulles de savon qui laissent seulement après elles
quelques gouttes d'eau (des larmes), il avait appris
à connaître en quels endroits et chez quelles âmes
il lui fallait placer son dévouement.

Ces âmes sont rares. Qu'importe ! L'affection
a-t-elle besoin de se disperser ? Un *amour-faisceau*,
pour ainsi dire, et qui réunit toutes les tendresses
est le plus grand des amours.

Jules était dominé surtout par une idée. C'est
l'idée seule qui fait l'homme. Il sacrifiait tout à son
devoir, et, fier de la tâche qu'il s'était imposée, il
demeurait dans sa province, parce que là, à l'ombre, était à la fois le devoir à remplir et une mère
à aimer.

Le jour même de son arrivée, il écrivit à Toulouse.

Il commit ce mensonge de dire qu'il avait vu son
père et que M. de Gaillac se portait à merveille,

mais qu'il avait absolument besoin de lui pour terminer plusieurs affaires importantes.

Sa lettre était courte, bonne, affectueuse, rassurante. Il la mit à la poste en soupirant.

— Dieu fasse, songeait-il, que je dise vrai !

Il attendait le lendemain avec impatience. Il avait hâte d'arriver au but de son voyage.

Le salut de son père, de l'honneur de son père ! voilà ce qu'il voulait, ce jeune homme. Il demeura éveillé une partie de la nuit, songeant. Pendant ce temps, M. de Gaillac oubliait, aux côtés de Marie, sa dignité, ses devoirs, sa famille.

En dépit de tout en ce monde l'honneur marche ! Le vice s'étale au grand jour, mais le foyer caché garde encore ses dieux lares : l'honneur, la vertu. L'esprit de l'homme s'agrandit, son âme s'élève. Il rêve moins, il voit plus juste. L'homme de nos jours n'est plus poëte, il est philosophe, il croit à la science. Il préfère la vérité nette à la phrase.

A côté de M. de Gaillac, l'homme du passé, qui avait fait le coup de fusil en patriote en 1830, et eût rougi qu'on le lui rappelât, qui avait souscrit au Voltaire-Touquet, savait par cœur les couplets de Béranger et chantait Désaugiers au dessert, Jules de Gaillac, son fils moins joyeux, plus pratique, vivant dans un moment troublé et sérieux, un penseur, non un rêveur, comptait et comparait, regardant le présent et plus encore l'avenir.

Olivier ne s'était pas trompé. Madame de Montfort se trouvait chez elle le lendemain. Elle était venue de Nogent le matin pour recevoir M. Jules de Gaillac.

Quand le jeune homme se présenta, on l'introduisit aussitôt dans ce boudoir où justement M. de Gaillac le père avait vu la comtesse pour la première fois.

Madame de Montfort avait revêtu une de ces toilettes délicieusement provocantes que savent si bien imaginer les dignes filles de notre mère Eve.

Un long peignoir de mousseline brodée, garni de valenciennes, l'enveloppait tout entière. Ses manches, larges et flottantes, mettaient à découvert ses bras ornés d'un cercle d'or. Le corsage, artistement et voluptueusement échancré, laissait deviner toute la merveilleuse beauté de sa poitrine. Une torsade d'or serrait sa taille souple et fine. Elle jeta sur Jules qui entrait un rapide regard et lui fit avec le geste le plus gracieux signe de s'asseoir à ses côtés.

Elle montrait le canapé où elle était étendue.

Jules prit une chaise et se plaça en face d'elle.

Il y eut un moment de silence embarrassant pour les deux adversaires, et ce silence ressemblait assez à celui qui accompagne les préparatifs d'un combat.

— Madame, dit enfin le jeune homme, je veux franchement aborder la question qui m'amène ici, et je voudrais que, si nous jouons une partie, chacun de nous mît loyalement cartes sur table.

La comtesse prit un air naïvement étonné, sourit en découvrant ses petites dents blanches, et répondit :

— Je ne vous comprends pas, monsieur.

— Je croyais, dit Jules, que mon nom vous avait tout appris.

— Votre nom? fit-elle, c'est celui d'un honnête homme et d'un ami dévoué. Sûre de l'amitié du père, ne saurais-je donc compter sur l'amitié du fils?

Elle se pencha doucement vers Jules et le regarda de ce regard profond qui trouble d'autant plus qu'il est plus calme.

Le jeune homme opposa à ce regard son visage grave et ses grands yeux pleins d'une fière loyauté.

— A mon tour, dit-il, madame, je ne vous comprends pas. Vous parlez d'amitié, et mon père ne m'avait pas appris encore qu'il fût votre ami.

— En ce cas, reprit-elle, je pourrais vous demander à quel titre vous êtes ici.

Elle ajouta en souriant :

— Vous voyez que je ne vous le demande pas.

— C'est une chose difficile, madame, de dire à une femme qu'on n'est point son ami.

— Me le dites-vous ?

— Je m'appelle Jules de Gaillac, madame, et je suis ici au nom de ma mère.

— Votre mère ?

— Je n'ai pas craint de la nommer, même devant vous. Il y a de certains noms que nul ne peut railler, et le nom de mère est de ceux-là.

Madame de Montfort se mit à rire.

— J'excuse, dit-elle, votre rudesse campagnarde que je prends pour de la franchise ; mais nous sommes habitués ici à dire moins violemment les choses désagréables. Ne craignez rien : cela ne leur ôte rien de leur méchanceté.

— Je le sais, madame. Mais ne vous ai-je point parlé d'une franchise sans restrictions et sans réticence ? Je suis franc. J'aurais voulu vous faire sentir ce que vous me forcerez peut-être à dire. Vous voyez donc bien que mes rugosités provinciales ont donné beau jeu à vos délicates douceurs parisiennes.

— Voyons, répondit Marie en se renversant avec une grâce délicieuse, laissez là ce visage refrogné ; il vous va mal, et dites-moi sans colère tout ce que vous avez à me dire maintenant.

Elle se mit à battre la mesure avec son pied et découvrit légèrement sa jambe, tout en faisant ressortir de la plus habile façon la blancheur de ses mains.

Jules la regardait, mais ne la voyait pas, ou plutôt il ne voyait que son regard doux, alangui, séduisant, et il essayait de pénétrer les secrets de l'âme derrière cette douceur et cette séduction.

— Madame, dit-il, vous l'avez avoué, mon père est un honnête homme. Je l'aime et le respecte; c'est mon devoir. J'en ai un autre, celui de le faire respecter par tous, et ce devoir est aussi sacré que le premier.

En ce moment, mon père est à vous; il vous appartient tout entier. Sa vie, c'est vous; sa fortune, c'est vous; sa famille, c'est vous. Vous l'aimez; il vous aime; soit. Pour être aimée, vous êtes assez belle; il est assez bon pour être aimé. Me comprenez-vous? Et cependant il faut que cet amour cesse et que tout soit fini, vous l'entendez; car il s'agit de notre honneur à tous, et du vôtre aussi, madame. Tenez, vous parliez d'amitié; je suis votre ami; je viens vous sauver en sauvant mon père.

Il y avait une telle ironie dans ces paroles, que madame de Montfort ne s'y méprit pas.

— Sauver votre père? reprit-elle. Et quel danger court-il donc? Sa vie est-elle menacée?

— Sa vie?... Peut-être, madame, répondit Jules.
Mon père est de ces gens qui ne survivent pas au
déshonneur.

— Un grand mot, monsieur!

— Une triste chose. Voyons, madame, vous m'a-
vez compris?

— J'ai compris, monsieur de Gaillac, que, vous
arrogeant un droit qui n'est pas vôtre, vous venez
me demander compte de mon amour. Eh! vraiment
oui, mon amour! Comment, monsieur, mon amour
vous appartient-il?

— Vous me demandez de quel droit je vous
parle, madame? Je vais vous le dire. C'est que votre
amour est impie; c'est qu'il ne vous appartient
pas; c'est que cet homme que vous aimez est sacré;
c'est qu'il est à une autre, à une autre qui l'aime,
qui a le droit de l'aimer, de dire au grand soleil, au
grand jour : « Me voici, je suis sa femme, je porte
son nom; il est le père de mes enfants, » et que
celle-là est ma mère!

— Allez dire alors à votre père de ne m'aimer
pas; il m'aime, vous le savez bien Que venez-vous
me demander?

— De renoncer à lui, de le quitter.

— Le quitter? Il en mourrait.

— Nous le soignerons, madame.

— N'y songez pas.

— Pourquoi cela?

— Je vous dis que cela le tuerait.

— Je l'aime autant que vous, madame et vous voyez bien que je n'ai pas peur. Ne retournez pas à Nogent. Ecrivez-lui. Laissez-le partir. Le voulez-vous?

Madame de Montfort se leva, et jetant au loin son éventail :

— Eh bien! non, dit-elle; il est à moi, je le garde, je l'aime!

— Vous l'aimez! s'écria Jules en devenant pâle; vous l'aimez! Répétez-moi donc que vous l'aimez!

— Je l'aime! dit-elle en se redressant roide et décidée.

— Un mensonge!... Vous l'aimez, et vous vous jouez de lui cruellement, vous le laissez se déshonorer et mentir; vous l'aimez, et vous le tuez lentement. La honte tue aussi, madame. L'avez-vous vu seul, quelquefois? Il rougit et de lui et de vous; de vous, qui vous attachez à lui comme la sangsue à sa victime, et qui buvez son or comme le vampire boit le sang. Dites-moi maintenant encore, madame, que vous l'aimez.

Elle regarda fixement le jeune homme et marcha droit à lui.

— Monsieur de Gaillac, dit-elle, Olivier Renaud est un lâche qui vous a menti!

Jules, un instant, demeura étonné, stupéfait; elle avait mis tant de colère et tant de vérité dans ce cri, qu'il fut ébranlé.

— Il a menti! s'écria-t-elle, et c'est un lâche! Quoi! il n'ose pas insulter une femme; il envoie des insulteurs pour la flétrir. Un lâche! c'est un lâche! Monsieur de Gaillac, voulez-vous venir à l'instant chez lui? Non; c'est une folie. Je veux le combattre; je trouverai le moyen. Oh! l'infâme! Vous êtes un homme d'honneur, monsieur. Voyons, que vous a-t-il dit?

Jules cependant s'était remis de son trouble et reprenait peu à peu son sang-froid habituel. Il devina dans ces fougueuses exclamations une exaltation plus cherchée que vraie.

La regardant fixement, il répondit :

— Il m'a tout dit, madame.

Involontairement, elle tressaillit; elle devint pâle et recula.

— Des calomnies! s'écria-t-elle d'une voix entre-coupée.

— Madame, dit Jules avec un calme glacial et en scandant ses paroles comme avec un couperet, causons affaires. Voici mes conditions : Vous me rendrez la reconnaissance de 150, 000 francs souscrite par mon père, vous quitterez la France, — ou j'atteindrai sans pitié madame la comtesse de Montfort dans mademoiselle Marie Pidoux dite *Cachemire*, poursuivie jadis pour crime d'assassinat sur la personne du comte Aymeric de Xangrailles.

Madame de Montfort était atterrée.

Elle eut cependant la force de lutter. Elle prit un air égaré.

— Mon Dieu! dit-elle, je deviens folle, je n'y vois plus. Qu'est cela? Que dites-vous? Quelles sont ces infamies? Oh! ce Renaud! ce Renaud! Il me l'avait bien dit qu'il se vengerait de mes dédains!

Jules de Gaillac se leva.

— Retournez-vous à Nogent, madame?

— Je serai ici demain, à la même heure.

— C'est une question que je vous ai faite aujourd'hui. Vous me devez bien pour demain la réponse. Vous verrez mon père. Dites-lui que je suis ici. Disposez vos batteries. Pour nous (je parle de M. Renaud et de moi), la victoire est trop facile. A bientôt, madame.

Il sortit.

9

X

MEYER ET COMPAGNIE

Madame de Montfort demeura un moment comme absorbée lorsque Jules de Gaillac fut sorti. Elle tordait son mouchoir entre ses doigts et regardait le parquet d'un œil fixe. Tout à coup elle se releva, sonna sa femme de chambre et lui dit :

— Un châle, un chapeau, et faites atteler.

La femme de chambre sortit.

— Une fois que je l'aurai vu, dit à haute voix la comtesse, tout sera terminé.

Elle songeait à M. de Gaillac.

— Je serai à Nogent dans deux heures, s'écriait-elle en se promenant à travers la chambre. Je lui dirai tout. Ce fils qui vient ici, il le maudira, — ou plutôt il le fuira sur-le-champ. — Il veut que je parte, ce jeune homme. Eh bien ! je partirai. L'enfant sera satisfait, mais j'emmènerai le père.

Elle se mit à rire.

— On ne lutte pas impunément avec moi. Est-ce

que j'abandonne ainsi le morceau? C'est ma proie,
cet homme-là. Il m'appartient. Et voilà un fils qui
vient se jeter ainsi sur mon chemin. L'imbécile!

— Et ce Renaud? Un honnête homme, dit-il, —
un misérable! — La belle honnêteté, celle d'un
journaliste! Ils se drapent dans leurs vertus, ces
gens-là, et ils vous jettent votre ignominie à la face.
Ils n'ont donc pas de miroir pour se regarder?

— Allons, voyons, dit-elle en rappelant sa camériste; j'ai donné des ordres, je veux sortir!

La femme de chambre prit un air consterné.

— Qu'avez-vous? Qu'y a-t-il? Parlez donc!

— Madame ne peut pas sortir, dit la jeune fille.

— Je ne peux pas sortir? Pourquoi?

— Les gens que madame connaît bien, sont là.

— Je ne comprends pas. Qui est là? Que voulez-
vous dire?

— Meyer et ses associés.

— Meyer! Jacob! Ah! s'écria Cachemire, — il ne
me manquait plus qu'eux, à présent! — Et vous ne
leur avez pas dit que j'étais sortie? demanda-t-elle.

— Je leur ai dit cela, madame; mais ils m'ont
répondu qu'ils savaient bien que madame était chez
elle.

— Faites-les entrer.

Les trois usuriers que nous connaissons entrèrent.
Ils avaient des figures revêches et prenaient des atti-

tudes diplomatiques qui eussent pu être comiques, mais qui étaient terribles.

Madame de Montfort les toisa l'un après l'autre avec un regard superbe et dit :

— Eh bien ! que me voulez-vous?

— Madame la comtesse le sait bien, dit poliment l'obséquieux Meyer ; madame la comtesse nous avait promis une bonne affaire qui n'a pas eu lieu et de bons écus que nous n'avons pas vus. C'est grand dommage, et nous ne voudrions pas désobliger madame la comtesse, mais si nous ne sommes pas payés (excusez l'audace), nous nous verrons forcés (mille fois pardon !) de faire saisie.

— La saisie? dit-elle.

— Ni plus ni moins, fit Léonard. En vérité, voilà trop longtemps que ça dure. On ne se moque de nous que temporairement et lorsque nous le voulons bien. La patience s'use avec le temps. Bon vouloir est mort, les mauvais créanciers l'ont tué!

— Ainsi, vous voulez de l'argent?

— Un joli petit acompte immédiat, en argent de France.

— Nos *ramilles grient* la *missère*, dit Jacob. Pardon, madame la comtesse, c'est le besoin qui nous fait agir ainsi.

La comtesse les regarda l'un et l'autre d'un œil égaré. Elle sentit sa tête se troubler. Chacun de ces

hommes parlait à son tour, avec force réclamations
et récriminations qui suivaient une gamme ascen-
dante. Elle répondait par des monosyllabes ou par
des phrases entrecoupées, qui témoignaient de son
trouble.

— De l'argent? Il vous en faut, de l'argent? L'argent n'est pas rare, on en trouvera.

— En avez-vous? dit Léonard.

— Je vous dis que j'en trouverai, parbleu! Vous
savez bien que j'ai du crédit.

— Nous le savons trop, répondit Léonard.

A qui Meyer répliqua :

— Mon très bon, soyons polis.

Ils devenaient exigeants, ils la poussaient de
questions. Elle sentait déjà, dans leurs propos
quasi-bénins, sourdre la menace. Instinctivement,
elle avait peur.

Elle voyait à la fois se dresser, de tous les
côtés, des ennuis et des obstacles. Nerveuse,
du reste, et par conséquent irritable, sa tête s'ex-
altait, la colère la dominait. Elle perdait ce sang-
froid presque odieux qui, d'habitude, faisait sa
force.

Elle songeait à la reconnaissance de cent cinquante mille francs que M. de Gaillac lui avait souscrite, et, dans son élan, elle fut bien près de la
sacrifier aussitôt. Un éclair de raison la retint. Elle

songea que c'était là sa dernière ressource. Elle s'arrêta et dit aux créanciers :

— De l'argent, j'en aurai demain, j'en aurai ce
soir, attendez.

Léonard hocha la tête.

— Il y a longtemps que nous attendons.

— Madame la comtesse, dit Meyer, nous a (sauf
respect), bien souvent leurrés avec le verbe attendre.

— Un *ferpe* long à *conchuguer*, ajouta Jacob qui
passait pour traiter les affaires en homme d'esprit.

— Eh bien ! s'écria-t-elle, cette fois ce sera bien
fini, je vous en réponds. J'ai hâte de vous payer.
Ah ! je vous jure qu'il me tarde de pouvoir me dé-
barrasser de vous.

— Madame la comtesse est bien bonne, dit Meyer.
Me permettra-t-elle de lui demander comment elle
entend se procurer de l'argent?

— Et que vous importe, reprit-elle avec hauteur,
pourvu que je vous paye?

— Madame la comtesse nous dira-t-elle si c'est
à Paris ou ailleurs qu'elle trouvera la somme destinée à notre désintéressement?

— Pourquoi ces questions?

— Parce que, dès à présent, nous ne quittons plus
madame la comtesse, et nous désirons savoir où
elle voudra bien nous conduire.

— Je voudrais vous envoyer au diable! dit cette femme brusquement.

— Nous ne *zommes* pas si *séfères*, fit Jacob. *Glichy n'est bas engore un Enver !*

— Je reste à Paris, dit-elle, et ne sortirai pas d'ici. J'écrirai. Maintenant (elle leur désignait la porte du geste), laissez-moi!

Ils s'inclinèrent et sortirent. Une fois seule, elle écrivit à M. de Gaillac une lettre où elle lui disait qu'elle était bien malheureuse et que sa position était compromise; — qu'il fallait qu'il vînt la voir aussitôt; — qu'elle l'attendait, qu'il se hâtât.

Elle ne parlait pas de l'arrivée de Jules. Elle laissait sur tout cela un nuage de doute. Elle terminait sa lettre par des protestations du plus profond dévouement et du plus vif amour.

— Il aura cette lettre ce soir, pensait-elle, et demain, dès le point du jour, sinon ce soir, à minuit, il sera ici et je serai sauvée.

Elle remit la lettre à Meyer lui-même, en la lui recommandant comme la source d'une fortune.

— Allons, se dit-elle, maintenant je puis respirer. La partie est difficile, mais qu'il vienne et je la gagnerai.

En ce moment, la camériste annonça M. Jules de Gaillac.

XI

DÉPART

Madame de Montfort tressaillit et devint pâle comme si la foudre était tombée, tout à coup, devant elle.

Avant qu'elle eût pu prononcer une seule parole, Jules de Gaillac était dans le salon.

Il salua la comtesse avec un respect peut-être affecté, et lui dit d'abord :

— Sommes-nous seuls, madame ?

Elle jeta autour d'elle un regard évidemment effrayé, et répondit d'une voix basse :

— Nous sommes seuls.

Jules s'assit.

— Madame, dit-il, M. Olivier Renaud, mon ami, est, à quelques pas de votre hôtel, assis, dans un café, avec M. Debergier, le procureur impérial. M. Renaud n'a qu'un mot à dire, M. le procureur impérial n'a qu'un signe à faire, et celle dont je vous parlais ce matin même, mademoiselle Cachemire, est arrêtée aussitôt. Je tiens à bien établir les situations, madame. J'ai, maintenant, dans ce portefeuille, d'importants papiers, des lettres fort compromettantes, certaines missives à un M. Pierre Bélard et des révélations nouvelles du même Bélard, qui ont leur mérite. Ce Bélard avait hésité à les faire jusqu'ici. Aujourd'hui, il a été plus... comment dirais-je bien ?... plus confiant. Tout ceci se rapporte à l'affaire, non encore éclaircie, de la mort du comte Aymeric de Xangrailles. Certaine personne qui achèterait ce portefeuille au poids de l'or y gagnerait, madame.

— Ah ! fit Marie avec un insolent sourire, vous voulez le vendre ?

— Je veux le vendre, en effet, dit Jules. Combien l'estimez-vous ?

— Cent cinquante mille francs, peut-être ? dit-elle avec ironie.

— Non, fit Jules, davantage.

Elle le regarda pendant quelques secondes bien fixement, et dit ensuite :

— Alors, j'écoute !

Jules avait cet air froid et calme qui rendait si belle sa jeune et austère physionomie. Il avait, avec ses cheveux coupés ras, ses traits graves et profondément accusés, l'air de quelque puritain. Un sculpteur l'eût pris pour modèle de la statue de l'aîné des Gracques.

Marie, tout en l'écoutant, le regardait et sentait bien qu'elle n'avait sur cette âme vierge et sereine aucun espoir de séduction. Elle sentait qu'il ne pouvait ni s'abaisser, ni faiblir, et, se disant cela, elle tremblait.

Lui, cependant, continuait d'une voix lente :

— Vous n'avez à attendre de moi aucune vengeance, madame, mais une justice. Je suis d'une génération qui regarde parfois la pitié comme une faiblesse. Ma main est de fer, et je vous tiens. Ce ne sont point là de vaines menaces ; mais n'ayez crainte, cette main, je ne demande pas mieux que de la rouvrir. Vous avez voulu ce matin me sonder, madame. Votre sourire était beau, votre attitude provocante. Vous vous saviez belle, et vous me voyiez jeune. Vous vous trompiez, madame, je suis vieux. J'ai beaucoup souffert. J'ai aimé, je vous demande pardon de ces confidences, une de ces créatures faciles à nommer, qu'on pourrait appeler non *ma* maîtresse, mais *notre* maîtresse, et cet amour a brisé bien des cordes sensibles en moi. Malgré tout, il en est une que jamais main humaine n'a atteinte : celle-là, madame, c'est l'honneur. C'est un culte castillan, c'est un culte noble, et je l'ai dans l'âme. Je vous l'ai dit, je viens vous redemander l'honneur de mon père, qui est le mien, et aussi la fortune de mon père, qui est celle de mon frère et de ma

mère. Ces cent cinquante mille francs arrachés à
sa faiblesse, il me les faut Oui, madame, c'est un
ordre. En voici d'autres. Vous ne reverrez pas mon
père. Vous quitterez Paris. Vous gagnerez l'Amérique. C'est un beau pays. Vous le connaissez. Quand
on n'y gagne pas des tonnes d'or à chanter l'opé-
rette, on s'y anoblit et on y fait fortune.

Elle avait écouté patiemment le jeune homme,
sans l'interrompre, sans mot dire.

Quand il s'arrêta, elle le regarda bien en face et
lui dit :

— Vous êtes fou !

— Raisonnons, reprit-il. L'Amérique ou la prison,
y a-t-il à hésiter ? Je suis votre ami plus qu'on ne
saurait croire. Je vous offre la liberté, tout simplement !

Il était calme, presque compassé, roide, d'un
flegme britannique. Elle, marchait à grands pas,
allait, venait, frappait du pied, s'arrêtait, se prenait le front à deux mains et pleurait des larmes
de rage.

— Vous voulez que je parte ? disait-elle.

— Je le veux.

— Et quand partirai-je ?

— Sur-le-champ.

Elle se mit à rire.

— Vous n'avez pas vu mon père, encore je le

sais. Vous ne le reverrez pas. Il ne faut pas qu'il vous parle. C'est pourquoi je suis ici. Demain, lorsqu'il accourra, éperdu, il ne vous trouvera plus. C'est ainsi que je veux le sauver.

Le hasard me favorise, continua-t-il. Vous partez ce soir, et vous arrivez justement au Havre pour vous embarquer demain pour l'Amérique. De votre vie matérielle, ne vous inquiétez pas. Un homme à moi, que vous ne connaîtrez pas, vous suivra de Paris au Havre et remettra au capitaine du navire en partance dix mille francs qui vous appartiendront dès que vous aurez mis le pied sur le pont du navire. Madame, je vous le jure, ceci est mon dernier mot.

Madame de Montfort le regarda longuement et dit, avec une singulière expression de haine et comme se parlant à elle-même :

— Oh ! ces gens honnêtes ! Ils sont méchants !

Elle alla à son secrétaire, y prit la reconnaissance signée par M. de Gaillac et s'écria :

— Tenez !

Jules remercia.

— Eh bien ! soit, dit-elle, je partirai. Aussi bien, Paris m'ennuie ! Il est bête, ce Paris ! Vous croyez me briser. Je partirai. Mais, sachez-le, votre père, votre père, il en mourra, car il m'aime. Oh ! je le sais ! Lui, séparé de moi, le pauvre homme ! Ah !

ah ! ah ! le joli coup. Vous avez bien travaillé,
vous !

Elle allait de long en large, déchirant son mouchoir avec ses dents, faisant aller ses bras comme
une folle. La grande dame avait disparu tout à coup
et c'était Marie Pidoux qui répondait ainsi à Jules
de Gaillac :

— Je partirai ! tiens, oui, je partirai ! J'aime l'A-
mérique ! Je reverrai peut-être John Palmer. John
Palmer, un amant à moi. C'est dur, mais on s'y fait.
D'ailleurs, les Françaises, c'est reçu partout à bras
ouverts. Et je rirai bien en songeant à la tête du
vieux. C'est de votre père que je parle. Il vous de-
mandera sa fille, sans doute ! Ah ! oui, sa fille. En-
volée ! là-bas, cherche ! Oui, oui, je partirai. Si
nous partions ?

Jules dit simplement :

— Etes-vous prête ?

On envoya chercher un fiacre. Elle prit ses bijoux, ses diamants, et mit dans une malle ses objets
précieux.

— Le reste est pour eux, disait-elle en pensant à
MM. Meyer et compagnie.

Ce départ avait l'air d'une fuite et d'un pil-
lage.

Jules, assis, regardait. Tout gisait, pêle-mêle,
tristement, en désordre, Marie fredonnait en fai-

sant ses préparatifs. Il était tard. Elle prit du chocolat, et dit à Jules :

— C'est fini! Descendons. Votre bras?

Les Champs-Élysées étaient bruyants et pleins de
promeneurs.

Marie les regarda et dit :

— Je ne regrette rien! J'ai assez du Bois. On y
marche sur des créanciers. Allons!

La voiture était prête. On partit.

Marie aperçut, en effet, Olivier qui se promenait
avec un homme à tournure roide.

— Tiens! Renaud! fit-elle.

Elle fit un signe au cocher. La voiture s'arrêta.

Olivier l'avait vue. Il s'approcha.

— Je voudrais vous dire un mot, tout bas.

Il se pencha vers elle.

— Mon ami! ajouta-t-elle, si je revenais, savez-
vous que je serais votre ennemie?

— Adieu! dit Olivier.

Elle se rejeta dans la voiture. Jules la regardait.
Elle souriait.

— Ainsi, dit-elle à la gare du chemin de fer,
dans toute cette foule, il y a un de vos espions?

— Un guide, madame.

Elle haussa les épaules.

— Les dix mille francs, dit Jules, vous seront remis demain. Dix mille francs, c'est peu, mais c'est

assez pour vous refaire, là-bas, une vie nouvelle.

— Oh ! fit-elle. Trop tard !

Elle dit encore :

— Votre père en sera malade.

— Nous le guérirons, madame, avec un seul mot : *le devoir.*

Dix minutes après, le train partait. Mademoiselle Cachemire quittait Paris.

XII

L'ANCRE BRISÉE

M. de Gaillac avait reçu, à Nogent, la lettre de Marie Pidoux. Il était tard. Aussitôt il vint à Paris. Minuit sonnait comme le train arrivait. Il se fit conduire aux Champs-Élysées, à l'hôtel de la comtesse. L'hôtel était vide. La femme de chambre était partie et le portier était absent. Un triste pressentiment le saisit. Il voulut s'informer auprès des voisins, mais l'heure était bien avancée. On ne lui répondit pas. D'ailleurs, on ignorait les événements de la journée.

Il songea à Olivier et courut chez lui. Olivier venait de rentrer et n'était pas encore couché.

M. de Gaillac se précipita vers lui.

— Mon Dieu! s'écria-t-il. Qu'est-il donc arrivé?

— Vous venez, dit Olivier, de chez madame de Montfort?

— L'hôtel est désert.

— Je le sais.

— Où est-elle?

— Vous l'apprendrez tout à l'heure, monsieur. Votre fils est à Paris.

— Mon fils?

— Jules.

— Que me dites-vous? dit l'avocat. Mon fils ici? Pourquoi est-il ici? Qu'y a-t-il? ma femme?...

— Il n'y a de malheur qu'ici même, répondit Olivier. C'est pour cela que M. Jules de Gaillac est venu.

— Je ne comprends pas, fit le père.

— Il vous a sauvé, dit Olivier.

— Que voulez-vous dire?... Qui donc m'a sauvé!... Je deviens fou. Que me dites-vous?... Je n'entends pas. Où est-elle?...

— Madame de Monfort a quitté Paris!

— Quoi! s'écria M. de Gaillac, qui ne comprit pas tout d'abord.

Il devint ensuite pâle comme un mort, chancela, étendit les bras et tomba sur le lit d'Olivier, à la renverse.

De pâle il était devenu rouge. Il suffoquait. Olivier lui arracha violemment sa cravate et ouvrit la fenêtre.

— Partie ! disait le malheureux. Pourquoi est-elle partie ?... J'étouffe, moi !... Elle ne m'aimait donc plus !... Partie !.. Où est-elle allée ? Ah ! je la suivrai... De l'air, mon Dieu, ma tête ! je souffre... Etes-vous bien sûr de cela, monsieur ? Où est mon fils ? Je veux le voir ! C'est lui qui a fait cela ! Pourquoi est-il venu ?... Elle était bonne, douce, et si gaie... Elle est partie ! Ah ! si vous saviez comme je l'aimais !

Olivier le consolait de son mieux. Lui, se tordait douloureusement et pleurait comme un enfant devant le jouet brisé.

Enfance ou vieillesse, il n'y a pas d'âge devant la douleur, ou plutôt tous sont des enfants que le destin courbe et rapetisse.

Il ne pensait plus qu'à une seule chose, le malheureux, c'est qu'il aimait tant cette femme et qu'elle l'avait quitté. Il ne songeait même pas qu'il pouvait la suivre. Elle l'avait quitté ! Pourquoi ? Parce qu'elle ne l'aimait pas. Alors il pleurait.

Toutes ses espérances étaient brisées. C'était fini. Il avait un amour, le matin. Le soir, plus rien. Il se frappait la poitrine. Il s'accusait de ne l'avoir pas assez aimée ; peut-être avait-il manqué 'de dévouement et d'affection dans ces derniers temps. Elle en avait besoin. Elle avait l'air d'être heureuse à la moindre attention. Il s'en souvenait.

Un jour, il lui avait donné une rose (en hiver, cela est rare, mais ce n'était qu'une rose, après tout), et pourtant elle en avait été joyeuse pour toute la journée.

Elle l'avait aimé. Il le savait. Il le sentait. Pourquoi le quittait-elle ainsi ? Et (malheureux !) elle lui emportait son enfant, cette fille qui était à lui, qui était son espoir, sa vie future, sa jeunesse nouvelle.

Heureusement qu'il pleurait. Les larmes se changent quelquefois en un torrent qui emporte une partie de la douleur. Il pleurait, et disait tout cela à Olivier qui le soignait avec une main filiale.

Il ne pensait pas à son fils.

— Vous le verrez demain, dit Olivier.

— Demain ! fit-il. Oui, demain. Mais, elle, je ne la verrai pas !

La nuit se passa ainsi en longues plaintes. Lorsque le jour vint, M. de Gaillac, brisé, s'endormit tout habillé sur le lit du jeune homme.

Olivier mit sur M. de Gaillac une couverture et, se jetant lui-même sur son canapé, il se reposa un moment.

M. de Gaillac dormit deux heures à peine. Il s'é-
veilla, vers huit heures, brisé, anéanti. Après avoir
cherché à rassembler ses idées, il demanda son fils.

— Je vais le chercher, dit Olivier.

— Non j'irai.

Ils partirent.

Jules était depuis longtemps levé.

Lorsqu'il vit son père, il courut à lui, l'embrassa,
et comme le vieillard demeurait froid :

— Tenez, dit-il.

Il lui tendait une enveloppe cachetée.

M. de Gaillac la prit.

Il lut cette suscription : *A mon père.*

— Qu'est-ce ceci ? dit-il.

Jules ne répondit pas. Olivier comprit. Il détourna
la tête.

M. de Gaillac avait rompu le cachet. Il vit un papier et l'ouvrit.

Il n'en lut que les premiers mots :

« *Je reconnais, etc…* »

C'était le papier qu'il avait signé à la demande
de la comtesse de Montfort. Il le froissa fébrilement
et jeta à son fils un coup d'œil où se lisaient clai-
rement la colère et la haine.

XIII

LASCIATE OGNI SPERANZA

Cette douleur de M. de Gaillac fut terrible. Elle avait, moins la majesté, quelque chose de ce sombre accablement qu'Ary Scheffer a mis dans le regard de son *Larmoyeur*. Il passait ses journées dans un morne silence, regardait, dans la chambre, quelque chose d'invisible, et soupirait. Il y a avait du déchirement dans ces soupirs. J'ai dit tout à l'heure accablement ; hébêtement eût été plus vrai. Les grandes douleurs, noblement supportées, élèvent lorsqu'elles ne brisent pas ; les autres ne brisent pas, elles courbent.

Parfois, il lui prenait d'atroces transports d'une sourde rage. Il tournait autour de lui de grands yeux fixes, se rongeait les ongles comme un possédé, et dirigeant contre lui-même ses transports impuissants, il s'arrachait les cheveux en criant.

Jules, cependant, conservait au milieu du malheur son sang-froid stoïque.

Il ne cherchait pas à consoler son père ; il savait trop qu'une consolation, en pareil moment, était un reproche, un reproche sanglant, presque une injure.

Il lui dit pourtant, un jour :

— Ne partirons-nous pas bientôt ?

M. de Gaillac le regarda d'un œil rempli de fibrilles sanglantes, et s'éloigna sans mot dire.

Le lendemain, Jules répéta :

— Ne partons-nous pas ?

Cette fois, M. de Gaillac répondit :

— Soit ! Nous quitterons Paris.

Jules alla trouver Olivier, lui tendit la main et le remercia.

— C'est à vous, dit-il, que je devrai l'issue de cette lutte dont nous sommes sortis l'honneur sauf. Souvenez-vous, monsieur Renaud, que vous avez là-bas, et pour toujours, un ami du nom de Jules de Gaillac. Celui-là vous tendra une main amie, pendant que, près de lui, sa mère vous bénira du fond du cœur.

— Pourquoi retourner à Toulouse ? fit Olivier. Paris a besoin de talents, à cette heure. Vous vous devez à lui. Ce minotaure intellectuel vous réclame. Vous êtes sa proie, journaliste intègre et vaillant !

Jules de Gaillac hocha la tête.

— Paris ! fit-il, le but aimé, le mirage poursuivi !

Bah! je quitte Paris sans regrets, Olivier! J'ai, tout au fond de ma province, le calme, le bonheur et je vais l'y rejoindre. Je vis en notaire campagnard, je vais me marier bientôt et planter mes choux, bourgeoisement. On a beaucoup médit de l'eau qui dort; je préfère le lac au torrent, mon ami. Notez, malgré tout, que ce n'est point ce calme égoïste qui me tente; je comprends mon rôle de citoyen, et je suis l'adversaire acharné de ceux qui tremblent de prendre part au combat de la vie. Tout homme a son rôle à tenir; j'accomplis le mien à toute heure, dans mon pays. Je sers ma province en même temps que ma patrie. Faisant ce que je puis, je fais ce que je dois. La province, d'ailleurs, a ses droits. Paris me réclame, dites-vous. Et Toulouse? C'est à Toulouse que je suis né, j'ai été élevé à Toulouse, j'appartiens à la vieille cité comme elle m'appartient; je lui dois beaucoup, et j'ai pour coutume de payer mes dettes. Toulousain je suis, Toulousain je resterai, sans doute. Et d'ailleurs, mon ami, j'ai, là-bas, ma mère qui n'aimerait guère Paris et que je me suis promis de ne jamais laisser seule. — Allons, ajouta-t-il, au revoir! Travaillez ici, je serai là-bas. Notre œuvre est la même. Je veux agrandir la province, vous voulez agrandir la France. Si les deux augures de Gérôme pouvaient se regarder sans rire, je vous dirais : Nous voulons agrandir le monde.

— Au revoir! dit Olivier.

Ils s'embrassèrent, et Jules s'éloigna, le cœur réellement serré ; car les cœurs dévoués sont si rares, qu'il en coûte toujours d'en laisser un derrière soi, sur le chemin.

Le soir même, il quittait Paris. M. de Gaillac ne disait rien à son fils ; il était sombre. Ils se trouvaient seuls, lui et Jules dans le wagon.

M. de Gaillac se tenait le front baissé, regardant à terre.

Lorsque le train s'ébranla avec un sifflement strident, le vieillard releva la tête ; il faisait nuit. A la lueur de la lanterne, Jules aperçut le visage de son père, amaigri, ravagé, les traits creusés, les cheveux blanchis. Deux grosses larmes, pleines d'amertume, tombaient lentement de ses yeux caves.

Jules sentit son cœur se fendre ; il tendit les bras à son père et lui dit :

— Courage !

M. de Gaillac le regarda, un moment d'un œil fixe, puis il se rejeta brusquement dans son coin sans mot dire.

— Cœur ravagé, pensa le pauvre Jules ; cœur consumé.

Et le souvenir de cette parole de Jouffroy lui revint aussitôt :

— *Alors, je ne vis plus, en mon âme, rien de vivant qui fût debout.*

XIII

LETTRE DU MEXIQUE

« Rio-de-Santo, 1862.

» *Léon Vaubernier à Olivier Renaud.*

» Mon cher ami,

» Ne vous ai-je pas promis, lorsque j'ai quitté Paris, l'année dernière, de vous envoyer de temps à autre, quelques prétextes à des articles de journaux ? Je n'ai de la mémoire que pour les choses qui me plaisent, et c'est pourquoi, mon ami, je viens aujourd'hui vous tenir parole.

» Je veux me donner la satisfaction de causer avec vous aussi longuement que possible ; mais je vous demande, comme une grâce, de ne pas trop vous ennuyer en m'écoutant.

» Donc, mon ami, je me suis échappé de Paris,

comme vous savez, et me suis expatrié courageusement, n'emportant avec moi qu'une grande foi et
un reste d'espérance qui ne m'a pas encore quitté.
Je suis venu ici, en plein Mexique, dans ce pays à
coup sûr pittoresque, dont j'avais lu les chroniques
et les légendes dans les ouvrages de Gabriel Ferry.
J'y ai mené la vie aventureuse de tout le monde.
On cherche l'originalité, en France, et les pseudo-
admirateurs d'Alfred de Musset courant sus chaque
jour durant à la fantaisie. L'atteignent-ils? C'est à
vous de répondre, mon ami; mais, pour les Mexi-
cains, en vérité, ils l'ont trouvée.

» C'est un pays singulier, ce Mexique, pittoresque, romanesque et romantique Les cavalcades,
les sérénades et les fusillades y sont en vigueur. On
y fait l'amour à l'espagnole, avec accompagnement
de guitare et de coups de couteaux. Le revolver de
l'Amérique du Nord s'y acclimate aussi peu à peu.
C'est un malheur. Le revolver fait du bruit et n'a
pas le mystère et la sûreté de la *navaja*. Dame Ci-
vilisation a quelquefois tort d'imposer ses produits
en de telles contrées. Le revolver, à Mexico, manque
de couleur locale, et voilà son crime.

» Un des grands charmes du pays, mon cher Renaud, c'est le brigandage. J'avais cru cette institu-
tion depuis longtemps disparue de notre globe, et
je me mordais les doigts avec rage; car j'aime les

brigands, vous l'avouerai-je ? J'avais, il est vrai, la
ressource de les retrouver dans les *Nouvelles* de
Mérimée, — les romans de George Sand, les opéras
comiques de M. Scribe, — ou le *Roi des montagnes*,
d'Edmond About ; mais cela ne suffisait pas à ma
curiosité, si forte qu'elle me force à juger de tout
par mes propres yeux. Je me souviens qu'un jour,
M. Duméril, qui m'enseignait alors l'histoire natu-
relle, nous dit avec une véritable pitié : « Que
» vont devenir, Messieurs, ces pauvres serpents ;
» car les malheureux, on les tue ? » Je poussais
aussi, bien souvent, le cri de M. Duméril alarmé :
Que vont devenir les brigands.

» Je les croyais morts et bien morts tous, les in-
fortunés, et je l'ai cru jusqu'au jour où j'ai mis le
pied sur ce Mexique — *où le sol tremble*, — comme
dit Frédéric Soulié, mis en musique par ce pauvre
Hippolyte Monpou.

» Mais, à cette heure, je suis heureux, mon ami,
et je bénis le ciel, car il est encore des brigands

» Les brigands, fils du Caprice et de l'Aventure,
détruisent, en effet, avec un zèle parfois mal ré-
compensé, la plate uniformité de la vie. Ils ont la
poésie, l'imprévu, l'allure pittoresque. Ils ont, si
souvent, des idées superbes ! Ils font de la *copie* en
actions, et écrivent, à coups d'escopette, des feuilletons qui valent ceux de Janin.

» Ce sont les brigands qui forcent tout honnête
Mexicain à mettre en pratique ce sage proverbe :
Prudence est mère de sûreté, en faisant, avant de
partir pour le moindre voyage, son testament bien
et dûment en règle.

» Un jour, la diligence de la Vera-Cruz arrive à Me-
jico, tous stores baissés. On s'inquiète, on s'informe
ce sont les *salteadores* qui l'ont arrêtée en route
et ont si complétement dépouillé les voyageuses,
qu'elles ne peuvent affronter le grand jour de l'arrivée.

» Vive Fra-Diavolo, mon ami, et Matalobos ! Mais
les bandits ne sont pas seuls, ici. Il y a encore les
sauvages. Ces Peaux-Rouges ont la peau verte
comme une vieille olive, et se sont faits les dragons
des pommes d'or d'un nouveau jardin des Hespé-
rides. Je dis mythologiquement, qu'en réalité les
sauvages gardent les mines d'argent des montagnes
voisines, et empêchent le profane vulgaire d'en ap-
procher de trop près, et ce, par le droit de flèches
longues et sûres.

» Quant au gouvernement, mon ami, je ne voudrais point parler politique, mais je ne sais trop quel
est le gouvernement, — je pourrais dire les gou-
vernements, — du Mexique. Un ambassadeur part
pour l'Europe avec les pouvoirs de tel gouvernant.
Il arrive et apprend que le gouvernement est changé.

Il revient, et on le renvoie, au nom d'un nouveau souverain qu'il ne représente quelquefois pas davantage que le premier.

» Pour un esprit chimérique comme le mien, mon ami, le Mexique est le Pérou, car j'y trouve des mines d'imprévu. J'ai assisté à la naissance de la guerre présente, et j'en écrirai peut-être un jour l'histoire, à mon temps sérieux, je veux dire à mon temps perdu.

» J'avais alors monté je ne sais quelle grande opération, avec un Brésilien fort entreprenant. Nous échangions avec les Indiens des peaux de buffles contre des alcools ou des sucres, et nous réalisions, avec ce commerce, de convenables bénéfices. L'occasion fait le commerçant. Je régnais sur le négoce, comme Mercure en personne. Je louais des nègres et je les faisais travailler comme des blancs. Tout allait pour le mieux dans la plus étrange des maisons de commerce possibles, lorsque cette maudite guerre éclata. Ce fut une mine de poudre. Adieu fortune, nègres, Brésilien et peaux de buffles !
— Oh ! Perrette et son immortel pot au lait !

» Que faire en temps de bataille et d'escopettades ? Se battre. En effet, je m'enrôlai. Je suivis notre armée en volontaire. Je pris part à ses combats à ses marches, à ses contre-marches. Je mis à profit mes semblants d'études médicales, commencées théoriquement en France, perfectionnées ici pratiquement. Je soignai la fièvre jaune, et je crois même que je guéris quelques malheureux. Je n'étais point fait, vous le voyez, pour être médecin.

» Mais venons, s'il vous plaît, au sujet principal de cette lettre, à l'événement qui m'a déterminé à vous écrire.

» Encore un moment d'attention, mon cher Renaud, et lisez quelques lignes encore de mes pattes de mouche.

» C'était au combat de Puebla. Vous en avez lu déjà la narration, sans doute. Un cavalier mexicain m'avait tiré, à bout portant, un coup de pistolet, et j'avais été laissé pour mort sur le champ de bataille. Je ressemblais assez à ce pauvre général de Pontmecry, dont j'ai lu l'histoire, ici, dans *Los Miserables, por el senor don Victor Hugo.* J'étais revenu à moi vers la tombée du jour. Il faisait frais et la fraîcheur de la nuit me ranimait. Je souffrais beaucoup et regardais autour de moi, cherchant du secours. Rien. Des morts ! Un vague affaiblissement m'envahit, et je demeurai inanimé, comme assoupi.

» Je sentis alors qu'on me touchait, et, rouvrant les yeux, je vis une ombre penchée sur moi.

» C'était une femme. Elle se courba vers moi et m'enleva ma montre ; elle me prit la main et essaya de m'arracher ma bague. Je poussai un cri et je la vis me regarder fixement.

» Mon cher ami, je ne sais si j'étais fou en ce moment ; mais dans cette femme, qui venait ainsi dépouiller les morts et voler les cadavres, je reconnus — (oui, en vérité, c'était bien elle !) — je reconnus madame de Montfort, madame de Montfort, Marie Pidoux, mademoiselle Cachemire, comme vous voudrez. Sombre trinité !

» Mademoiselle Cachemire, c'était elle, ou plutôt c'était son fantôme, c'était son ombre (une vision !) car je suis insensé de croire... Elle me regarda à son tour, recula et s'enfuit. Je ne l'ai plus revue. Elle était vêtue d'un singulier costume d'amazone, et portait à sa ceinture un pistolet.

» Je la vois telle qu'elle m'est apparue. En ce moment, je suis encore couché à l'hôpital, et ma blessure va mieux. Je suis sauvé ; ma guérison sera, dans quelques jours, complète. Et je cherche quelle étrange fascination a donc sur moi cette femme, pour que son image me poursuive encore jusqu'ici. Je me dis que je me suis trompé, que ce n'était pas elle, et, cependant, je jurerais que c'était elle, en effet, et que j'ai bien vu ! En vérité, est-ce possible ? Les morts après les vivants. Ah ! éternelles filles de proie ! Faiseuses et détrousseuses de cadavres !

Mais c'est impossible. J'aurai eu un cauchemar.

» Qu'en dites-vous, psychologue, et quelle étonnante maladie est la mienne ?

» Vous m'écrirez, mon ami, à la Vera-Cruz, calle San-Antonio, n° 123. Un mien ami me fera parvenir la lettre. Dites-moi donc si madame de Montfort est encore à Paris. Ah ! que je voudrais savoir ! Ce serait une preuve ou tout au moins un indice de plus ! A coup sûr, si elle l'a quitté, cette apparition portait son nom, et la voleuse de bijoux était la voleuse de cœurs.

» Parlez-moi longuement de vous, de nos amis et de la France ! La France ! il faut être loin d'elle pour savoir combien est doux ce nom si grand, et combien doux aussi cet autre nom qui est le vôtre, Olivier : *mon ami.*

» Au revoir, peut-être. Espérance, courage et foi ! C'est le mot d'ordre du moment.

» C'est le mien ! c'est le vôtre.

» Je vous embrasse.

» Léon Vaubernier. »

Olivier avait lu la lettre. Il la laissa tomber à terre et demeura, un moment, absorbé.

— Une victime encore ! pensait-il. Pauvre Léon ! Après tout, qui sait, un jour, il reviendra. L'autre (il songeait à M. de Gaillac) est allé s'asseoir, acca-

blé, auprès de son foyer attristé pour toujours.
Femme, enfants, rien ne fera renaître en lui (car il
est vieux), cette espérance que le malheur n'a pu
arracher du cœur du jeune homme. Le fer est resté
dans la plaie. Il l'aime toujours. Une famille atteinte,
morne désormais; le père haïssant le fils, les enfants fuyant le père pour lui cacher leur désespoir;
la mère, ses enfants pour leur dérober ses larmes !
— Et continue ta route et ton métier, toi, mademoiselle Cachemire l'infatigable et l'inassouvie !

Il se leva.

— Henri Heine a dit, songeait-il : *Heureux Lusi-*
gnan, dont la femme n'était serpent qu'à moitié ! Ce
diable de Heine avait raison. Ah ! les amours ! Et
l'Amour donc ! Allons, ajouta-t-il, il y a quelque
chose de plus grand et de plus sûr que les affections,
ce sont les convictions.

Il prit la plume et se mit au travail.

GILBERT

GILBERT

I

Prosper Duchemin, le journaliste, rencontra un soir, dans je ne quel petit théâtre, un peintre de talent, Gilbert Leroy, dont il avait été l'intime ami autrefois, — il y avait dix ans de cela — au collége Charlemagne. Gilbert paraissait triste, préoccupé, soucieux et regardait la scène avec cette expression vague qui n'est pas un regard. Prosper alla à lui, s'assit à ses côtés dans un fauteuil vide, lui frappant sur l'épaule et lui tendant la main :

— Eh ! bien, dit-il, comment vas-tu ?

Gilbert tourna vivement la tête vers son ancien camarade, et, le reconnaissant, laissa échapper une exclamation de satisfaction assez bruyante.

Ils s'étaient beaucoup aimés autrefois. Les circonstances avaient voulu que chacun suivît, pendant plusieurs années, une route différente, mais il existait entre eux le germe fécond d'une amitié

sincère qui devait refleurir au soleil de la première
rencontre. L'un et l'autre paraissaient fort heureux
de se revoir. Le visage attristé de Gilbert s'était subitement illuminé, et la figure ordinairement sar-
castique de Prosper avait pris une expression de
joie sans nuage. Les plus heureux de ce monde
éprouvent je ne sais quelle félicité à remonter vers
le passé.

— Nous devons avoir beaucoup de choses à nous
dire, fit Prosper. Si le vaudeville ne t'intéresse pas
trop, viens au foyer !

Ils se levèrent, sortirent au milieu d'un rondeau
chanté par la prima donna qui leur lança un regard
courroucé, et cinq minutes après, la main dans la
main, ils lâchaient la bride à leurs propos.

Prosper Duchemin était déjà connu de ce *tout
Paris* qui ne remplirait pas une rue de Paris : il
n'avait pas à expliquer ce qu'il était. Il avait déjà
conquis le droit de répondre à toutes les interroga-
tions par une carte de visite. Jeune encore, il s'était
ouvert une place dans la mêlée turbulente ; on
avait lu ses articles charmants, de fines causeries
dans les journaux, on les relisait en volumes ; on
attendait avec impatience un ou deux romans qu'il
annonçait ; il faisait dans un grand journal un feuilleton de critique théâtrale ; il était assez conciliant pour
être aimable, assez caustique pour être respecté,

assez soigneux de son honneur pour être honoré.

— En fin du compte, dit Gilbert, tu es heureux ?

— Si le bonheur consiste à suivre le steeple-chase
de la vie parisienne, à goûter à toutes les primeurs,
à celles de la littérature et de l'art comme à celles
du scandale et des coulisses, à se laisser emporter
par le tourbillon, à couper un des premiers le livre
nouveau, à juger avant l'épreuve le drame récent
ou la comédie nouvelle, à prévoir le dénouement
de tous les romans qu'on met au théâtre ou à connaître le secret de tous ceux qui se jouent sur l'asphalte, à tutoyer mes confrères et à saluer vingt
personnes dans une heure sur le boulevard, certes
à n'en pas douter, mon ami, je suis le plus heureux
des hommes ! Mais — voici le *mais* qui surgit en
toutes choses comme le diable ébouriffé des boîtes
à malice — j'avais rêvé, et il n'y a pas si longtemps
de cela, une autre existence, moins brillante, plus
sévère ; moins active, plus réfléchie ; moins empor-
tée, plus grave ; moins tourmentée, plus sereine ;
moins joyeuse, plus utile. J'étais sans doute bien
ambitieux ; mais à l'avenir que j'interrogeais par
avance, je demandais une vie d'épreuves et de luttes ; je voulais ma route dure et longue, je la voulais semée d'épines, aride, exténuante, car les heureux, vois-tu, ce sont ceux à qui tout d'abord la
fortune n'a point souri. On ne doit pas à vingt-sept

ans ne plus rien espérer de son état, et j'ai atteint à la fois plus que je ne voulais atteindre et moins que je n'ambitionnais. Il y a des écrivains déterminés qui entrent dans la carrière comme le mineur dans la galerie qu'il creuse ; il y en a d'autres qui s'y précipitent tête haute comme le triomphateur dans une ville conquise. Les premiers, Gilbert, je les honore et je les envie ; je me contente de plaindre les autres ! Ils ont trouvé dès l'abord le succès facile, la route ouverte, aplanie, fleurie ; un article est fait, il réussit — un second article, même succès. Tout succès se résout en argent. On a la fumée d'une renommée étincelante mais vaine ; on recueille partout des sourires approbateurs ; on se classe décidément parmi les gens d'esprit. Mais l'esprit ne vivifie pas toujours ; aussi bien que la lettre il épuise, il tue. Cependant, les mineurs, les piocheurs, les sentinelles perdues, creusent, halètent, travaillent, cherchent, trouvent et passent fièrement dans leur médiocrité laborieuse et sainte à côté de leurs élégants émules qui résolvent toutes les questions, politiques, morales, religieuses par des traits d'esprit, par des *mots !*

— Pardieu ! s'écria Gilbert, mais c'est la satire du journal spirituel que tu fais là !

— Ne le dis pas à mon rédacteur en chef, répondit Prosper. Mais, tu le vois, ce chroniqueur char-

mant, élégant, qui n'a pas trop de vingt-quatre
heures par jour pour tout voir, tout entendre, tout
deviner, ce glorieux invité des salons est un paria
tout comme un autre. Il a sa mélancolie, lui aussi,
et je l'en félicite. C'est ce beau courroux qui m'ar-
rachera à ma vie facile d'écrivain au jour le jour.
J'ai mon idéal, que diable, moi aussi, et ma foi politique ne consiste pas spécialement à croire qu'un
écrivain a été mis au monde pour parler des bals de
madame A... des soirées de madame B... ou du
théâtre de société de la princesse Trois-Étoiles. Qui
sera bien étonné, plus tard, lorsque je jetterai à la
tête des gens, au lieu de légers articles, de bons
gros articles politiques, tout aussi lourds que ceux
des autres ? — Mes lecteurs diront-ils que j'ai du
poids ? fit Prosper riant. Bast ! vingt-sept ans, rien
n'est perdu ! J'ai foi en mon étoile — et j'attends...

— Qu'attends-tu ?

— L'arrivée d'une associée sans laquelle en ce
monde rien n'est possible : l'Occasion. Elle viendra,
j'en suis sûr, mais sa marche est lente et, pour
continuer ma métaphore mythologique, elle n'arrive qu'avec le temps. Mais çà, voyons, Gilbert, tu
me laisses pérorer, tu m'interromps à peine, tu ne
me parles pas de toi, et je ne suis pas venu ici pour
te conter ma pauvre histoire.

— Moi, fit Gilbert en hochant la tête, je n'ai rien

à dire. Mon histoire? Je n'ai pas d'histoire. On prétend aussi que cet état négatif est le bonheur, je ne crois pas! dit-il avec amertume.

Prosper regardait le front large et déjà ridé du jeune homme, ses grands yeux rêveurs enfoncés dans leurs orbites, son nez droit et fin, sa bouche pensive tirée vers le bas par les plis de la mélancolie, et il devinait sous cette pâleur, sous ce calme apparent, tout un monde de souffrances. Gilbert lui avait demandé s'il était heureux. Il demanda à Gilbert : — Es-tu malheureux?

— Profondément, dit Gilbert.

— Je suis ton ami, dit Prosper gravement.

— Aussi bien, tu vas tout savoir. *Tout*, ce n'est pas bien long. Mes douleurs à moi sont des douleurs paisibles dont l'aiguillon s'émousserait sur un cœur fort. Je suis faible, désarmé. Ne crois-tu pas qu'il y ait des fenêtres percées sur l'âme de quelques hommes? Invisibles pour les yeux du corps, elles apparaissent toutes grandes aux yeux de l'esprit. Et malheur si elles trahissent une faiblesse! Le cœur laissé à nu est aussitôt déchiré, lacéré, en lambeaux. M'as-tu compris?

— Au collège, si je m'en souviens, dit Prosper, pendant que nous courions de côté et d'autre, bruyamment, brusquement, tu demeurais dans ton coin, tu te promenais seul ou tu t'asseyais sous les

acacias, près de l'étude. Et tu n'écoutais pas nos
cris, tu ne voyais pas nos jeux, tu rêvais ! Mon
pauvre Gilbert, pendant que le monde s'agite et
gronde autour de toi, dans cette bagarre de la vie,
qui n'est plus une récréation mais une bataille, est-
ce que tu rêverais toujours ?

— Eh ! bien, oui, dit Gilbert, c'est le rêve qui me
tue ! Je vais, je cherche — quoi ? — Je ne sais, —
des ombres : la gloire, l'amour — des chimères. Je
crois à tout, et cependant tant de déceptions éprou-
vées déjà m'ont meurtri ; que d'illusions n'ai-je pas
laissées sur le carreau ! Je ne sais si tu penses comme
moi, Prosper, mais la vie est triste. Ne crains rien,
je ne déclame point, mais je souffre et je le dis. Je
trouve que la tâche est âpre aux natures timides,
discrètes, songeuses comme la mienne. Leur indé-
cision, leur hésitation est prise pour de l'ignorance ;
quelle confiance aura-t-on dans un homme qui
connaît sa faiblesse et la redoute ? Les imbéciles !
comme si ce roseau ne bravait pas les tempêtes !
De tout temps, dès l'enfance, j'ai été sérieux, attristé ; au foyer paternel, où j'ai trouvé tant d'a-
mour, j'ai rencontré tant de larmes ! Mon père ne
m'aimait pas, et il a survécu à ma mère qui m'adorait. Si je l'avais conservée auprès de moi, peut-
être aurais-je trouvé en elle cette force irrésistible
qui me manque. C'est dans le cœur de la mère qu'il

faut chercher le secret de l'âme du fils. Mon père
m'avait mis au collège; c'était une autre espèce
d'abandon. Il s'inquiétait bien peu de moi, me faisait sortir rarement ; il m'appelait *monsieur* et je lui
disais *vous*. Pourquoi ne m'aimait-il pas? Je n'en sais
rien. Tu te souviens du jour où nous sortîmes du
collège. Tu étais fier, joyeux, ivre ; moi, je marchais lentement, tout courbé ! En ce collège que je
quittais, je laissais tant de souvenirs, de rêveries,
d'amères larmes. J'y avais trouvé tant de fois un
abri où lire quelque livre favori, une allée où songer, un coin où pleurer dans l'ombre ! La ville où
j'entrais me donnerait-elle ce que le grand bâti-
ment noir m'avait donné? Le soir, lorsque je me
couchai dans la chambre que m'avait fait préparer
mon père, je poussai un soupir, regrettant le lit
étroit dans le long dortoir, et le dur oreiller qui
avait étouffé mes sanglots ou mes soupirs d'adolescent.

« Le lendemain, mon père me fit appeler. Il me
demanda ce que je comptais faire. D'abord je ne
compris pas, mais il répéta sa demande, et je vis
qu'il me fallait maintenant choisir un état. « Nous
ne sommes pas riches, me dit mon père. Votre mère
ne vous a rien laissé, et ma place de chef de bureau
n'est pas une fortune. Quelle carrière voulez-vous
suivre, Gilbert? » J'avais mon idéal, moi aussi.

Tout enfant, ma mère m'avait appris à dessiner,
puis à peindre. Mes grandes joies, c'était alors de
regarder, sur ses genoux, les gravures d'un immense album dont elle tournait les feuillets en
m'embrassant à chaque eau-forte de Callot — des
chefs-d'œuvre que j'appelais des *images*. Lorsque,
plus âgé, on me laissait sortir dans Paris, je ne
marchais pas, je courais vers le Louvre où je me
repaissais de merveilles. Que de fois, le dimanche,
aux jours de sortie, seul au milieu de la foule
bruyante, me suis-je arrêté dans ces galeries où
m'apparaissait l'art dans toutes ses splendeurs !
A la fois attiré par la force de la vérité et séduit par la pensée de la poésie, j'allais des Fla-
mands aux Italiens, du *Bœuf écorché* de Rembrandt
à *l'Archange* de Raphaël, des bourgeoises de Gérard
Dow et des ménagères de Metzu aux déesses du
Corrége, à la *Joconde* du Vinci. Oh ! la Monna Lisa,
pendant combien d'heures l'ai-je contemplée, isolé
au milieu du bruit des pas, des voix qui se croi-
saient, accoudé devant elle, les yeux sur ses yeux,
buvant son sourire implacable, caressant du regard
ses joues divines, son front pur et amoureusement
sculpté. Puis fermant les yeux à demi, je croyais
peu à peu la voir s'agiter, s'animer, vivre — et elle
semblait se détacher de son cadre pour me flageller
de plus près de son infernal, de son radieux sourire.

Et je m'en revenais alors plus triste et tout songeur, tourmenté à la fois par deux pensées contraires. — Qu'est-ce que la beauté qui torture et qui tue ? — Et quels hommes sont donc les artistes qui fixent sur la toile ce qu'il y a de plus insaisissable et de plus divin, une âme ?

» Lorsque la fièvre de l'art a saisi l'un de nous, il est perdu. Pourquoi résister ? C'en est fait. La maladie est la plus forte, et quelquefois elle est mortelle. De l'artiste, j'avais déjà les aspirations, l'ardeur, le feu intérieur, mais je n'avais pas l'outil, le moyen de réaliser la pensée, *la main*. — N'importe ! dès ce jour, je m'étais dit : je serai peintre ! Seul je m'étais mis à dessiner, à étudier ; les heures de loisir, tu t'en souviens, je les employais à copier quelques études. J'étais fier de moi ; je progressais, j'étais heureux : la maladie était déclarée. Mais je n'avais jamais considéré l'art comme un métier, et j'hésitai longtemps à répondre lorsque mon père me demanda quel état je prendrais. A la fin, je répondis : — « Je serai peintre ! » Mon père me regarda froidement, selon son habitude, haussa légèrement les épaules et me dit lentement :

« — A votre aise, monsieur. Demain je vous conduirai chez M. Delaroche. Vous serez peintre ! » Pour la première fois, elle me sembla de la bonté cette froideur implacable dont il devait se départir, une minute à peine, à son lit de mort, — mais trop tard.

» Et je devins peintre, en effet — comme tant d'autres, avec beaucoup plus de tourments que d'autres. En peinture, aussi, je cherche, je tâtonne, je doute. J'ai exposé des paysages et de l'histoire. Est-ce là mon talent ? Toutes ces toiles me paraissent d'une médiocrité qui me courrouce. A quoi sert de combattre pour n'être pas au premier rang, à quoi sert de mourir, si c'est d'une balle perdue ? Mais il n'est plus l'heure de déserter ; je suis à mon poste, j'y resterai. Poste de martyr, après tout. Je suis pauvre ou à peu près, je travaille beaucoup, je gagne peu. Mes toiles, qui valent celles des autres, sont cotées très bas. Que veux-tu qu'on fasse d'*un Leroy* ? Il y a des compensations : au Salon dernier, j'ai obtenu une mention. C'est quelque chose ; on s'est un peu occupé de mes tableaux ; on a parlé de moi. Qu'on en parle dix ans encore, et je n'aurai pas fait faillite dans le métier que j'ai choisi.

» Ce n'est pas, après tout, cela qui m'inquiète. Ce que j'ai me suffit ; on ne mange pas deux fois ; je suis vêtu comme tout le monde, et tu vois que je cours parfois les spectacles sans billets de faveur, quoique j'aie des amis journalistes. La gloire s'achète ; je suis en train de la payer à tempérament. Mais ce qui ne s'achète pas et ce que je cherche, ce qui doit se donner et ce qu'on veut me vendre, ce que je n'ai pas, c'est l'amour, et j'ai un cœur ! — Oui, moque-toi de moi ; en ce temps-ci je chasse à courre un sentiment, alors qu'on les a tous tués, et que les lauriers sont coupés ! Que veux-tu ? sur ce point, je ne faiblirai pas devant l'âpreté de la vie. Cette femme que je poursuis, l'être idéal, mon rêve sur la terre, je la trouverai. Ma foi, je suis fou, c'est possible, avec mes paroles d'une autre époque ; renvoie-moi aux René, aux Werther, aux Antony, à tous ces burgraves de l'amour. Je suis de leur race. Ils sont morts avec les Lucie, les Charlotte, les Adèle : je suis né après eux pour vivre de leur vie. Je n'ai aimé qu'une fois — ou plutôt je n'ai pas aimé. — Une cousine, apparue au seuil de la vie comme une première fleur au matin de la journée, un amour d'enfant, subitement éclos, envolé comme un parfum ; puis rien, rien que l'amour de l'amour, l'amour de l'idéal, la recherche de celle que je dois aimer.

— Où l'as-tu cherchée ? dit Prosper.

— Je l'ai appelée comme on invoquait les enchanteresses ou les fées, dit Gilbert, mais elle n'est pas venue. Les fées n'existent plus.

— C'est la faute à Voltaire, fit Duchemin, c'est la faute à Rousseau. Allons ! dit-il en voyant Gilbert subitement absorbé, que diable aussi, mon cher

seur de romans, tu es trop triste. L'amour, mon
ami, c'est bien haut, c'est trop haut. On y attei-
gnait jadis, mais les hommes ont sans doute
rapetissé. Ce n'est plus possible. Il reste heureusement deux choses : le plaisir et le mariage. Le
mariage est encore ce qu'il y a de mieux, mais tu
es jeune, tu luttes encore, le temps n'est pas venu.
Reste le plaisir. C'est un gai compagnon, avenant,
souriant, sans façon, donnant son cœur avec une
poignée de main. Tends la main, Gilbert! et *vivent
les amours, puisque l'amour est mort !*

— Il n'est pas mort, s'écria Gilbert, il vit toujours... et où il se cache, je le découvrirai !

— Souviens-toi de Christophe Colomb, malheureux ; calme-toi et regagnons notre stalle. Un couplet de vaudeville, cela coupe immédiatement la
tristesse... par l'homœopathie.

Gilbert se leva et suivit Prosper Duchemin sans
mot dire.

II

La toile se levait, au moment où les deux amis

regagnaient leurs fauteuils, sur un verdoyant décor représentant un paysage des environs de Paris. Les blés jaunissaient, les arbres étendaient leurs feuilles vertes, et, au milieu de cette nature de toile peinte, cinq ou six actrices déguisées en grisettes prenaient leurs ébats, chantaient des couplets sur les airs à la mode et s'asseyaient sur le plancher qui, nouvellement arrosé, avait la fraîcheur, sinon la mollesse de l'herbe. Comme la plupart des spectateurs étaient assis, ces demoiselles remarquèrent bien vite Prosper Duchemin qui s'excusait poliment en déplaçant les gens pour arriver à sa place, située au milieu de l'orchestre. L'une d'elles lui fit un salut gracieux au moment où il s'asseyait, et sembla quêter un regard favorable. Prosper la salua de ce coup d'œil rapide qui échappe à toute une salle et que, sur la scène, celui à qui il est adressé recueille si adroitement à la volée ; puis il se pencha vers Gilbert et lui parla tout bas à l'oreille. Cependant les actrices, dans l'intervalle de leurs répliques et plus absorbées par ce qui se passait dans la salle qu'occupées de ce qui se jouait sur la scène, se demandaient l'une à l'autre le nom du compagnon de Prosper Duchemin. Elles ont leurs amis, elles ont la liste de leur public et tiennent à connaître exactement la composition des fauteuils.

Gilbert n'écoutait pas le dialogue des acteurs, il

s'était penché vers Prosper, et avec un sourire ému
et attristé :

— Crois-tu, dit-il, mon ami (vois comme mon parti
pris d'illusions est puissant), crois-tu que tout ce
monde faux me tente, m'attire m'enivre, me trouble
comme une énigme? Je suis bien aise de t'avoir
rencontré. Tout à l'heure, à cette même place, seul,
les yeux fixés sur la scène, je me sentais entraîné
par une sorte d'ivresse, je me disais que tout ce
bruit, cette lumière, ce clinquant, ces éclats de voix
et de rires au son de la musique, cette griserie, cette
folie joyeuse, c'était le bonheur peut-être. J'ai des
naïvetés ridicules; un acteur, une actrice, le théâtre,
et voilà autant de problèmes et d'étonnements pour
moi. Il me semble que ce monde factice qui s'agite
au delà de la barrière de lumière est plus rapproché
que le nôtre du monde idéal que j'ai rêvé. Je prête
à ces hommes et à ces femmes les sentiments dont
l'auteur les a animés et qu'ils déposeront sans doute
tout à l'heure, avec leurs costumes. C'est encore une
autre espèce de voile qui me couvre la vue et auquel je tiens, car il me procure parfois de beaux
rêves !

— Ma foi, interrompit Prosper, si tous les rêves
étaient aussi faciles à toucher du doigt que celui-ci,
tout serait pour le mieux dans le meilleur des
mondes possibles. Il n'y a point là prétexte à de

12

telles illusions, et pour peu que tu tiennes à voir de près le manteau d'arlequin, il ne faut pas t'en passer. Qui regardes-tu là?

Prosper dirigea sa lorgnette vers une des grisettes qui chantait *justement* un couplet. Elle était petite, brune, piquante, les yeux vifs, le nez mutin, la bouche rose, joignant gracieusement ses mains blanches et démasquant dans un sourire de petites dents nacrées. Ses gestes un peu timides s'harmonisaient avec le costume qu'elle portait : une robe de tarlatane coquettement chiffonnée, un col plat, de petites manchettes, et, avec une grosse rose sur l'oreille, le bonnet de Mimi Pinson. Une grâce singulièrement provocante animait ce petit corps souple et hardi.

— Ah! dit Prosper, c'est Marthe Duval!

La jeune fille paraissait d'ailleurs émue en fredonnant son couplet et elle regardait le chef d'orchestre d'un air inquiet. Mais, quand elle eut fini, elle releva la tête en souriant, tourna légèrement sur elle-même et alla se placer près de la rampe, à côté de celles qui avaient chanté. Gilbert la suivait des yeux, frappé par le charme qui séduit aussitôt tout artiste.

— Je vois, dit Duchemin, que tu aimes les pastels de Greuze. Cette jolie fille ressemble en *brune*, comme on dit, à une exquise personne qui parut un

moment sur nos théâtres et qui disparut... je ne
sais comment! On appelait celle-là mademoiselle
Cachemire. Où sont les roses d'antan? Mais Marthe
est plus jolie! Tu n'as pas mauvais goût, la petite
est ravissante, suffisämment spirituelle et point méchante.

— C'est justement ce que je me dis : à quoi pense
cette tête brune, à quoi rêvent ces jolis yeux ; cette
petite bouche, que dit-elle?

— Mon Dieu, fit Duchemin, si tu le veux savoir,
rien n'est plus facile. Veux-tu que j'invite Marthe
à souper, après le théâtre? Elle amènera assurément une amie, et tu étudieras ton modèle de plus
près.

— Tu crois qu'elle viendrait? dit Gilbert, plus
troublé par cette proposition qu'il ne voulait le
laisser paraître. Il suivit Prosper qui sortit et fit
demander si mademoiselle Duval pouvait accepter
une invitation. On lui répondit affirmativement.
Prosper traça quelques mots au crayon sur son
carnet, déchira la feuille, l'envoya à Marthe, prit le
bras de Gilbert et entraîna son ami vers le boulevard.

— Quand on se trouve en présence de l'inconnu,
dit-il, je suis d'avis qu'il faut lui demander son
secret. Jamais je ne gronderai un enfant qui aura
ouvert le ventre de son polichinelle pour regarder

ce qu'il y avait dedans. Tu verras dans un instant que ces Clorindes et ces Isabelles sont des créatures de chair et d'os, ni plus ni moins poétiques que les autres, frivoles comme toutes les femmes, au demeurant excellentes, parfois insupportables, souvent adorables, prêtes à se moquer de tout et à s'attendrir de rien, — des oiseaux sur la branche qui volent à tous les vents et vers tous les rayons du soleil.

Ils entrèrent dans un restaurant et Duchemin prévint le garçon que deux dames allaient venir. Gilbert était un peu embarrassé et ne disait rien. Duchemin s'assit, commanda le souper, et attendit, battant une marche sur une assiette. Marthe arriva bientôt, suivie d'une grande femme plus vieille qu'elle, mais élégante et parfaitement peinte. Elle tendit la main à Prosper, salua cérémonieusement Gilbert, qui la regardait avec des yeux un peu surpris, et s'assit sur un divan en se plaignant de la fatigue. Elle défit rapidement son chapeau, le tendit à Duchemin et examina Gilbert du coin de l'œil, tout en donnant un tour à ses cheveux. Gilbert était un beau garçon, élégant, avec un air un peu timide, d'ailleurs exempt de gaucherie, empreint d'une attitude un peu sérieuse et triste; mais quand son œil assombri s'illuminait, lorsque sa lèvre soucieuse voulait sourire, cette physionomie légèrement

altérée s'imprégnait d'un grand charme. Il se tenait dans la pénombre; les bougies éclairaient un
côté de son visage et accusaient plus profondément
les plis de son front. Ses longs cheveux bruns
semblaient plus soyeux au reflet de la lumière, et
le trouble léger qu'il ressentait donnait à ses traits
une animation favorable. Marthe détailla d'un coup
d'œil cet inconnu et remarqua de suite la main
élégante du jeune homme et sa tournure naturellement distinguée.

Prosper lui indiqua un siége à côté de Gilbert, et
lui-même s'assit auprès de la compagne de Marthe,
qui avouait tout haut son appétit forcené. Duchemin fit d'abord tous les frais de la conversation:
Gilbert regardait Marthe, qui se sentait un peu mal
à l'aise à côté de ce silencieux convive, et l'autre
femme dévorait le potage aux œufs brouillés qu'elle
trouvait délicieux. Gilbert éprouvait quelque chose
de ce sentiment de vague inquiétude qui accompagne un rêve délicieux. On savoure l'impression
charmante, mais avec une sorte de hâte et de terreur, comme si tout allait disparaître soudain. Il se
laissait aller à cette sensation caressante, humant
l'air embrasé de l'étroit cabinet comme s'il eût
contenu de magiques arômes. Puis il secouait cette
impression, fouetté qu'il était par les questions de
Prosper qui s'impatientait de parler seul. A la fin,

il rapprocha brusquement sa chaise de la table,
découpa lui-même un des mets et le servit en ac-
compagnant son geste de mots gracieux qu'il
trouva tout frais éclos sur ses lèvres. Marthe souriait
et parlait à son tour, encouragée par les propos de
son voisin qu'elle trouvait tout à l'heure un peu trop
réservé.

Elle parlait des choses du théâtre et de la pièce
en répétition et des rôles nouveaux, lorsque son
amie l'interrompit brusquement, en l'adjurant de
laisser de côté ce qu'elle appelait la *boutique*. —
Hélas ! disait-elle, j'ai mon bulletin de répétition
dans ma poche pour demain, midi. C'est bien
assez, c'est trop. Nous sommes ici pour oublier le
régisseur, j'imagine. Oublions-le, ma petite Marthe :
quand tu auras comme moi vingt-cinq ans de
théâtre sur le dos, la langue te démangera moins
pour en parler !

— Vingt-cinq ans, dit Gilbert, c'est impossible !
Quel âge avez-vous donc ?

— Oh ! la demande est indiscrète, fit Marthe.
Désirée ne dit pas son âge !

— Devant les petites camarades, répondit Désirée
en disséquant une cuisse de poulet, je me donne
trente-deux ans !

— Et trente-deux dents ! murmura tout bas
Marthe à l'oreille de Gilbert.

Marthe ne mangeait pas, elle n'avait pas faim.
Elle trempait de temps à autre ses lèvres rouges
dans un verre de liqueur et se faisait les ongles
avec un petit canif, ciselé comme un bijou.

— Qui t'a donné cela ? demanda Désirée.

— Tu le sais bien, répondit Marthe.

Désirée se tourna vers Gilbert qui écoutait avec
une certaine fièvre, et riant de bon cœur :

— Moi, dit-elle, je n'aime point qu'on m'offre de
petits couteaux. On est forcée de rendre de la
monnaie, ou alors cela coupe l'amitié ! Gilbert répondit par un sourire de condescendance et
regarda le canif avec une sorte de colère. Il entendait encore bruire la question de tout à l'heure :
Qui t'a donné cela ? — Après tout, se dit-il, que
m'importe ! Il reprit sa gaieté, devint charmant, et
Prosper le regardait tout ravi de sa verve.

Marthe paraissait flattée des compliments que
Gilbert lui débitait d'un ton demi souriant et répondait par ses plus aimables sourires. Elle parlait
peu, mais ses mains blanches, son élégance, ses
vingt ans parlaient assez pour elle. Gilbert la trouvait plus charmante encore ainsi vue de près qu'au
delà de la rampe, et il se grisait de ces cheveux
opulents, de cette taille souple et de cette jeunesse.
Prosper le voyant décidément joyeux était enchanté. Lui aussi risquait quelque marivaudage,

avec un esprit fort égalitaire, louant à la fois et les beaux yeux de Désirée et les mains mignonnes de Marthe.

— Mains et pieds d'Andalouse, dit-il.

— Je suis Espagnole ! répondit Marthe.

Gilbert ne vit pas le sourire étonné de Désirée qui regarda Marthe et dit :

— Moi j'*ai été* Italienne !

D'ailleurs, il ne voyait plus rien et cette atmosphère lourde commençait à lui monter au cerveau.

Prosper donna le signal du départ. Il offrit le bras à Désirée et laissa passer Marthe qui s'appuyait gracieusement sur Gilbert. L'air était déjà froid au dehors, et sur les boulevards, devenus vides, stationnait une longue file de voitures. Marthe se pressait contre Gilbert, instinctivement comme une frileuse et le pauvre garçon tremblait qu'elle n'entendît les indiscrets battements de son cœur.

— Quel froid ! disait Désirée. Je plains les malheureux qui, par ce temps-là, ne sont pas bien *lestés*.

Prosper réveilla un cocher endormi sur son siége et Désirée se jeta dans la voiture. Marthe avait quitté le bras de Gilbert ; doucement elle s'assit à côté de son amie.

— Chez moi d'abord ! dit celle-ci.

Elles tendirent la main aux jeunes gens et la

voiture partit. Gilbert la suivait des yeux, comme
si elle eût emporté quelque chose de lui-même.

— Eh bien ! dit Prosper, tu as vu de près deux
étoiles : la brillante étoile qui se nomme Marthe et
la nébuleuse appelée Désirée. Es-tu content ?

— Je suis enchanté, dit Gilbert d'un ton con-
traint.

— Mieux vaut passer deux heures ainsi qu'à
rêver l'impossible. Tu reverras ou tu ne reverras
pas la Esmeralda, tu auras toujours dépensé une
bribe de temps que tu ne regretteras pas. Sur ma
foi, mon ami, je ne te croyais pas si gai.

— Je ne suis pas gai, dit Gilbert.

— Tu es charmant. La petite Marthe t'a trouvé
fort aimable, j'en suis sûr. Ces pauvres filles ne
rencontrent pas toujours des hommes qui les trai-
tent comme des femmes et elles apprécient la politesse autant qu'elles haïssent la galanterie et
qu'elles ignorent l'amour.

— C'est ton avis ?

— C'est la vérité.

Ils passaient justement sous les fenêtres du restaurant encore illuminées. On avait ouvert les rideaux et Gilbert aperçut la place où tout à l'heure
était assise Marthe. Le souper n'était pas desservi,
les bougies brûlaient encore, mais le petit cabinet
doré semblait triste, son éclat terni, le velours de

ses meubles usé. Bruyant tout à l'heure et plein de
rires, maintenant abandonné, avec sa nappe frois-
sée, ses mets en désordre, il semblait, image
muette des romans amoureux dont il était témoin,
attendre de nouveaux acteurs (les mêmes toujours,
ceux d'hier comme ceux de demain) et dont il en-
cadrait les propos éternellement vides avec sa mise
en scène banale.

— Demeures-tu loin d'ici ? demanda Prosper à
son ami.

— Rue des Martyrs, dit Gilbert.

— Tu as choisi le nom de la rue, fit l'autre en
riant. Moi, voici ma chambre, dit-il en montrant
une fenêtre, au quatrième, dans une élégante maison. Veux-tu monter et causer encore en fumant
un cigare ?...

— Je suis fatigué, dit Gilbert.

— Au revoir donc ! Je vais travailler une heure
encore... Mademoiselle Désirée, fit-il, ne se douterait
pas que je vais écrire un article sérieux en sortant
du café Anglais, ni toi non plus, ni surtout les lecteurs de mes chroniques hebdomadaires ; mais on
fait ce qu'on peut et Sancho prétend que c'est faire
ce qu'on doit. — A bientôt !

Gilbert regagna lentement son atelier. Il était
triste, il se sentait pris d'une sorte de colère sourde
et nerveuse qu'il avait courageusement dissimulée

à son ami. Il regrettait, à présent, d'avoir mis le pied, même pour un instant, dans un monde qui n'était pas le sien. Il avait peur des sentiments nouveaux qu'il avait éprouvés dans les deux heures qui venaient de s'écouler. Un moment il s'était trouvé mal vêtu sous le regard interrogateur de Marthe ; il avait senti tout un monde d'aspirations inconnues affluer en lui, il avait soif d'une soif nouvelle, et pour la première fois, dans ce cabinet somptueux, il s'était dit que ceux-là sont heureux qui sont riches. Mais surtout il fermait les yeux comme pour revoir le provocant sourire, le geste gracieux, l'enfantin visage de Marthe, et il se demandait avec une anxiété douloureuse s'il la retrouverait jamais. Toutes ces pensées se pressaient confusément en lui et le mordaient au cœur, sans qu'il essayât de leur résister, tant leur cuisant essaim apportait avec lui de charme inconnu. En entrant dans sa chambre, encombrée de toiles et d'études, en retrouvant son lit étroit enfoncé dans l'alcôve sombre, il se sentit froid au cœur. La chambre était humide, et rien ne respirait là ce parfum de la femme dont il venait de s'enivrer. Tout répétait un mot navrant et cruel : *solitude*. Gilbert se mit au lit, et tout enfiévré cependant il s'endormit, mais il retrouva encore dans le sommeil les rêves qu'il faisait éveillé.

III

Gilbert devait revoir Marthe. On ne subit pas impunément l'ascendant d'une apparition féerique sans chercher à évoquer de nouveau le charme tout d'abord éprouvé. Au lendemain d'un rêve enivrant, on se recueille, on s'interroge, on cherche à rassembler les impressions éparses d'une ivresse passagère, et ce moment d'interrogation et de vague ressouvenir est plus doux encore que le songe lui-même. Lorsque l'âme est en possession du rêve tout entier, lorsqu'elle se souvient, lorsqu'elle comprend, lorsqu'elle se dit que tout cela n'était qu'une fumée du sommeil, alors le désespoir commence et l'on regrette que cette joie suprême ait fui si vite et d'une manière irréparable. Les ambitieux dans leur délire, ceux qui ne se savent point contenter de l'ombre du bonheur, souhaitent d'en saisir corps à corps la réalité. Ils espèrent, ils tendent les bras vers le fantôme envolé, ils appellent à grands cris le songe évanoui et pleurent lorsque rien ne reparaît, du songe ou

du fantôme. Insensés qui verseraient bien souvent
des larmes plus amères si leurs cris et leurs pleurs
étaient entendus ! Pour toute une race d'hommes,
les rêveurs, l'incarnation de la chimère est chose
fatale. Ils ont rêvé l'irréalisable, et la réalité ne
leur suffit pas. Dans tout bonheur, comme au fond
d'une fraîche rose est cachée la guêpe envenimée,
ils rencontrent tristement la déception. Ces déshé-
rités sublimes doivent passer, le front haut et regardant le ciel : c'est là-haut seulement qu'ils rencontreront leur idéal.

Gilbert se connaissait bien mal. Artiste, il était
né pour caresser longuement une œuvre doucement soignée ; homme, il était fait pour aimer d'un
amour calme une compagne dévouée qui lui eût
apporté le bonheur dans le repos. Mais le prestige
de l'amour ardent l'avait ébloui ; Marthe l'avait
fasciné. Il voulait à tout prix la revoir. Le lendemain, il était au théâtre à cette place même où il
l'avait aperçue la veille, il la dévorait des yeux, il
lui jetait son âme dans un regard. Elle le vit bien,
elle se sentit satisfaite, elle répondit par un sourire
qui troubla bien fort le malheureux. Ce fut ainsi
durant plusieurs jours ; Gilbert attendait parfois
Marthe, après le spectacle ; il lui disait quelques
mots à la hâte et s'échappait, emportant dans son
atelier, avec une parole de la jeune fille, pour

vingt-quatre heures de bonheur. Bref, il s'aban-
donna follement au courant de ce caprice et, avant
que Marthe lui eût rien accordé, il s'était donné à
elle tout entier.

Un jour vint cependant où à ses protestations
Marthe répondit par un aveu. — Et moi aussi, dit-
elle, je vous aime! Gilbert devint pâle, s'affaissa
aux pieds de la jeune fille et se prit à pleurer. Cette
effusion la toucha profondément. Elle n'était pas
habituée à de telles amours. Dès lors Gilbert sembla se transformer ; il allait, venait, joyeux, ardent,
frappant du pied le sol comme un conquérant prenant possession de sa conquête, humant à pleins
poumons l'air de ce Paris au festin duquel il avait
désormais sa place. Il s'aperçut que sa nature un
peu timide recélait des trésors d'énergie qu'il dé-
pensait en ces heures d'enivrement avec une pro-
digalité joyeuse. Il travaillait avec ardeur ; ses
conceptions devenaient plus vastes. L'amour emplissait ce cœur altéré de ses magiques effluves. Il
était heureux, et loin maintenant de ces tristesses
qui le navraient autrefois, il se comparait lui-
même à un prisonnier subitement rendu à la liberté.

Marthe jouissait de ce bonheur qui la pénétrait
elle-même sans qu'elle le comprit beaucoup. Elle
semblait, les yeux fermés et la pensée un moment

arrêtée, se laisser entraîner par une valse enivrante
qui l'emportait, elle ne savait où ; mais elle cédait
charmée, vaincue, à la passion de ce jeune homme
qui la réchauffait de son délire et faisait jaillir en
elle des sentiments qu'elle croyait bien morts dans
son cœur de dix-huit ans. Elle conservait pourtant
assez de sang-froid pour se dire qu'elle s'arrêterait
aussitôt que la valse la fatiguerait ou la mènerait
trop loin, et pendant que Gilbert s'élançait dans
cette passion comme pour la vie, elle calculait, au
milieu de son enivrement même, que bientôt il
faudrait peut-être écrire le mot *fin* au bas du roman. Il est de certaines amours qui ressemblent à
un concert où les instruments ne seraient pas bien
d'accord. Même lorsque les cœurs battent ensemble, leurs battements sont si différents que le bruit
en est discordant, et le son des baisers fait à l'o-
reille l'effet d'une fausse note.

Mais les amoureux ont des oreilles pour ne pas
entendre et des yeux pour ne point voir. Gilbert
était aveugle et sourd. Il aimait Marthe sans arrière-
pensée et de toute la force de son âme ardente.
On lui eût déchiré le cœur en lui prouvant qu'elle
ne l'aimait pas ainsi. D'ailleurs, eût-on réussi à le
lui prouver? Gilbert ne regardait et ne voyait
qu'elle. Le sourire de cette jeune fille, sa voix, sa démarche, tout l'enchantait. Il la regardait avide-

ment, avec des yeux mouillés de larmes. Ce qui le
séduisait en elle, il l'ignorait : c'était elle tout entière. Elle avait une petite voix enfantine, des mouvements de chatte, une grâce peureuse, et souvent
elle venait vers lui, se repliant comme un petit oiseau qui craint la pluie. Gilbert se sentait fier de la
protéger — contre quel danger ? — mais ce faible
cœur croyait à sa force en voyant cette enfant qui
se réfugiait dans ses bras. Puis, elle avait de ces
mots que celui-là seul à qui ils sont adressés comprend et trouve adorables — puérilités de l'amour
qui sont sa force, petites fleurs que la femme sème
autour de son amant, si bien qu'elles deviennent
un jour un odorant et infranchissable buisson où il
se trouve emprisonné. Assurément elle aimait Gilbert. Elle était franche, elle lui disait tout. Elle lui
conta son passé, sa vie — qui était celle de toutes
les autres. — Elle regrettait d'être actrice, disait-
elle, cette vie la fatiguait. Gilbert lui proposa un
jour de l'arracher au théâtre, de recommencer avec
lui une vie nouvelle, de travailler ensemble, joyeux
et s'aimant toujours.

Elle répondit : Pourquoi pas ?

— Et la réponse voulait dire : Pauvre enfant ! à
quoi penses-tu ?

Prosper Duchemin apprit bien vite la liaison de
Gilbert et de Marthe. Ce fut Gilbert lui-même qui

lui récita le dithyrambe de son amour. Il était si pénétré, il débordait d'une telle joie que Prosper ne voulut pas le troubler, mais il aimait assez Gilbert pour opposer avec franchise et dès le premier moment le langage de la raison à celui de la passion. — Figure-toi bien, lui dit-il, que tu as rencontré, non pas un diamant, mais un morceau de strass. Les pierres précieuses sont rares. Or, le strass *se porte* parfaitement, il jette feux et flammes et paraît prodigieusement brillant, mais on ne le conserve pas dans un écrin, et l'écrin le plus précieux de l'homme c'est son cœur. Pardonne-moi ce langage figuré et amphigourique, mais la fable prouve...

— Elle prouve? fit Gilbert.

— Elle prouve que tu es un brave et loyal garçon, que Marthe Duval est une charmante personne et que tu as comme cela de la joie pour deux mois au moins!

— Allons donc! s'écria Gilbert. Je l'aimerai toujours!

— Si *toujours*, répondit Duchemin, voulait toujours dire: *huit jours*, ce serait déjà bien joli.

Gilbert haussa les épaules et traita Prosper de sceptique. Il crut que le journaliste s'amusait. — Un paradoxe de plus ou de moins, dit-il, cela ne te coûte guères. Mais Duchemin ne plaisantait point.

13

Il voyait non sans crainte que Gilbert prenait au
sérieux un caprice qui devait peser si peu dans sa
vie, et son amitié s'alarmait en songeant à la nature
délicate et nerveuse du peintre. Prosper était d'avis
qu'il faut aimer selon son tempérament. A ceux-ci
la passion ardente, à ceux-là la volupté sereine
et calme. Le caprice aux uns, la passion aux
autres.

« Pourvu, songeait-il, que Gilbert ne se soit pas
trompé ! »

Gilbert avait loué, aux environs de Paris, sur les
bords de la Seine, une petite maison de campagne
où chaque soir il emportait Marthe, le cœur palpi-
tant comme un voleur qui vient de dérober un trésor. Elle paraissait heureuse aussi de s'échapper,
après la pièce jouée ; d'aller vers les champs, vers
le grand air. Le chemin de fer les déposait à dix
minutes de la maison. Il fallait traverser un pont,
puis cheminer sur la route bordée de tilleuls. Mais
il faisait beau ; et le chemin durait longtemps.
Gilbert eût voulu rester toujours ainsi allant à pas
lents, elle suspendue à son bras, riant, heureuse de
vivre, lui regardant le fleuve qui roulait doucement ses eaux, le ciel clair où se découpait la silhouette des arbres, respirant l'odeur, écoutant les
murmures sourds de la nuit, puis s'arrêtant pour
contempler Marthe dont le sourire et le regard étin-

celaient dans cette brume lumineuse que la lune perçait comme un brouillard.

Ils arrivaient enfin, et dans la petite chambre, Gilbert retrouvait toujours un souvenir de la veille et il le respirait avec joie comme s'il eût pressenti déjà que le souvenir doit seul demeurer des amours d'ici-bas. Quelquefois, la nuit était noire. Les falots des bateaux amarrés sur la rive éclairaient seuls la route de leurs lueurs incertaines. Ils perçaient les ténèbres comme de gros yeux fantastiques. Marthe riait encore, mais en frissonnant, et aussitôt la porte ouverte, se jetait dans la maison comme une souris qui se sauve effrayée. Ce n'était rien et c'était tout, ces voyages ; prétextes à petits accidents, à longues causeries ; ils se blottissaient dans un wagon et, seuls, ils se mettaient à divaguer. Comme on était vite arrivé ! Si le wagon s'emplissait, ils se taisaient ? non, ils continuaient leurs propos avec leur regard. Le lendemain, il fallait revenir à Paris, se quitter jusqu'au soir. — J'ai ma répétition, disait Marthe. Gilbert songeait à ses tableaux. Ils se séparaient. Gilbert rentrait dans son atelier la tête haute, il saisissait vaillamment son pinceau, il se mettait tout entier à l'ouvrage ; cet amour l'animait, centuplait ses forces. Il se sentait véritablement devenir artiste ; ce qu'il avait cherché jusqu'ici, la couleur, se dégageait de ses conceptions. Plus de tâtonnements, plus d'essais infructueux. Il n'avait plus qu'à suivre maintenant une droite voie qui menait à la gloire. Assez large pour contenir deux affections, son âme s'emplissait du vaste amour de l'art et de l'amour de Marthe ; l'un se fortifiait par l'autre. Quelquefois, Gilbert faisait vers le passé un retour douloureux, et, regardant de son œil attendri l'œil éclatant de Marthe :

— Mon Dieu ! lui disait-il avec un rire mouillé, est-on bête quand on n'aime pas !

IV

Les meilleurs chapitres du roman de la vie sont les premiers chapitres ; j'aime toutes les aurores ; en amour, les meilleurs moments sont les premières heures. On est toujours heureux d'ailleurs tant qu'on qu'on ne réfléchit pas, tant qu'on poursuit son chemin sans regarder à l'horizon Vienne un passant qui vous montre du doigt, là-bas, au loin, quelque nuage menaçant, on se presse, on se hâte, la route paraît longue et dure et on foule aux pieds les fleurs qui l'émaillent. Tout le charme a disparu : on ne voit plus que le danger. Il y avait longtemps déjà — les bonheurs humains ont si peu de durée — longtemps que durait l'amoureux roman de Gilbert. Il lui semblait maintenant qu'il avait toujours été heureux ainsi, qu'il le serait toujours. Comment, en effet, pouvait finir une telle ivresse? Il ne se demandait donc point comment elle avait commencé! Marthe se fatigua du culte qu'on lui rendait comme elle s'en était éprise. De bonne foi, sans doute, et tout naturellement, elle se dit qu'un tel amour avait trop duré et qu'il était temps de le transformer en bonne amitié.

— Crois-tu, demanda-t-elle à Gilbert, qu'il arrive un moment où après s'être beaucoup aimés, on doit se séparer avec une franche poignée de main et ne plus se revoir?

Gilbert la regarda fixement et devant ce regard elle se troubla.

— Que dis-tu là? s'écria-t-il... Comment, il y a des amants qui font cela d'un commun accord? Que veux-tu dire?

— Rien, fit Marthe.. une question!

Après l'avoir quittée, ce jour-là, il rentra pour la première fois depuis bien longtemps, triste dans son atelier. Des mots sinistres venaient murmurer à son oreille : séparation, oubli! Pourquoi

cela ? Comment, les choses humaines sont aussi
changeantes, « ondoyantes et diverses » que cela ?
— Quoi ! disait-il, non-seulement il faut mourir en
se disant que l'oubli de ceux qu'on laisse sur terre
naîtra avant que l'eau du ciel ait effacé votre nom
sur le tombeau, mais encore on peut vivre en songeant — cela est cruel — qu'un être chéri qui,
jusqu'alors a fait route à vos côtés, va vous quitter
au détour du chemin, s'éloigner sans regret peut-
être et souvent ne pas détourner vers vous la tête
pour vous faire l'aumône d'un dernier regard !
Mais qu'avait à faire Marthe avec toutes ces pensées ?... Elle avait parlé de séparation sans songer,
sans peser... Ne l'aimait-elle pas toujours ? Ce matin encore elle le lui disait !... Et il se mettait à
l'ouvrage ; mais cette fois le travail lui semblait
aride, pénible, impossible. — Je suis malade, voilà
tout ! dit-il. Il sortit, voulut se distraire. Il monta
chez Prosper Duchemin. Le journaliste était à
l'œuvre. Il acheva son travail promptement et
causa avec Gilbert. Il s'aperçut bien vite que l'artiste souffrait.

— Qu'as-tu donc ? dit-il. Gilbert eût été bien embarrassé pour répondre. Il expliqua tout ce qu'il
ressentait, il demanda à Prosper ce que signifiaient
les paroles de Marthe. — Mon Dieu ! dit-il avec an-
goisse, si c'était à moi qu'elles s'adressaient !

— Je crois, répondit Duchemin, qu'elles ne s'a-
dressaient à personne. C'était un monologue, rien
de plus ; mais il me semble significatif. Veux-tu
que je te parle à cœur ouvert?

— Je t'en prie !

— Eh bien ! dit Prosper, les lauriers d'amour
sont coupés. La vendange est faite ! Adieu paniers !
Je prévois le moment où Marthe te tendra sa petite
main largement ouverte et te dira : Gilbert, soyons
amis. Tout est rompu !

Gilbert devint livide. Il ne dit mot, se leva, fit
quelques pas et revenant à Prosper :

— Oh ! fit-il, si cela était !

— Ma foi, répondit courageusement le journaliste, cela doit être. As-tu la prétention qu'un caprice dure éternellement? Ces sortes d'amours-là
portent en eux-mêmes leurs dissolvants, tu le sais
bien. Ne t'étonne donc pas de voir finir celui-ci.

— Mais, s'écria Gilbert, avec déchirement, je
l'aime !... Je l'aime, entends-tu ?...

— En ce cas, dit froidement Prosper, il faut
rompre de suite, sans hésiter. Mettre une parcelle
de son cœur dans une liaison semblable, c'est
beaucoup trop. La denrée est assez rare pour qu'on
en ait un soin extrême.

Gilbert haussa les épaules.

— Que diable, continua Prosper, on se raisonne...

on réfléchit.., La passion ne calcule pas, diras-tu ;
l'amour est aveugle ! Parbleu ! vous lui mettez
volontairement un bandeau ! Voyons, que veux-tu
demander à une pauvre fille qui t'a aimé, mais qui
ne peut toujours t'aimer, parce qu'il lui faut, — à
chacun sa nature, — autre chose que des parties de
campagne et des déjeuners sous la tonnelle ? Elle
connaît le caprice, pas du tout l'amour. Ne lui demande que ce qu'elle peut donner. Je dis mon
avis, après tout, et rien de plus, le rôle de Desgenais étant celui qui me-paraît le plus insupportable et le plus facile dans la comédie moderne. Et
puis, à ton aise ! va ! je suis bien sûr que ton honnêteté et ta raison te conduiront où tout honnête
homme doit aller !

— Tiens ! fit Gilbert, tu n'es qu'un raisonneur !
Tu n'as jamais aimé !

— Dis-moi tout de suite, répondit Prosper en
frappant sur l'épaule de son ami, dis-moi que je
n'ai jamais eu vingt ans, que je ne suis pas bache-
lier et que je n'ai jamais chanté *la Marseillaise !* Tu
es méchant !

Gilbert sortit de chez Duchemin un peu moins
consolé qu'auparavant. Son mécontentement s'était
tourné contre Prosper. — Non ! pensait-il, il n'a
jamais aimé ! Puis il s'érigeait à lui-même son
piédestal et se croyait au-dessus des autres, parce

qu'il s'abandonnait sans lutte au courant qui l'entraînait. Il divisait les hommes en deux classes : ceux qui aiment et ceux qui n'aiment pas. « A ceux-ci, se disait-il, tout semble futile, tout est sujet à vaines échappées. Ils ne comprendront jamais la douleur d'un cœur noble en se voyant repoussé ou — qui pis est — méconnu. Ils ont pris la vie par le bon chemin, celui du rire, ils regardent ceux qui se sont engagés là-bas, dans le sentier de la passion sérieuse, comme des fous à jamais égarés ; et, ne sentant point battre leur cœur aux heures d'amour, ils s'écrient, après nous avoir tâté le pouls, à nous : — « Misère ! ces gens-là ont la fièvre ! » Non, ces gens-là sentent, aiment, vivent voilà tout. Ce ne sont pas des fous ! ce sont des hommes ! »

C'était en pensant à Duchemin, ce cœur épris de tous les cultes vrais, que Gilbert raisonnait ou déraisonnait ainsi. La passion rend injuste. Il fit de cette sorte de beaux discours jusqu'à la nuit, jusqu'au moment où il emporta Marthe là-bas, vers la maison où nichait l'amour. Il lui demanda alors, bien souvent :

— Que voulais-tu dire, ce matin ?

Marthe ne s'en souvenait plus.

Elle était toute joyeuse ; on lui avait donné un long rôle dans la pièce prochaine. Elle rayonnait,

elle était charmante. Elle chantait par avance les
couplets qui lui étaient destinés, elle décrivait à
Gilbert les costumes qu'elle porterait. Lui écoutait,
ravi, risquait encore une question pleine de doute
à laquelle elle répondait en tendant ses lèvres au
baiser, et le jeune homme se disait que Prosper,
le prophète sinistre, était fou, sans cœur ou — qui
sait ? — peut-être jaloux du bonheur des autres.
Pauvre Gilbert !

Marthe n'avait pas de répétition le lendemain.
Il faisait un soleil éblouissant. Tous deux, ils partirent pour Meudon comme des écoliers échappés.
Et de jaser, et de rire. On chercha dans le village
une auberge, la plus retirée, dans le jardin le ber-
ceau le plus discret, et on déjeuna gaiement, en
campagnards, avec une omelette, une friture et du
vin bleu. Marthe trempait ses petites lèvres roses
dans le gros verre pesant, et trouvait le pain dur
mais savoureux. Ils avaient marché longtemps ;
ils avaient faim. Tout cela paraissait exquis. — Les
lilas, déjà fanés, tombaient à terre comme une
poussière, mais répandaient encore leur parfum,
et un bon vent frais se jouait dans tout ce feuillage.

— Nous reviendrons ici souvent, dit Gilbert. Jamais je n'ai fait un déjeuner semblable !

Marthe riait, comme toujours.

Ils se remirent en route, à travers bois, s'asseyant de temps à autre, la main dans la main, les regards noyés. Meudon déployait au bas de la colline son panorama de petits arbres touffus, de maisons en miniature, d'enseignes criardes, et Gilbert regardait enchanté la Seine étincelante, au milieu de ce paysage coquettement parisien.

— Je ne connaissais pas Meudon, dit-il, mais je ne l'oublierai plus.

— Comment ! dit Marthe, tu n'étais jamais venu ici ?

— Pas souvent.

— Moi, dit-elle, l'an passé, j'y venais deux ou trois fois par semaine. Je m'y ennuyais, mais il le fallait. Mon amant avait une maison ici !

Gilbert crut avoir mal entendu ; il regarda Marthe en pâlissant.

Elle ne paraissait pas émue, et, tendant le bras, disait, en désignant un chalet au fond de la vallée :

— Tiens, c'est cette maison que tu vois là-bas, avec des fenêtres vertes !

Gilbert eut un mouvement de colère. Il frappa du pied et dit brusquement :

— Je ne vous demande pas votre passé Ne m'en parlez pas !

— Diable ! fit Marthe avec une adorable moue.

Elle se prit à fredonner un couplet de la pièce future.

— Et comment s'appelait-il, ton amant? demanda brusquement Gilbert.

— En voilà une question ! Qu'est-ce que cela vous fait ? Vous ne le connaissez pas !... D'ailleurs le pauvre garçon n'est plus dangereux ; il est mort !

Le flegme avec lequel Marthe prononça ces mots fit mal à Gilbert.

— Ah ! dit-il.

Il n'ajouta plus rien, se dirigea vers le village.

— Nous partons ? dit Marthe.

— Nous partons ! répondit-il.

Il était accablé, il avait dit à Marthe les mêmes mots qu'il venait de prononcer lui-même.

Meudon lui déplaisait à présent.

Il gardait le silence, baissait la tête pendant que Marthe le suivait du coin de l'œil avec un petit air étonné.

— Qu'as-tu donc ? lui dit-elle enfin... Pourquoi es-tu triste ? T'ai-je fâché ?

— Non, fit-il ; — mais, une autre fois, quand nous irons à la campagne, nous choisirons un endroit où je pourrai ne pas me cogner contre un de tes souvenirs.

— Vous êtes poli ! dit Marthe.

Ils se quittèrent légèrement brouillés. Le soir venait. « J'étais bien heureux ce matin, se disait Gilbert. Pourquoi m'a-t-elle parlé du passé ? »

Puis il ajoutait : — « Est-ce sa faute, après tout ?
Existais-je pour elle, il y a un an ? Me doit-elle
compte de son enfance, de ses premières pensées,
de son premier amour ! » Ensuite, il devenait
morne, car il se disait que Marthe c'était son premier amour à lui, qu'il lui avait donné son âme
entière, tout son cœur, sans arrière-pensée, sans
calcul, qu'il était son esclave, sa chose et que
Marthe pourtant avait eu d'autres amours, des
amours passées ; qu'elle ne s'était donnée à lui que
par parcelles, en avare, et il maudissait cet échange
inégal qui n'était qu'un marché et qu'il avait pris
pour de l'amour.

Il alla attendre Marthe le soir, à la porte du théâtre. Marthe ne sortit pas avec sa promptitude ha-
bituelle. Gilbert interrogea Désirée qu'il aperçut enveloppée dans son tartan.

— Ah ! fit Désirée, la petite boude. Vous lui avez
dit une chose dure !

— Moi ? s'écria Gilbert, et il raconta la scène de
Meudon.

— Eh ! bien, dit Désirée, vous vous étonnez de
cela ? Voyons, en bonne conscience, n'est-ce pas
naturel !... Mais vous êtes jeune, confiant, vous
n'avez pas vécu. Réfléchissez pourtant. Mon Dieu,
Marthe n'est pas une mauvaise fille, au contraire,
et je crois qu'il y a de la ressource avec elle. Ele-

vée comme elle aurait dû l'être, simplement, elle
eût fait sans doute une bonne petite femme de ménage, travailleuse, gentille, dévouée. Mais se desti-
ner au théâtre, c'est renoncer à soi-même, c'est ab-
diquer. Surtout quand on y entre ainsi, sans vocation, et parce que c'est un chemin qui conduit plus
rapidement qu'un autre à la fortune Si j'ai une
qualité, moi, c'est d'avoir cru un moment et de
bonne foi à tous ces éblouissements de la vie dramatique. Je me souviens de mes grandes émotions
quand je sortais du théâtre où j'avais vu jouer
quelque drame. Je n'en dormais pas. Toute la nuit,
je répétais des lambeaux de ce que j'avais entendu,
et le lendemain, devant la glace, je tâchais de retrouver quelques-unes des attitudes de l'actrice applaudie. Mon père était ouvrier porcelainier, ma
mère couturière. Nous n'étions pas riches, nous
n'allions pas souvent au spectacle, mais quand on
m'y conduisait c'était une fête. Un jour, mon père
me surprit comme je gesticulais toute seule, me regardant dans un miroir grand comme la main.
— Est-ce comme cela qu'on travaille ? me dit-il, et
d'un revers de main, il me donna un soufflet. C'est
la seule fois qu'il m'ait touchée. Le lendemain, on
me mit dans un atelier de lingerie ; mais à la mort
de mon père, je m'échappai. Ma mère était faible.
Elle consentit à m'accompagner chez un directeur

de la banlieue qui m'accepta, et je débutai. On m'eût
bien étonnée alors si l'on m'eût dit que je n'éga-
lerais jamais madame Dorval.

Gilbert se sentait profondément intéressé par ces
confidences, faites d'un ton calme, sans amertume,
sans regret, avec une sorte de philosophie douce,
et il écoutait attentivement Désirée qui continua :

— Je crois que la foi qu'on avait au départ doit
nous faire pardonner de n'être pas arrivé au but.
D'autant plus que si je ne l'ai pas fait, je n'ai rien à
me reprocher. Sans doute, je n'étais pas née pour
être ce que je suis, puisque je n'ai pas su être autre chose que ce que j'étais. Voilà que tout d'abord
je devins éprise d'un pauvre garçon qui m'aimait
beaucoup et me le répétait toujours. Il n'était pas
le premier qui me parlait ainsi ; il fut le premier
que j'écoutai. Oh ! je l'aimai bien, et, pendant que
dura cette liaison, il me semblait qu'il n'y avait pas
d'autre homme que lui. Et elle dura longtemps,
dix ans, les plus belles et les plus fraîches de mes
années. Chose singulière ! Ce fut lui qui me quitta :
il me sembla que j'aurais le courage de me tuer.
Ces dix années avaient passé si vite ! Maintenant,
comme je regrette qu'elles aient duré si longtemps :
Il n'était pas riche, nous avions vécu souvent d'a-
mour. J'avais eu deux enfants, — Ils sont morts,
— je n'avais jamais été belle, j'étais presque laide,

j'étais malade et il me fallait du repos. Du repos,
et les répétitions et les longues veilles ! Je n'avais
plus ni foi ni courage, j'apprenais mes rôles machinalement, je me moquais du public et je faisais en
rechignant le métier que j'avais choisi. J'avais rêvé
de jouer les rôles de mademoiselle Georges et j'en
suis venue à donner la réplique à mademoiselle
Marthe. Celle-là ne finira pas comme moi. Elle a
tout ce qu'il faut pour se sortir d'affaire. Elle est
gaie, elle est frivole, elle cherche dans un rôle non
la phrase qu'elle va dire mais le costume qu'elle va
revêtir. Elle consentirait bien souvent à ce qu'on
lui raccourcît son manuscrit pourvu qu'on lui raccourcît en même temps sa jupe. Combien y en a-t-
il comme cela ! Elles auraient fait de bonnes petites ouvrières, de bonnes femmes de ménage, elles
font de tristes actrices qui dépensent trois mille
francs dans un habillement qu'elles portent dix
minutes et qui gagnent par mois trente francs d'ap-
pointements. C'est la faute des parents ; on les élève
pour cela, et elles passent étonnées du lit de san-
gle au lit en bois de rose. Les parents sont tout
heureux de voir leur fille se promener en coupé,
et le père met les vieux habits que la petite demande pour lui à l'amant, quand celui-ci n'en veut
plus. Encore ce père est-il bien heureux, car elles
oublient d'habitude rapidement et se moquent des

vieux qu'elles renient. Après tout, monsieur, elles ont
raison. Que chaque femme fasse bien son métier et
tout ira moins mal. Je vaux mieux qu'elles moi, et
pourtant on me place sur la même ligne. C'est bien
fait. Puisque j'ai joué la partie qu'elles jouent, tant
pis pour moi si je n'ai pas su tirer mon épingle du
jeu. Qui m'en sait gré ? Ce ne sont pas mes camarades, elles me font parfois l'aumône de me plaindre. Ce n'est même pas moi, je vous jure bien que
je regrette ce que j'ai fait et que cet amour qui m'a
rendue si heureuse autrefois, m'apparaît aujour-
d'hui, disons le mot, comme une bêtise. Nous ne
sommes pas faites, voyez-vous, pour filer le sentiment. Et les bottines à acheter, les jupons à faire
empeser, les costumes à fournir bien souvent.
Quand on a ces choses en tête, on n'a rien au cœur.
C'est pour cela que je conseillerai toujours à un
jeune homme qui est aimant et qui n'est pas riche,
de nous applaudir, de nous saluer ; jamais de nous
aimer !

Gilbert était atterré. Cette femme venait de lui
tenir le langage que la veille il avait trouvé froid
et égoïste dans la bouche de Prosper Duchemin.
Touchée par le sentiment vrai de Gilbert, vieille
d'ailleurs, honnête fille au fond, Désirée n'avait pas
voulu laisser passer le pauvre garçon sans lui crier
gare. Ensuite elle lui tendit la main en disant que

14

Marthe ne tarderait pas à descendre, et s'éloigna.

— Ah! que je suis malheureux! s'écria Gilbert.

Mais il aperçut Marthe, il courut à elle, elle lui
sourit, non sans cette nuance de reproche que les
femmes savent prendre même lorsqu'elles ont tort,
ce fut lui qui s'excusa, et ils partirent comme
la veille. Gilbert oublia; Gilbert était heureux.
Mais le lendemain, tous ses doutes revinrent l'as-
saillir. Il se réveilla de bonne heure, il regarda
Marthe qui sommeillait. — Il n'y avait plus là ni sa
maitresse ni celle d'un autre, il n'y avait qu'une
jeune fille qui doucement dormait comme doivent
dormir les anges.

Gilbert se sentait attendri. Elle était si jolie, si
calme, si charmante. Elle entr'ouvrait sa petite
bouche; on voyait ses dents blanches — et ses lèvres rouges, un peu pâlies, un peu sèches, tres-
saillaient parfois comme sous un baiser. Ses longs
cils frangeaient ses yeux fermés et ses sourcils im-
mobiles tranchaient sur la chaude blancheur de sa
peau. Elle s'était fait un oreiller de ses cheveux
épais, longs, dénoués, qui couvraient son front
pur, se jouaient autour de ses oreilles et semblaient
caresser de toutes leurs boucles ce visage d'enfant.
Puis, elle demeurait immobile, les bras en croix
repliés sur sa poitrine; parfois un petit bout d'é-
paule que l'air du matin caressait se mettait à fris-

sonner. Elle ne s'éveillait pas et sa respiration douce semblait la bercer.

— Oui, se disait-il, elle est bien à moi, tout à moi, à moi seul ; je puis la dévorer de regards et de baisers et nul œil jaloux ne me la dispute !

Mais il ajoutait :

— La nuit est finie et, avec le jour, il faut la quitter, nous séparer — un dernier baiser, un premier adieu peut-être ! Elle part ; où va-t-elle ? Que de tentations l'attendent dans ce Paris où je suis seul, où je n'ai qu'elle ! N'ai-je donc à moi que son sommeil ?

Tout à coup Gilbert songea que ce sommeil même avait ses rêves et qu'elle pouvait revoir Meudon — la maison de la veille — l'amant de l'an passé. Il la secoua brusquement. Les femmes savent s'éveiller. — Est-il donc si tard ? demanda Marthe dans un sourire.

— Il faut partir, dit Gilbert.

Et quand il fut seul dans son atelier, en face de son tableau commencé, quand il dut continuer sa tâche, sa pensée se retourna vers l'heure écoulée et, revoyant Marthe dans son sommeil d'ange :

— Pourquoi l'ai-je éveillée, dit-il, lorsqu'elle dormait ?

V

Aux premières heures de son amour, aux heures
d'enivrement et de fièvre, Gilbert avait ressenti
une singulière fascination. Ce monde inconnu où
il entrait, cette atmosphère embrasée qu'il respirait,
le troublaient, l'éblouissaient. Il se disait que jusqu'alors il n'avait pas vécu, que la vie, c'était cette
fièvre qu'il ressentait et qui le brûlait. Il entrait
dans le théâtre et là, au milieu de ces toilettes, de
ces propos amoureux, de ces bruits de jupes
soyeuses, dans cet air chaud, sous ces lumières,
grisé par le bruit, par le gaz, il se sentait fier en se
disant que cette femme qu'on regardait avidement
et qu'on admirait, était à lui, et que tout à l'heure
il allait l'emporter bien loin et la dérober à ceux
qui l'enviaient. Mais, peu à peu, ce triomphe des
premiers jours se transformait en torture, cette satisfaction orgueilleuse devenait une morsure de
tous les instants. Cette femme qu'il aimait, qui était
à lui maintenant, tout à l'heure elle allait se montrer à tous et devenir le spectacle de tous. Cette

bouche qui lui disait : Je t'aime ! dirait : Je t'aime !
au premier cabotin chargé des rôles d'amoureux.
Cette beauté, cette grâce, ce sourire seraient ana-
lysés, détaillés, critiqués, commentés chaque soir
par une foule nouvelle. Le lycéen affamé et le
vieillard blasé iraient se repaître de ces trésors qui
étaient à lui seul. Il faut, se disait-il, qu'on l'embrasse, qu'on la frappe, qu'on la tutoie, qu'elle se
se farde, s'habille, se déshabille, se graisse. Il n'a-
vait vu auparavant que la salle avec ses dorures,
son lustre, son velours. Il voyait à présent les coulisses avec leurs toiles d'araignée et leur poussière,
les couloirs sombres, les murs humides, les loges
enfumées, les escaliers boueux, glissants, tout le
revers de cette médaille étincelante et fausse.

Gilbert souffrait profondément. Il sentait bien
enfin qu'un tel amour ne pouvait pas durer. Jusqu'alors, le pauvre garçon s'était-il demandé où
se prend l'argent qui donne les cachemires indiens,
les robes de soie et les chapeaux frais ? Non, il avait
aimé, voilà tout. N'était-ce pas assez ! Il avait
donné son cœur, comme si le changeur prêtait sur
une telle valeur. Donner son cœur, c'était ne pas
payer assez, c'était payer beaucoup trop. Les confidences de Désirée l'avaient profondément touché.
Maintenant il se sentait prêt à pardonner bien des
choses à Marthe. Elle portait le poids de la faute

des autres, elle avait sans doute au fond du cœur
le généreux levain qui pouvait la rendre encore
honnête femme.

— Oh ! se disait-il, si j'étais riche !

Il rêvait alors qu'il enlevait la jeune fille à son
existence aventureuse, qu'il la plaçait, comme une
idole, au milieu des séductions du luxe, qu'il la
faisait heureuse, libre, fière... Mais il songeait aussitôt à sa pauvreté et il hochait lugubrement la
tête. Parfois il se disait que peut-être sauverait-il
Marthe en l'épousant ? Le nom d'un honnête
homme oblige. — Si Marthe voulait !... Mais le
passé de Marthe se dressait devant lui, comme un
spectre, ce passé d'une enfant de dix-huit ans,
d'autant plus effrayant qu'il était plus ténébreux,
et Gilbert disait : Non ! en songeant à la maison
verte, là-bas, au pied du coteau de Meudon.

Cependant ils s'aimaient toujours. Leurs propos
étaient les mêmes, les mêmes leurs baisers, les
mêmes leurs caresses. Gilbert attendait Marthe
chaque soir et ils partaient. Un jour, comme il tenait ses yeux fixés sur la porte du théâtre, il recula
comme terrifié. Marthe montait en voiture avec un
inconnu. Dans le premier instant de saisissement,
il n'eut pas le temps de courir après cette voiture
qu'il avait bien remarquée un moment auparavant.
En ce moment, il lui sembla que la terre s'ouvrait

sous ses pas, un nuage lui voila la vue, il s'appuya
contre la muraille pour ne pas tomber. Un instant
après, il lui sembla qu'on lui parlait. Il regarda
d'un air hébété. C'était Désirée.

— Courage ! disait-elle, et ne lui en veuillez pas
trop, monsieur ; il y a assez longtemps que l'autre
l'accablait de bouquets !

Gilbert ne répondit pas, et s'éloigna, chancelant
comme un homme ivre. Il regagna ainsi, au hasard, son logis. Sur le chemin, tout tournoyait devant lui, les passants, les voitures, les lumières. Il
fut surpris par un orage ; il continua son chemin
sous la pluie, entra chez lui, ouvrit la fenêtre et
s'accouda machinalement. Il entendait monter
jusqu'à lui le bourdonnement de la ville, le bruit
des voitures — et il songeait à ce bruit qu'avait
fait sur le pavé la voiture qui l'emportait, elle !...
Il regardait la pluie tomber, et tout murmure s'était
éteint, toute la ville demeurait endormie qu'il était
là, debout, le regard fixe. Il n'avait qu'une pensée :
la revoir, lui jeter sa colère au visage. Il alla à sa table, écrivit une lettre, et demeura accoudé jusqu'au
jour, le front brûlé par sa lampe. Alors il descendit,
jeta cette lettre à la poste sans la relire et attendit.

Il répétait :

— Je lui dis de venir. Elle viendra... oh ! elle
viendra !

Elle vint, en effet. Elle était enveloppée dans un manteau de dentelle qu'elle jeta sur un chevalet, et s'avançant vers Gilbert :

— Ta lettre était cavalière, dit-elle avec un demi-sourire. Cependant me voici. Je n'ai pas voulu te faire attendre. Je tiens à être franche avec toi !

— Voyons, dit Gilbert, je t'écoute.

Il la regardait fixement. Elle était pâle, l'air un peu inquiet, toujours jolie. Elle s'assit sur un pliant, en face de Gilbert :

— J'aurais pu demeurer chez moi, dit-elle encore, ne pas tenir compte de ton ordre, car tu ne me pries pas de venir ici. Tu ordonnes. Sache-moi gré de ma démarche.

— Venons au fait, dit-il brusquement. Cet homme qui est parti hier avec toi ?

— Ce n'est pas un homme, c'est un Russe qui a longtemps vécu avec mademoiselle Cachemire... Cachemire, tu ne connais pas? C'est M. le comte Bogdanoff.

Gilbert se sentait involontairement trembler, il se mordait les lèvres.

— Eh bien ! dit-il, c'est ton amant ?

— Gilbert, répondit Marthe, sois raisonnable. Je suis une pauvre fille, j'ai des engagements. Je dois à mon tapissier, à Pierre, à Paul.

— Tu as raison, fit Gilbert d'un ton saccadé, tu as raison.

-- Crois-tu que je t'en aime moins ? non, mais la nécessité... Seulement tu es jaloux ?

— Jaloux ! dit Gilbert. Allons donc ! il y a deux femmes ici : Marthe Duval et la maîtresse du comte Bogdanoff. De la première je suis jaloux, oui, parce que je l'aime, parce que je donnerais ma vie pour elle... quant à l'autre...

— Tiens ! interrompit Marthe, veux-tu que je te dise, Gilbert ? Tu vas me jeter quelques sottises à la figure. Ce n'est pas bien. Est-ce que j'ai été une fille comme une autre avec toi ? Est-ce que je ne t'ai pas aimé beaucoup, beaucoup ? Une fois — un soir — il n'y a pas longtemps — *on m'attendait.* Je suis partie avec toi. Je ne t'ai rien dit et cependant je n'ai pas tout ce qu'il me faut. On vient faire des scènes chez moi : les marchandes, un tas de monde. Parbleu ! je ne demanderais pas mieux que de rester avec toi : tu es le plus gentil garçon du monde. Mais, tu comprends... songe donc, c'est terrible, ma position. Surtout, Gilbert, je ne voudrais pas me fâcher avec toi. Si je pouvais demeurer ton amie, vois-tu, je serais bien contente... et puis, si plus tard... Tu as du talent, tu peux devenir riche...

— Mon Dieu! fit Gilbert qui avait écouté comme absorbé, que me dis-tu là?... Tais-toi! Tu me brises

le cœur, tiens! oh! mon Dieu! mon Dieu! mais tu
ne m'aimes donc plus, tu ne m'as donc jamais aimé?

— Tu es le seul que j'aie aimé comme cela, répondit Marthe; mais toi qui as de l'esprit — je t'en
prie, ne te fâche pas — tu sais bien qu'un caprice
aigri devient de la haine!

— Un caprice! s'écria Gilbert. — Un caprice! Je
te donnais mon cœur, mon âme entière, je me met-
tais à tes pieds; sur un signe de toi je me serais jeté
à la gueule d'un canon. Imbécile! tu disais: amour,
passion, dévouement, on te répondait caprice...

— Gilbert!

— Allez-vous en, tenez! Il fallait m'avertir tout
d'abord qu'un jour viendrait où vous me diriez
comme à présent : Mon ami, tu sais, la musique est
finie... Il faut partir. On va jouer un autre air. Le
caprice! Marthe, Marthe, j'ai bien peur d'une chose,
c'est que vous n'ayez pas de cœur. Oh! vous me
faites bien souffrir... Allez-vous en! allez-vous en!
dit-il en éclatant en sanglots.

— Eh! bien, si c'est pour cela que vous m'avez
fait venir !

Elle prit brusquement sa mantille, ouvrit la porte
et sortit.

Gilbert la vit disparaître, il regarda longtemps la
porte ouverte, puis tout à coup bondit, s'élança
vers l'escalier, appela :

— Marthe! Marthe!

Elle était loin, il rentra et se laissa tomber anéanti sur son lit.

Ce fut ainsi que le trouva Prosper Duchemin. Le journaliste venait visiter son ami. Il arriva pour le soigner. Gilbert avait la fièvre, de grosses larmes lui sillonnaient les joues, son visage était contracté.

— Qu'as-tu donc? dit Prosper.

Gilbert lui raconta tout.

— C'est une solution par le fer rouge, dit le journaliste; mais c'en est une, ma foi tant mieux! Tu en as comme cela pour huit jours au maximum à te désoler, puis tu oublieras en travaillant. Ton *Camille Desmoulins au Palais-Royal* est d'un ton superbe. Mon ami, les « belles-lettres » et la « peinture à l'huile » — il n'y a que cela.

Il essayait de plaisanter; mais en se trouvant face à face avec cette douleur profonde, il changea de ton.

— Ecoute, Gilbert, tu as des qualités énormes, l'honnêteté, la conscience, l'amour de ton art, choses rares et point du tout à dédaigner; mais tu as un défaut capital, qui deviendra une vertu si tu sais t'en servir : tu es faible, tu cèdes à tes penchants, tu fais de l'amour (c'est-à-dire de la distraction) sinon du moyen, le but. Je ne veux pas te dire de te cloîtrer, de vivre dans ton atelier comme un colimaçon dans sa carapace; mais je tiens à te faire savoir que tu es de ceux qui ne peuvent supporter certains chocs de la vie. Ce qui serait pour un autre une égratignure, est pour toi une blessure par où ton sang jaillit. Je crains l'hémorrhagie. Cette trahison ou cette déception, car Marthe ne t'a pas trahi, — un autre en rirait; tu en pleures. Tu ne sais pas demander à une affection de rencontre une satisfaction banale; tu veux tirer d'un pauvre petit violon de quinze sous les sons d'un stradivarius. Impossible, Gilbert! Le petit violon n'a pas *l'âme!* Jete-le donc de côté, lui et tous ses semblables, et à sa fausse harmonie préfère la chanson monotone mais joyeuse de la bouilloire au coin du feu. Crois-moi, tu es fait pour être marié; tous tes instincts te poussent à la vie honnête et paisible. Comment! tu demandes à une fille de théâtre les vertus d'une honnête femme? Adresse-toi donc à une honnête femme tout de suite, prends par le plus court chemin, la ligne droite, épouse-la, aime-la, sois heureux. Les meilleurs dénouements pour les romans sont ceux des contes de fées. On en a médit. On y reviendra. C'est plus bourgeois, mais c'est plus consolant. Gilbert, encore une fois, finis comme Joseph Prudhomme et venge-toi de ton honnête, heureuse et triomphante objection matrimoniale en faisant des tableaux comme Eugène Delacroix.

— Soit, dit brusquement Gilbert, j'y tâcherai.

Il donnait peut-être raison à son ami pour couper court à un entretien qui l'ennuyait. Prosper crut le comprendre et s'arrêta. Il voulut emmener Gilbert avec lui au restaurant, au concert. Gilbert refusa.

— Je m'en vais donc, dit Duchemin, mais je reviendrai... Je n'abandonne pas ainsi l'occasion de prêcher et de parler. Tu sais que *la Tribune*... Il s'arrêta, il était venu pour annoncer à Gilbert qu'un grand journal politique se fondait et l'appelait à la rédaction en chef.

— Mais, songeait Prosper en descendant l'escalier, la joie d'autrui qui tombe au milieu de votre malheur vous navre cruellement. Pauvre Gilbert! N'en parlons pas!

Gilbert passa la journée à rêver, à fouiller douloureusement le passé, pour en évoquer les doux fantômes, comme on remue des cendres éteintes pour en tirer encore quelques étincelles. Il se souvenait de tout, et chaque journée revivait encore, depuis la journée première, et passait devant lui, avec son sourire et sa joie déjà effacée par la main du temps. Semblables à ces pastels presque tombés en poussière mais qui gardent encore sous leur lividité les traces de la beauté d'autrefois, toutes les heures amoureuses revenaient défiler, pâle procession de fantômes qui peuplant la solitude présente, la ren-

dait encore plus cruelle. Un à un, lentement, Gilbert
les saluait, les pauvres spectres, d'un sourire navré
qui disait sa souffrance, il songeait qu'elles étaient
plus précieuses encore qu'il ne croyait, ces joies à jamais savourées, et, hochant la tête, il répétait avec
le poëte : Oh! jamais plus! *Never, oh! never more!*

Mais quand il vit passer, rayonnante sous le soleil d'été, la journée où, là-bas, dans les bois de Meudon, pour la première fois son voile si cher s'était déchiré ; alors il se leva comme pour maudire, et tout
haut, à travers ses larmes, il laissa échapper le
sanglant anathème qui fuit, comme une liqueur
amère, de tout cœur brisé. — Maudit soit le caprice,
amour bâtard, né du ciel comme lui, mais indigne
de ce frère. Maudit soit-il, le comédien habile qui
se grime avec un art sinistre et se présente à vous,
le masque de l'amour sur le visage! On le suit, on
l'écoute, on l'aime et lorsque entre ses mains il tient
votre cœur et votre âme, soudain le caprice ricane,
jette son déguisement et vous apparaît tel qu'il est
avec ses faux sourires, ses paillons qu'on a pris
pour des joyaux, sa couronne de strass qu'on prenait pour des étoiles! Ce ne serait rien pourtant :
tout est déception. Mais le démon vous raille et sa
voix aiguë sait aller, comme une vrille, au plus
profond de votre âme. Et que de regrets alors pour
toutes ces émotions, ces adorations, ces caresses,

pour toutes ces richesses de l'âme jetées aux quatre
vents du ciel! Quoi! j'étais sincère et l'on riait, je disais vrai et l'on mentait, je donnais tout et l'on ne
donnait rien! On se reproche ses soupirs, ses paroles,
ses baisers et l'on pleure alors sur les larmes que
l'on a versées. Caprice, caprice trompeur, démon
méchant, faux amour, amour bâtard, à jamais sois
maudit! Tu es le frère de l'amour, mais comme
Caïn était le frère d'Abel. — Mais non, tu es moins
que son ennemi, tu es son plagiaire! Il nous élève, tu
nous abaisses, il nous dit de regarder le ciel, tu nous
attaches à la terre, ses baisers enivrent, les tiens
torturent. Son flambeau divin éclaire et réchauffe
comme le soleil, le tien dévore comme l'incendie.
— Règne donc sur les âmes vaines, eût pu ajouter
Gilbert, étends ton sceptre sur les faibles, les rieurs
ou les fous, ceux-là tu ne les domineras pas qui
gardent leur flamme pour l'autel sacré de l'idéal!

Hélas! Gilbert savait maudire, mais il obéissait à
ce tyran dont il essayait de secouer le joug avec
rage. Il venait de renvoyer Marthe et il avait écrit
déjà une lettre pour la rappeler. Mais il jeta brusquement la lettre au feu et attendit le soir.

Le soir, il était à la porte du théâtre, comme autrefois.

Il se tenait, les yeux fixés sur une petite fenêtre
éclairée qui était celle de la loge de Marthe. Il allait

et venait, impatient, fébrile. — « Je la verrai, songeait-il, je lui dirai tout. » Que voulait-il lui dire?
Il ne le savait pas, il voulait la revoir. Il était là
parce que l'instinct, l'égarement l'y avaient fatalement poussé. Il parlait tout haut par monosyllabes.

On l'eût pris pour un fou.

Il faisait froid et il était déjà tard. Une longue
file de voitures stationnait à la porte, attendant la
fin du spectacle. Les lanternes projetaient leur lumière rouge sur le pavé sec et retentissant. Gilbert
passait et repassait sur le trottoir où son ombre,
tantôt agrandie, tantôt rapetissée, s'allongeait découpée par le gaz. La rue était presque déserte ; deux
ou trois hommes se tenaient sur la chaussée, de ces
industriels qui font profession d'ouvrir les voitures,
d'abaisser les marchepieds et d'offrir du feu. A côté
d'eux, enveloppés dans leurs pardessus, quelques
élégants attendaient patiemment, l'œil braqué sur
la porte des artistes, la sortie de quelque soubrette.
Les uns étaient jeunes, les autres vieux : le caprice
n'a pas d'âge. Les uns se regardaient d'un air soupçonneux, déchiffrant les visages pour y lire quelque
rivalité, les autres se connaissaient et causaient d'un
ton ennuyé. — Gilbert eût pu entendre par échappées leurs propos. « La pièce finit tard ce soir, disait
l'un. — J'en ai pour un bon quart d'heure encore,

disait l'autre. Je suis ici jusqu'à minuit, faisait un troisième. » Ils s'appelaient entre eux baron, comte, marquis et arboraient des noms illustres. — C'est le revers de l'amour.

Mais Gilbert ne voyait rien, n'entendait rien. Son regard ne quittait pas la petite fenêtre où par instant se dessinait une ombre gracieuse. Il sentait son cœur palpiter, il avait le front brûlant, les mains glacées. Quelque chose lui pressait la poitrine à l'étouffer. Il vit la lumière de la fenêtre s'éteindre, il s'avança vers la porte de sortie. Au moment où il arrivait, Marthe sortait tendant la main à un gros homme à moustaches blondes. Cette fois, Gilbert s'avança, il se mit en face de Marthe. Le gaz de la rue éclairait en plein son visage, et quand Marthe passa, elle se serra instinctivement contre l'homme, effrayée par ce masque livide. C'est ainsi qu'elle se blottissait contre moi lorsqu'elle avait peur, songea Gilbert avec déchirement en la regardant s'éloigner. Elle a donc peur ! dit-il avec triomphe. Et, fou de colère, il ajouta à haute voix :

— Oh ! qu'elle a raison de trembler !

Marthe avait disparu en voiture. Gilbert revint à pied, non pas accablé comme la veille, mais enflammé, ardent, s'ouvrant brutalement un passage dans la foule, furieux, l'œil rouge, bien meurtri,

13

bien malheureux. Mais c'était une énergie factice
et quand il arriva chez lui, il se laissa aller à ses
plaintes, murmurant et se reprochant à lui-même
de l'aimer toujours !

VI

Désormais la vie de Gilbert devint une conti-
nuelle fièvre ; toujours préoccupé, assombri toujours, il errait. On le voyait partout et nulle part.
Il avait l'air de chercher quelqu'un. Il espérait
toujours la rencontrer. Il était allé chez elle : on
lui avait répondu que temporairement madame habitait chez le comte Bogdanoff. Il avait envie d'aller
chez cet homme, de l'insulter ou de le poignarder.
Il devenait fou. Ses couleurs séchaient, ses toiles
se couvraient de poussière, il ne travaillait plus, se
laissait aller à la dérive, sans penser. Quelquefois
lorsqu'il prenait ses crayons, il dessinait une tête
de femme, la même toujours, puis il la brûlait.
Cependant il fallait vivre. Il vendit donc ses études,
deux ou trois bons tableaux à bas prix et mangea
là-dessus Rien ne lui importait plus ; il ne savait

où il allait. Cette vie durait depuis un mois. Depuis
un mois, chaque soir, c'était avec Marthe nne véritable guerre de ruses, une chasse de Mohicans. Il la
traquait, elle le faisait épier, sortait par une autre
issue, s'échappait.

Gilbert lui écrivait lettres sur lettres ; il voulait
la revoir. Il lui rappelait leur bonheur d'autrefois,
il ne croyait pas possible qu'elle ne l'aimât pas un
peu, lui qui l'aimait tant. Il transigeait même, le
malheureux, il songeait déjà aux moyens à employer pour tromper le comte Bogdanoff. Et peu à
peu sur cette pente rapide, il se laissait entrainer,
il s'aveuglait, il glissait vers le gouffre.

Souvent il arrêtait Désirée au passage. Il l'inter-
rogeait, il lui disait de plaider sa cause auprès de
Marthe.

Désirée hochait la tête.

— Croyez, disait-elle, que mes conseils sont
bons. Ne vous tourmentez pas. Laissez Marthe
tranquille ; pour le moment, elle ne peut entendre
parler de vous !

— Mais elle me hait donc ? s'écria-t-il un jour.

— Eh ! non, fit Désirée.

— Alors pourquoi me fuit-elle ainsi, pourquoi
laisse-t-elle mes lettres sans réponse ?

— Faut-il vous le dire ? demanda Désirée en hé-
sitant.

— Oui...

— Eh bien! vous la gênez! Ah! le mot est cruel, mais il faut appeler les choses par leur nom. Et puis, voyez-vous, une chose finie est finie. Adieu, Jeanne, bonjour, Jeannette! Mon Dieu, si l'on m'entendait : voilà que je trahis le camp des femmes, moi! Mais bah! je les déteste tant!

Elle laissa Gilbert attéré et furieux à la fois. Désirée avait raison : il *gênait* Marthe; le mot était cruel. Il lui fit l'effet d'une offense. Le pauvre garçon, rouge de colère, eût voulu souffleter un adversaire, et son adversaire était une femme.

— Maintenant, plus que jamais, dit-il, il faut que je la voie!

Duchemin vint lui rendre visite le lendemain. Il le trouva en cet état, essaya de le calmer.

— Non, dit Gilbert, vois-tu, ce que l'homme pardonne le moins, c'est la déception! J'ai cru en cette fille et je me le reproche aujourd'hui et je la haïs de tout l'amour que j'ai jeté à ses pieds! Oui, je la hais, c'est le mot... Je voudrais me venger, je voudrais...

— Tu ne réfléchis pas, dit Prosper. La seule vengeance raisonnable et possible, en pareil cas, c'est l'oubli. Elle t'a aimé par caprice, elle te regrettera par dépit. Mais encore une fois laisse cela. Qu'est-ce qu'une telle aventure dans ta vie? Et tes tableaux? Et ton œuvre? — Le Salon ouvre dans un mois. Que lui destines-tu?

— Mon *Marius* et une autre Étude, je ne sais quoi. Les autres tableaux, je les ai vendus.

— Tu es fou! s'écria Duchemin en haussant les épaules. Tout cela perdu, tant d'efforts, tant de talent. Ah! je me casserais volontiers la tête pour t'avoir jeté dans cette galère! Mais vraiment quel homme es-tu donc? D'un côté ton avenir, de l'autre cette femme et tu hésites? Tiens, Gilbert, Gilbert, tu es perdu!

— Je le crois, dit Gilbert, j'ai trop aimé, j'ai trop pleuré! Dans la tête, dans le cœur, je n'ai plus rien!

— Qui me dira, s'écria Prosper en frappant du pied, ce que sont ces femmes qui n'ont ni talent, ni esprit, ni cœur et qui font un tel homme d'un garçon de premier ordre? Mais, c'est impossible, non, elles ne boivent pas ainsi votre force et votre âme, je les en défie et il reste en toi de quoi vivre, aimer, affirmer ton œuvre! Tu verras!

Hélas! Gilbert avait mis dans son amour toute sa vie. Cet amour en fuyant emportait ce qui faisait son énergie et nulle épave ne lui restait dans ce naufrage de lui-même. Il revit Marthe, il la revit chez elle. Depuis quelques jours, le comte Bogdanoff était reparti pour la Russie. Cette fois, Gilbert

ne suppliait pas ; il s'avança froidement, la regarda
bien en face et lui jeta ces mots : « Je ne vous ai
pas tout dit, Marthe. Je vous ai dit que je vous
aimais, je vous ai dit que je mourrais avec cet
amour, n'est-ce pas ? mais je ne vous ai pas dit
qu'aujourd'hui ces serments je les renie, cet amour,
je le désavoue, je le hais, je le méprise ! »

Marthe était assise sur une causeuse, noncha-
lante, séduisante, sa main jouant avec la ceinture
de sa robe de chambre. Elle se redressa, blanche
et raide comme une statue et dit avec un accent
de colère :

— Vous êtes ici chez moi !

— Je le sais, fit-il, si j'étais chez le comte Bogdanoff je ne vous dirais ceci qu'après l'avoir tué !
Je suis ici chez vous — je vous parle — et je vous
parle de vos affaires, vous pouvez bien m'écouter ?

Marthe pâlit encore sous le regard de Gilbert et
se rassit. Il se tenait debout et les bras croisés.

— Ainsi vous avez cru, disait-il, qu'il suffisait
de répondre : tout est fini, ce n'était qu'un caprice,
pour que je m'efface et que je disparaisse. « Je t'ai
» pris comme un jouet, je t'ai gardé assez long-
» temps. A un autre ! » Vous me gardez, vous me
laissez. C'est bien ! Vous avez cru que je dévorerais
mon amour avec ma colère ? Non ! Je reviendrai,
je vous poursuivrai, je me placerai devant vous,

je me jetterai devant votre votre voiture. Au théâtre
je serai cet homme, dans ce coin, qui vous regarde
fixement, qui ne perd pas un de vos gestes, qui
scrute vos regards, analyse vos sourires et devine
vos larmes secrètes ; dans la rue, je serai celui qui
marche derrière votre ombre, celui qui vous suit,
vous espionne, celui que vous sentez là, présent,
tourmenteur de toutes les heures, juge de tous les
pas ; je serai à la table de vos soupers ; je serai
sous les fenêtres de votre boudoir, dans l'allée du
bois où vous irez, à côté de la voiture de courses ;
partout, persécuteur, espion, bourreau !

— Ah ! çà, mais, dit Marthe, vous êtes fou, mon
cher !

— C'est possible, répondit-il, mais pourquoi
m'avez-vous demandé ma vie ? je vous la donne.
Nous avons signé un pacte — je ne dois pas vous
quitter, je ne vous quitte pas !

— Mais, dit-elle avec un sourire forcé, nous se-
rions souvent ennuyées si tout le monde raisonnait ainsi !

— Vous avez une ressource, fit Gilbert, faites-
moi provoquer par un de vos amants !

— Si M. le comte Bogdanoff vous eût entendu,
répliqua Marthe froidement, il vous eût fait jeter
à la porte par ses laquais !

— Oh ! la misérable ! fit-il avec dégoût.

— Aussi bien, dit Marthe en se levant et marchant à grands pas, le regard hardi, la voix vi-
brante, c'en est trop !... Vous avez beau jeu de
m'insulter, par exemple ! Et pourquoi ? parce que
je ne veux plus de vous. C'est vrai ! Vous me fa-
tiguez... Les phrases, à la fin, c'est indigeste, mon
cher ! D'abord ça amuse, vous savez, puis on
bâille ! Je hais l'ennui, moi. — Elle regardait Gilbert qui l'écoutait comme anéanti. — Ah ! vous
voulez de l'amour parce que vous donnez de l'a-
mour, dites-vous ? Eh bien ! on m'en offre chaque
jour et je le refuse. J'ai là des lettres dont les si-
gnataires ne seraient pas ingrats comme vous si
j'avais répondu à leurs belles propositions. Ma foi,
non ! Vous me faites trop regretter d'avoir été
bonne fille. On ne m'y reprendra plus. Que vous
avais-je promis au fait ? rien et je vous ai beaucoup
donné ! Mais maintenant, dit-elle avec colère elle
aussi, laissez-moi faire mon métier !

— Tu diras ce que tu veux dire, s'écria Gilbert en
lui saisissant le poignet et en la regardant jusqu'au
fond de l'âme.

— Soit, répondit-elle en relevant bravement son
front hautain et en se faisant un diadème de sa
honte, — lorsqu'on veut de l'amour, Gilbert, et
qu'on s'adresse aux femmes qui le vendent, on le
paie !

Elle n'acheva pas, mais Gilbert comprit. Alors elle devint livide, elle plia instinctivement les genoux, elle se fit humble, petite, enfant, devant ce jeune homme aux cheveux hérissés, aux yeux hagards, au geste menaçant. Il était terrible, et devant lui flottait comme un sinistre nuage de sang. Elle eut peur, Marthe, elle lui embrassa les genoux et d'un ton bas et toute tremblante :

— Oh ! ne me tue pas, dit-elle, mon Gilbert !

Ce ne fut qu'un éclair. Il revint à lui, il secoua sa tête où perlait une sueur glacée, il la regarda un moment avec un affreux dédain, et la repoussant du pied :

— Va, dit-il, tu n'en vaux pas la peine !

Prosper Duchemin apprenait, deux jours après, que Gilbert Leroy s'était vendu comme remplaçant militaire. Presque en même temps, on apportait à mademoiselle Marthe Duval deux lettres. La première lui était présentée par la nièce de madame Pferler, marchande à la toilette ; la seconde arrivait par la poste.

Mademoiselle Marthe se faisait friser. Elle fit signe à la marchande de s'asseoir et ouvrit d'abord la lettre de madame Pferler ; elle parut ennuyée, puis, jetant les yeux sur l'autre lettre elle sembla contrariée encore davantage. Elle venait de reconnaître l'écriture de Gilbert.

— Encore lui ! dit-elle.

Elle parcourut la lettre.

« Vous vous êtes donnée à moi, disait Gilbert, je me vends pour vous. Nous sommes quittes. »

La lettre n'était pas signée, mais elle contenait deux mille francs.

— Ah ! dit Marthe en prenant les billets, je savais bien ! J'avais du trèfle hier dans mon jeu ! C'est donc cela ?

Elle tendit un billet à la marchande :

— Tenez, voici toujours un acompte !... Prenez dix louis et rapportez-moi la monnaie !

JEAN ROMAIN

JEAN ROMAIN

I

Jean Romain était parti de Bourges, sa patrie, avec peu d'argent en poche et beaucoup d'espérance dans le cœur. Il était jeune, il avait la foi ; comme tant d'autres il croyait à son étoile, et quand on lui demandait : « Qui êtes-vous et que voulez-vous ? » il répondait orgueilleusement : *Anch'io, son pittore !*

« Et moi aussi je suis peintre ! » C'est le cri de tout vaillant esprit aux heures d'illusion et d'espoir. Oh ! le fier courage que celui des jeunes années, où tout obstacle est invisible, toute barrière d'avance franchie, tout précipice comblé ; où le spectacle de quelque haut fait ou de quelque chef-d'œuvre fait aussitôt vibrer en notre âme la corde sacrée et venir aux lèvres l'enthousiaste exclamation du Corrége.

Jean Romain était donc peintre. Un ancien élève de David, qui habitait Bourges et y vivait fort ho-

norablement en faisant des portraits, des décorations de salon, ou même des enseignes, lui avait
donné les premières leçons de son art. Mais un art
ne s'apprend guère ; on pourrait dire qu'il ne s'ac-
quiert pas, mais se conquiert. Jean Romain eût pu
certainement se passer de maître, et simplement
étudier la nature qu'il avait sous les yeux et qu'il
regardait sans verres de couleur.

Le père de Jean Romain, honnête liquoriste depuis longtemps retiré des affaires, avait fait donner
à son fils ce qu'on appelle une belle éducation.
C'est vous dire que le jeune homme avait lentement appris le latin pour l'oublier bien vite, qu'il
avait traduit les auteurs grecs sans les comprendre,
et qu'il savait tout juste assez d'histoire pour citer
la date de la Saint-Barthélemy et assez d'orthographe
pour ne pas se tromper sur les participes. D'ailleurs,
spirituel, enjoué charmant, vif d'allures et fort
bien fait de sa personne, tel était Jean Romain
quand il arriva à Paris, à l'âge de vingt et un ans,
un beau matin du mois de mai.

Paris le frappa tout d'abord par sa grandeur et
sa magnificence. Les démolitions le lui gâtaient bien
un peu, mais il n'y prit trop garde. Il écrivait à
son père, le soir même de son arrivée, une lettre
qui n'était qu'un long dithyrambe. Il y était fort
onguement question du Louvre, et Jean Romain

se lançait dans des considérations à perte de vue sur
la couleur dorée du Titien, la couleur argentine de
Véronèse et les clairs-obscurs de Rembrandt. Le père
Romain ne comprit trop rien à ce cours d'esthétique, sinon que son fils était enchanté de la capitale.

— C'est égal, dit l'oncle Jean (le parrain du jeune
homme), à qui le père Romain lut cette lettre : le
petit deviendra un artiste...

— Et un fameux ! continua le père, qui ajouta
tout en soupirant : Ah ! si sa pauvre mère vivait !

L'oncle Jean hocha la tête, et tendant sa taba-
tière au père Romain :

— Enfin ! murmura-t-il.

Puis ils relurent ensemble la lettre, la longue lettre du *petit*.

II

Jean Romain était riche de ses seules espérances,
mais il savait qu'il pouvait attendre parfois quelques
secours de Bourges. Il ne se pressa donc pas de travailler.

Il connaissait l'adresse d'un compatriote, ancien camarade de collége, l'ami Richon, comme il disait, qui habitait Paris depuis plusieurs années. Jean regarda sur son calepin et lut : « Louis Richon, 12, rue Bonaparte. »

Il courut chez Richon et le trouva couché. A midi, au printemps' Jean Romain s'en étonna ; mais l'autre se mit à rire.

— On voit bien, dit-il, que tu ne sais pas ce que c'est que Paris !

Puis il lui demanda, tout en s'habillant, ce qu'il comptait faire dans la grande ville.

— Je compte y devenir un grand artiste ! répondit Jean Romain sans hésiter.

L'ami Richon le regarda sans rire et murmura entre ses dents le fameux *audaces fortuna...*

Ensuite, fort sérieusement :

— Ecoute, dit-il, tu sais que j'ai quitté Bourges pour venir ici apprendre le commerce ? (Romain opina du bonnet.) Hélas ! mon ami, je suis bien loin de compte, et les *Doit* et les *Avoir* m'ont rapidement ennuyé. Sais-tu ce que je suis devenu ? Non, au fait, tu ne peux pas le savoir. Eh bien ! Jean Romain, mon ami, tu as devant toi, — la vie a des hasards si grands, — tu as devant toi un artiste.

— Et toi aussi tu es peintre ! s'écria Jean.

— Peintre ! allons donc ! fit l'autre. Je n'ai jamais

tenu un pinceau de ma vie, et les Romulus que je crayonnais au collége ressemblaient à des orangs-outangs. Je ne suis pas le moins du monde ton rival, ô mon maître! Je suis artiste dramatique simplement.

— Acteur! Toi?

— Moi, Louis Richon, de Bourges département du Cher. As-tu jamais entendu parler de Dargenteuil, Dargenteuil le jeune-premier du théâtre de Bobino qui donnait si joliment la réplique à mademoiselle Cachemire dans la revue: *Tu n'as qu'un œil!* Oui, Dargenteuil, tu ne connais pas. Vraiment, la gloire coûte cher, mais elle ne va pas jusque dans notre département... Eh bien! Dargenteuil, c'est moi, c'est moi, mon bon! — Jean Romain, embrasse ton ami Dargenteuil, va!

Jean Romain tombait de son haut. Il regardait Richon d'un air ébahi et n'en pouvait croire ses yeux.

— Tout cela, continuait Louis, est pour te dire que l'homme propose et la chance dispose. Paris est si grand! C'est un gouffre. On y vient pour auner de la toile, on y devient premier ténor ou jeune comique. Tu y sèmes des pinceaux, tu y récolteras peut-être des pièces de cent sous... mais, sois tranquille, ce n'est pas en faisant de la peinture!

— Qu'entends-tu par là?

16

— Que tu ne feras pas la bêtise que j'ai faite. J'étais bien payé, nourri et logé chez Tardiveau, Lochard et Cᵉ. J'ai quitté le certain pour l'incertain, et tu me vois mal payé, médiocrement nourri et presque pas logé.

Richon jetait un regard sur sa chambre à peu près nue.

— Eh! dit Romain, la vocation vous entraîne malgré vous!

L'ami Richon se prit à rire.

— La vocation? fit-il... Ah! la vocation! Très bien! Sais-tu ce que c'est que la vocation? J'étais commis, je te l'ai dit. Je rencontre un joli minois qui jouait le vaudeville, le drame, l'opéra, la tra-gédie et la pantomime dans la banlieue. Je m'é-prends de la comédie par amour de la comédienne, et je me fais comédien. Voilà la vocation! Laissez passer M. Dargenteuil! C'est un *appelé* qui marche!

— Tu railles, dit Jean un peu décontenancé.

— Moi? pas du tout. Mais quand tu me parles de vocation... Tiens, toi-même, Jean...

— Moi?

— Tu es présent, tant pis pour toi... Eh bien! toi-même, si je voulais te sonder... Bah! tu te crois un peintre, n'est-ce pas? Tu as vu, au musée de Bourges, quelque Delacroix ou quelque Jules Dupré, et tu t'es dit, en manière de réflexion : « Tiens, c'est

joli, cela! j'en ferais bien autant! » Appelles-tu
cela de la vocation? Du goût, soit, tu as raison; mais
du goût, et pas autre chose!

— Allons donc! dit Jean Romain.

— Ce qui t'excuse, continua le comédien, c'est
que tu fais partie d'un nombreux troupeau de moutons de Panurge. Un jeune homme se promène un
jour au Louvre ou dans une exposition de tableaux.
A gauche et à droite, des toiles et des couleurs; devant, derrière, des couleurs et des toiles. L'odeur
de la peinture lui monte à la tête, il va, vient,
court, se jette sur la toile la plus remarquable du
salon comme un papillon sur la lumière, et après
l'avoir contemplée un moment, s'écrie: — Mon Dieu!
je vois, je sais, je sens! — Je suis éclairé! — Ma vocation, mon père, ma vocation, maman, voyez-vous,
c'est la peinture! Il entre dans un atelier, salit de la
toile deux ans durant, sort de chez Cabanel ou de
chez Bouguereau Gros-Jean comme devant, et va
négocier ses études aux marchands du quai des
Augustins, vingt-cinq francs, le cadre compris. Il
végétera ensuite toute sa vie, et bien souvent à
l'heure du crépuscule, lorsque l'estomac le tiraillera
outre mesure, il jettera vers les restaurants illumi-
nés, dorés et remplis de femmes, un long regard
d'amer regret et se dira : — Non! je n'étais pas un
peintre! Je suis un sot! — Telle est la vocation, mon

ami ; une menteuse conseillère, une vaine flamme,
un caprice inconstant qu'on prend pour une passion
sérieuse.

— Mais tu es désespérant ! fit Jean Romain avec
un mouvement d'impatience.

— Que veux-tu ? Je m'ennuie, dit Richon. J'ai la
nostalgie de Bourges, moi ! Ne ris pas, cela est
vrai ! Je n'ai pas trente ans, et je n'aspire qu'à la
campagne, comme si j'avais des rhumatismes.

— Alors, que restes-tu à Paris ?

— J'y reste parce que j'y suis, fit Louis brusquement. Ah ! je t'admire, ma parole ! Tu crois qu'il
est si facile de s'arracher d'un piége où l'on est
tombé ! Que non pas, à moins de se couper la
jambe qui y est prise, et comme cela pourrait être
être douloureux, on hésite, on attend, on demeure... jusqu'à ce qu'il soit trop tard ! Moraliser
est ridicule à mon âge, je le sais bien ! Mais je sais
aussi qu'il y a de l'égoïsme à garder son expé-
rience pour soi. J'en ai un bon paquet, partageons.
Or, mon ami, voici ce que dit le prophète Il n'y a
qu'un seul mot dans la langue anglaise et celui-
là tient lieu de tous les autres. Beaumarchais l'a
dit ; c'est le mot : Goddam ! Eh bien ! le mot radi-
cal de la langue parisienne, sache-le bien, c'est
Prudence ! et le meilleur moyen de l'appliquer, ce
serait de ne pas déboucler ses malles ou de les re-

boucler s'il y a lieu et de repartir sur-le-champ pour la capitale des Bituriges. Va à Bourges, mon ami, Bourges est une belle ville où l'on admire la maison de Jacques Cœur, et que *la Pragmatique-Sanction* a illustrée. La locomotive chauffe, le wagon te tend ses banquettes, est-ce dit?... Tu hésites, tu attends... Hélas ! hélas ! tu restes ! Allons. Nous passerons la soirée aux Variétés, si tu veux !

Jean Romain sortit de chez son ami Richon avec un violent mal de tête ; il jura bien de faire son profit des conseils, mais d'éviter le plus possible cet étrange et turbulent conseiller.

Le lendemain il se fit inscrire comme élève dans l'atelier de M. Picot.

III

Jean Romain était un bon camarade, juste assez patient pour ne se fâcher point des plaisanteries qui lui furent faites tout d'abord par les rapins, ses collègues. Comme il sut montrer un caractère rieur, les plaisanteries ne durèrent pas longtemps. La malignité des jeunes gens se rabattit sur un

autre nouveau qui fut chaque jour inondé de
seaux d'eau et couvert de poil à gratter. Quant à
Jean Romain, il passa pour ainsi dire d'emblée
dans le bataillon des anciens.

Il fut reçu à l'unanimité dans la phalange des
élèves, et Clément Leroy, l'orateur de la bande,
prononça à ce sujet un discours mémorable où il
prouva par A $\times$ B que Jean Romain descendait, en
droite ligne, de Giulio Pippi, dit Jules Romain, l'é-
lève et le légataire de Raphaël.

On décréta même que Jean Romain porterait
désormais le nom patronymique de l'auteur du
palais du T à Mantoue, et le jeune homme prit
pour habitude de signer ses lettres du pseudonyme
de Pippi.

Joyeux compagnon, plein de verve, Jean Romain
était le boute-en-train de toutes les fêtes. Le dernier venu parmi les élèves de M. Picot, il était le
roi de l'atelier. Louise la blonde, le modèle chéri de
ces messieurs, lui faisait les yeux doux et se tournait de préférence de son côté quand elle avait
quelque gracieuseté à dire. Elle fut le premier
amour – ne blasphémons pas, — le premier caprice du jeune homme qui, bientôt lassé, la consi-
gna à sa porte. Louise s'en plaignit à Clément Leroy qui l'aimait beaucoup. Elle le savait. Clément
plaida sa cause devant l'atelier, mais il n'avait pas

la ressource d'employer le mouvement oratoire
d'Hypéride, devant cet aréopage d'artistes. On ren-
voya sa cliente aux Kalendes grecques ; sur quoi
Clément se fàcha tout rouge et laissa échapper
quelques mots piquants à propos de la conduite
de l'ami Jean. Celui-ci répliqua vivement, et la discussion s'échauffant devint une dispute, — si bien
qu'un rendez-vous fut pris pour le lendemain.

Jean courut aussitôt chez Richon.

— Je me bats demain, dit-il. Veux-tu me servir
de témoin ?

— Comment donc ! fit l'autre. Je réglerai toutes
les conditions pour le mieux, quel est mon second ?

— Prosper Durand, un camarade d'atelier.

Deux heures après tout était convenu. On se battait le lendemain, à la pointe du jour, dans les bois
de Fontenay.

Jean Romain reçut deux pouces de fer dans le
bras au moment même où il enfonçait son épée
dans la poitrine de son adversaire.

On emporta Clément Leroy, on emmena Jean
Romain. Louis Richon lui offrit sa chambre.

— Eh ! bien, lui dit-il, voilà qui est marcher !
Des amours, des duels, toute la série d'aventures
obligatoires. Tu es un héros de roman, ni plus ni
moins ; et tu pourras écrire un jour tes Mémoires.
Or çà, et l'art, que devient-il au milieu de tout cela ?

— *That is the question !* fit Romain en hochant la tête... Et j'étais cependant venu de Bourges à Paris pour travailler. Je travaillerai ! ajouta-t-il avec une singulière expression de violence.

Louis Richon le regardait.

— En ce cas, dit-il, prends une résolution farouche. Isole-toi et pioche seul. La fréquentation de ce monde turbulent ne te vaut rien. Tu es faible et te laisses facilement entraîner, et au lieu de donner des coups de pinceau tu donnes et tu reçois des coups d'épée !

Clément Leroy demeura pendant un mois entre la vie et la mort. On le guérit enfin et sa convalescence alla rapidement.

Un grand dîner fut donné par l'atelier pour célébrer sa guérison. Au dessert, Clément et Romain s'embrassèrent.

Prosper Durand lut des vers de circonstance, et l'on déclara, qu'après s'être entretués comme eux les deux adversaires deviendraient unis comme La Mole et Coconnas.

A ce propos, on imagina de porter un toast à M. Alexandre Dumas, auteur de *la Reine Margot ;* puis à M. Auguste Maquet, collaborateur de M. Alexandre Dumas, puis à la renaissance artistique et littéraire, puis à l'abolition du jury de peinture, à l'anéantissement de l'R dont on stig⁻

matise les tableaux refusés, à la gloire des héros
morts à Salamine, à la destruction des tableaux de
l'école réaliste, à l'abolition de l'esclavage, à la reine
Pomaré, à Gengis-Khan, au général Marceau, à Berthe, à Stéphanie, à Castagnette, à feue mademoiselle Cachemire, une disparue! — à la pluralité des
mondes et des femmes et à la liberté des cultes.

Ces toasts nombreux, enthousiastes autant qu'é-
clectiques, ne laissèrent pas que de mettre en gaîté
les convives. Alors les chants et les cris commencèrent. On s'embrassait en pleurant, on se tutoyait,
on réclamait le titre d'honnête homme et ses droits
d'électeur et de Français. Les uns demandaient
la tête de M. Ingres, les autres celle d'Eugène Delacroix. Clément Leroy mettait les coupes de cham-
pagne dans ses poches, et Jean Romain mâchon-
nait les bouchons épars sur la nappe en les prenant pour des figues.

Le lendemain, ils rentraient tous, la tête lourde,
accablés, blafards, dans leurs logis respectifs. Il
était huit heures du matin. Le portier de Jean lui
remit une lettre.

Elle portait le timbre de Bourges.

Romain l'ouvrit machinalement. Il reconnut
l'écriture de son père.

— Bon! s'il écrit, il n'est pas mort! balbutia-t-il
en fermant les yeux à demi.

Il laissa tomber la lettre, se jeta sur son lit et s'endormit.

IV

Le père Romain recevait bien rarement des nouvelles de son fils. Le jeune homme écrivait peu, et le père était souvent inquiet.

— Que veux-tu ? disait l'oncle Jean. Il travaille. Pas de nouvelles, bonnes nouvelles. Ne t'inquiète pas.

Le père Romain n'en continuait pas moins à se plaindre. Jean devenait-il oublieux ? On disait tant de mal de ce Paris ! Le pauvre homme en avait peur.

— Il était si bon quand il est parti, songeait-il. Pourvu qu'on ne l'ait pas changé !

— Bast ! disait encore l'oncle Jean. Paris n'est pas le Styx, que diable ! J'y suis bien allé, moi aussi, et j'en suis revenu ! Je regrette même de n'y être pas resté. J'aurais fait mon chemin comme les autres. Sais-tu bien que ce Paris, la ville d'or, est tout bonnement une ville de fer, mon bon ami ? Veux-tu

savoir comment vit le petit Jean, là-bas ? Il vit comme
y vivait son oncle, dans le quartier latin, rue Saint-
Jacques, au sixième, sous les toits. Il prend ses re-
pas chez le traiteur voisin. Du bœuf, un plat de légumes, choux ou pommes de terre, du vin trempé
de beaucoup d'eau et du pain à discrétion, voilà le
régime. Comme *extra*, le dimanche il va manger, en
compagnie, une friture à la Râpée. C'est ainsi que
nous faisions, nous autres. Tu vois que ce labyrinthe
effrayant n'est pas bien atroce et qu'on peut encore
s'y retourner !

L'oncle Jean avait habité Paris vers 1825, s'il s'en
souvenait bien. Oui, 1825.

Le père Romain se laissait le plus souvent con-
vaincre par ses raisons. Quelquefois pourtant il les
discutait et ce fut après une discussion de ce genre
qu'il écrivit à Jean une lettre où il se plaignait un
peu de ce que le jeune homme eût si facilement et
si vite oublié ses amis de Bourges.

Jean Romain répondit quelques lignes rapides,
mais qui rassurèrent le père Romain et firent triom-
pher l'optimisme de l'oncle Jean. Puis il se mit à
l'œuvre, et travailla réellement pendant trois jours.

Après quoi, il se dit qu'il n'avait pas vu Richon
depuis bien longtemps.

Et le voilà courant chez Louis.

Louis était absent.

— Où est-il ?

— Au théâtre. M. Dargenteuil répète sans doute.

Jean Romain courut au Luxembourg et demanda M. Dargenteuil. On lui répondit que M. Dargenteuil était sur la scène.

— Passez par là, et vous le verrez !

Jean s'engagea dans un petit couloir, descendit en glissant quelques marches incommodes, se heurta contre une poutre ou deux, et se trouva bientôt dans la salle.

Rien n'est triste comme un théâtre pendant le jour. Cela est sombre, laid, fané, lugubre comme une courtisane à son réveil. Tout paraît, dans l'ombre, terne, gris et sale. L'or, le velours, la soie, semblent revêtus d'une couche de poussière. Et puis, cette solitude, ce silence, au lieu du bruit et de la foule. On sent alors la banalité de ces lieux où tant d'émotions viennent, chaque soir, se confondre, la fausseté de tout cet éclat et la vanité de ces éblouissements qui attendent la foule charmée. Cependant sur la scène sombre, à la lueur d'un quinquet gras et puant, la jeune première, vêtue d'une robe de soie fripée, les cheveux encore épars, lasse et le teint blafard, répète machinalement avec le jeune premier la grande scène d'amour, et le souffleur et le régisseur crient, interrompent, conseillent, reprennent,

vont, viennent, frappent du pied en soulevant des
nuages de poussière.

C'est ainsi que Jean Romain aperçut Louis Richon,
dit Dargenteuil. Celui-ci récitait, en ce moment, non
sans intelligence, la troisième scène de *Marie Tudor*.

« M'aimes-tu ? m'aimes-tu ? disait-il à l'actrice
chargée du rôle de Jane. Oh ! tout cela ne me dit
pas que tu m'aimes ; c'est de ce mot-là que j'ai
besoin, Jane ! De la reconnaissance, toujours de
la reconnaissance ! Oh ! je la foule aux pieds, la
reconnaissance ! Je veux de l'amour ou rien.
— Mourir ! Jane, depuis seize ans tu es ma fille,
tu vas être ma femme maintenant, je t'avais adop-
tée, je veux t'épouser. . . . . , . .
. . . . Est-ce que tu ne m'aimes
plus ? Sans doute, je suis un honnête homme ;
sans doute, je suis un bon ouvrier ; sans doute,
sans doute ; mais je voudrais être un voleur et un
assassin, et être aimé de toi ! — Jane, si tu savais comme je t'aime ! »

A quoi *Jane* répondait d'un air fatigué :

« Je le sais, Gilbert, et j'en pleure »

Puis elle bâillait.

C'était une grande fille fort jolie, toute jeune,
mais amaigrie par les veilles, pâle, avec un cercle
bleuâtre sous des yeux d'un éclat extraordinaire.

Elle avait une grâce exquise, sans trop de vigueur, mais avec un charme ineffable. Jean Romain la regardait en fermant les yeux à demi pour la dégager du milieu qui l'entourait, et il trouvait tant de grâce dans ses poses alanguies et tant de morbidesse, que cette femme lui paraissait, en vérité, divine.

La répétition continuait.

« Mon Dieu ! disait *Richon-Gilbert*, pourquoi donc vient-il par ici tant de jeunes gentilshommes? Pourquoi ne suis-je pas jeune, beau, noble et riche ? Gilbert, l'ouvrier ciseleur, voilà tout. Eux, c'est lord « Chandos...

— Prononcez *Chendos*, dit le régisseur.

« — C'est lord *Chendos*, lord Gérard Fitz-Gérard, le comte Arundel...

— *D'Arundel*, fit le régisseur.

— . . . Le comte d'Arundel, le duc de Norfolk ! Oh ! je les hais !

— Plus de feu ! Allons ! . . . « Oh ! je les hais !

« — Oh ! je les hais !

— Mieux cela ! « Oh ! je les hais ! » Remuez votre bras droit !

« — Oh ! je les hais ! » fit Richon en décrivant un quart de cercle avec son bras. — « Je passe ma vie à ciseler pour eux des poignées d'épées dont je leur voudrais mettre la lame dans le ventre ! »

— Gilbert ? s'écria *Jane* d'une voix flûtée.

— Plus de nerf donc ! fit le régisseur. *Jane* n'est

pas une poupée. C'est une femme. Voyons, recommencez-moi ce *Gilbert* !

— Je recommence tout aujourd'hui ! dit la jeune fille d'un ton de mauvaise humeur.

— Vous ne dites rien comme il faut.

— Je suis *éreintée* !

La répétition achevée, Jean Romain courut vers Richon. Louis causait avec cette jeune fille qui riait à grands éclats. Elle regarda Romain entre les yeux, et lui demanda un moment après :

— Monsieur est artiste ?

— Oui, mademoiselle.

— Tu peux bien dire madame, fit Richon.

— Insolent ! dit-elle. — Et de quel théâtre êtes-vous ?

— Je ne suis pas acteur. — Je suis peintre.

— Alors vous me ferez mon portrait, hein ?

— Volontiers, dit Romain .. Je suis flatté...

— Oh ! ne remercie point, dit Richon ; Nicette ne te payera pas.

— Qui sait ? dit-elle.

V

— Quelle est cette jeune fille ? demànda Romain
en s'éloignant avec son ami.

— Mademoiselle Nicette d'Orgeval, répondit Richon. — Lisez : Amélie Bondon D'Orgeval fait mieux
sur l'affiche. Son père est blanchisseur à Montrouge ;
elle joue les fortes jeunes premières au théâtre.
Elle vient de déposer deux ou trois billets de cent,
à la caisse, pour avoir le droit de jouer *Marie Tudor*,
où elle se croit splendide. Elle comprend l'œuvre
du poëte comme l'esthétique de Schiller. Victor
Hugo interprété par une demoiselle qui écrit : *répé-*
tition avec deux *t*. Cherche où elle les place. Voilà
les étonnements qui nous attendent au théâtre !

— Qu'importe qu'elle mette mal l'orthographe si
elle est une artiste !

— Artiste comme... moi ! — Ces filles-là grimpent
sur les planches par amour des cachemires et des
écrevisses bordelaises. Elles sont pauvres comme Job
et rêvent déjà, au début, le coupé et la livrée des
hétaïres en renom. Sur cent, deux ou trois peuvent

y monter, *non licet omnibus*... Corinthe, pour les autres, c'est une fin tragique ou fangeuse. Cherche de
joyeuses compagnonnes de notre côté, mais des
artistes !... Allons donc ! compte-les !

— Que lui reproches-tu donc ? fit Romain. Elle
nous montre sa grâce et sa beauté qui valent bien
la peine d'être applaudies. Cela ne te suffit-il pas ?

— Et tu te dis artiste ! s'écria Richon. Mais, sa-
pristi, moi Dargenteuil, je le suis plus que toi, ou
si je ne le suis pas davantage, je suis plus franc,
mon cher ami ! Ah ! c'est la beauté qu'il te faut au
théâtre, ah ! c'est la grâce ! Et le feu sacré, et le diable au corps, qu'en fais-tu ? supprimés ! Au diable,
le mot de Voltaire, soit ! Achète donc des figures de
cire et fais-les danser à la Comédie-Française, elles
vaudront bien mademoiselle X et Z, si le pétrisseur
a pris soin de les faire jolies. — Mais je vois ce que
c'est, fit-il, mademoiselle Nicette d'Orgeval t'a paru
gentille et ses cheveux blonds t'ont enivré. Parfait,
en ce cas ! Ne raisonnons plus. Admirons et aimons.
Le fait est qu'elle vaut bien la Benocci, Clara Pe-
plum, Amanda Fillon, et toutes les dames à la
mode ! Que si du reste ton cœur bat trop fort pour
elle, jette à cet ange un mot à la poste, achète une
toile à portrait, et tu pourras la contempler à ton aise.

— Crois-tu qu'elle viendrait ? dit Jean.

— Oiseau bleu couleur du temps, voix gracieuse,

17

ailes coquettes et point farouche! Voilà leur signa-
lement à toutes, mon ami, — voilà du moins celui
qu'on devrait mettre sur *leur permis de chasse.*
— Et maintenant, *amigo, vaya vm. con Dios!*

Le lendemain, Nicette entrait toute rayonnante
dans l'atelier de Jean Romain.

Le portrait n'était pas tout à fait ébauché que
Jean Romain tutoyait déjà Nicette.

Quelques semaines après, Nicette déclarait à
Jean Romain qu'elle ne pouvait vivre sans lui et
que désormais elle ne le quitterait plus.

— Soit! dit Jean Romain. Mais je ne suis pas
riche. Le nid sera pauvre et tu pourras avoir envie
de t'envoler.

— Jamais! dit-elle.

Et le père Romain écrivait à son fils : « Pourquoi
ne nous écris-tu pas? »

VI

Jean Romain travaillait peu. Le portrait de Nicette l'absorbait.

Or, ce portrait, commencé depuis de longs mois,

ne s'achevait pas vite. Jean Romain le caressait, le *perlochait*, le pourléchait avec amour.

— Je serai jalouse de mon portrait! dit un jour Nicette. D'autant plus qu'il t'empêche de gagner de l'argent, et nous n'en avons pas trop. Et cette *Vénus sortant de la Seine* que tu avais commencée?

— Bast! Elle est laide. On me rirait au nez. Regarde-toi donc : Vénus, la voilà, c'est ton portrait!

— Et du pain? murmura Nicette, qui avait lu peut-être Gavarni.

La misère venait peu à peu dans ce logis; Romain fit des dettes. A Paris, c'est une ressource. Après celles-ci, d'autres encore. Il se voyait débordé de toutes parts, il se sentait glisser chaque jour sur une pente fatale. Qu'importe! Il allait.

— Après nous le déluge, disait-il. Quand tout cela croulera, nous le verrons bien!

Cependant comme vous le pensez, Nicette n'était pas heureuse. — Jean Romain le voyait bien et il en pleurait.

— Lorsque tu t'ennuieras trop, lui dit-il un jour, avec amertume, tu t'en iras.

— Ma foi, tu as raison! dit-elle. Demeurons amis. Encore un peu, nous nous fâcherions.

Et elle partit.

Alors Jean Romain voulut se tuer.

— Es-tu bête! lui dit Richon. Travaille et gagne

de l'argent. Quand tu auras un souper à lui offrir, Nicette ne te fera pas défaut. Ce sont là des oiseaux apprivoisés, et qui reviennent sans cesse manger vos cerises.

Deux jours après, Romain recevait une lettre de l'oncle Jean.

« Viens! disait le brave homme. Viens de suite, ton père se meurt. »

Jean Romain vendit ses pinceaux, ses couleurs, ses livres pour payer son voyage à Bourges.

Il arriva chez lui en tremblant. On l'attendait.

Le père Romain recevait le viatique.

Jean se jeta vers lui en pleurant.

— Ah! malheureux! dit le père en voyant le visage ravagé, les vêtements sordides de son fils.

— Pardonnez-moi, dit Jean Romain.

— Mon pauvre enfant... murmura le père.

Il se souleva pour l'embrasser et mourut.

— Mon père! mon père! disait le jeune homme.

— Ton père c'est moi, mon enfant! répondit l'oncle Jean qui lui tendait les bras.

Le lendemain Jean Romain écrivait à Richon :

« C'est assez, mon ami, d'une victime. Il y en core ici un cœur que je pourrais briser — je reste. »

LES VICTIMES DE PARIS

LES VICTIMES DE PARIS

I

La statistique est une belle chose.

C'est elle qui nous apprend ce que Paris, en ses heures d'appétit, dévore à son déjeuner, fait disparaître à son dîner, engloutit à son souper; les chiffres étonnent, ils effraient. Ils eussent fait brusquement reculer la phalange macédonienne, d'intrépide mémoire. Quoi! tant de charcuterie, de confiserie, de volailles, de légumes, d'huîtres et de viande! Nos Parisiens sont-ils donc tous des Gargantuas et songent-ils seulement aux « pintes et flacons et saucisses dodues arrosées de purée septembrale? »

Ce que Paris consomme de denrées est énorme; — mais plus surprenant encore est ce qu'il dévore moralement, ce qu'il anéantit d'intelligences, ce qu'il engloutit de cœurs et d'âmes!

Minotaure, Minotaure sans cesse affamé, quand

seras-tu lassé de ces mets saignants qui sont des douleurs, des dévouements, des vertus et des vices, des héroïsmes et des crimes? Quand donc sera-t-elle fatiguée, ta gueule terrible, quand donc rassasié, ton boulevard?

Ah! le boulevard, voilà le grand danger de Paris, le gouffre où l'on tombe, le fossé, l'ornière!

Paris tout entier ne serait rien peut-être; — mais le boulevard!

Comptez, s'il se peut les victimes du boulevard.

Et par boulevard, vous entendez bien que je veux seulement dire : un coin du boulevard, vous savez lequel. Ce coin-là est sinistre. Il est mortel. Une fois qu'on a pris l'habitude d'y aller, on y revient, et l'on n'en revient pas. *Les victimes du boulevard!* Combien j'en pourrais citer!

Ils avaient du talent, ils avaient de l'avenir, ils n'avaient qu'à travailler et à attendre. Mais les impatients, ils ont préféré arriver plus vite — c'est-à-dire n'arriver pas! Au lieu de lutter seuls, dans leur chambre, dans quelque coin, ils se sont dit : — « La réputation ne vient pas à nous. Allons à elle !— Faisons connaître d'abord nos personnes. Quant à nos œuvres... nous verrons ensuite! »

Et les voilà sur le boulevard.

Ils vont, ils viennent, ils causent, ils crient. Ils poussent bruyamment la porte du café où ils en-

trent, ils font trembler les vitres en la refermant.
Et comme la foule, un peu sourde aux modesties,
entend parfaitement le bruit insolent, elle se re-
tourne et dit :

— Quel est donc ce monsieur ?

— Ce monsieur. Mais c'est Bretonneau, c'est Calumet, c'est Girafier !

— Connais pas !

— Comment, vous ne connaissez pas Calumet ?

Le lendemain, Calumet reparaît sur le boulevard, frappant crânement du talon sur le bitume.
« — Ah ! dit la foule... c'est ce monsieur qui ferme si
bruyamment ses portes... C'est Calumet. »

— Qu'est-ce que Calumet ?

Calumet est un peintre, Calumet est un poëte, Calumet est un journaliste, Calumet est un comédien — mais un comédien qui ne joue pas la
comédie, un journaliste qui n'écrit pas, un poëte
inédit, un peintre qui laisse sécher ses couleurs...
N'importe, Calumet est célèbre ! Calumet est connu
sur le *boulevard !*

Et, en effet, à force de passer et repasser sur le
même trottoir, de longer le même ruisseau, d'entrer
dans le même café, de s'asseoir à la même table,
de porter le même chapeau, Calumet devient illustre ! Pendant que *tel* ou *tel* pioche sans relâche à
des articles de revues qu'on lui paie mal — quand

on les lui paie, — pendant que *tel* ou *tel* demeure inconnu, Calumet entend son nom partout prononcé, se voit regardé par tous, et savoure doucement sa gloire!

Mais Calumet vieillit, Calumet a des heures de regret, il reprend sa plume, ou son ébauchoir, ou son pinceau. Ah! bien oui, mon pauvre ami, trop tard! Il est trop tard! Le tableau, la statue, l'article — rien ne va plus! C'est fini — le boulevard a triomphé du talent de Calumet. Calumet est mort. Le boulevard l'a tué!

Quand on s'inquiète de la foule, quand on se grime pour cinq cents individus qui vous rencontreront le soir, quand on se costume pour les habitués d'un café, — quelque talent qu'on ait, on n'en a pas assez pour résister à deux ans d'une pareille exhibition. Le garçon le plus spirituel de la terre s'usera fatalement à ce métier de mannequin littéraire. Et lorsque, fier de l'effet produit, il s'endormira, se disant : — Allons! on parlera de moi demain, et je n'ai pas perdu ma journée! — comme il se trompe!

Il n'a fait qu'avaler une nouvelle dose du poison du boulevard!

Règle générale : *Couper le moins possible la queue de son chien. Le chien peut vous mordre et il peut être enragé.*

Dans ce Paris, si brillant à la surface, si lugubre au fond, les séductions et les féeries du théâtre tiennent une grande place, plus grande encore que je ne l'ai faite dans ce livre.

Le roi du boulevard, par exemple, c'est l'acteur, l'acteur débutant ou l'acteur en renom, peu importe. Chacun des deux a son public. Regardez-les l'un et l'autre, arpentant fièrement l'asphalte, contemplant de haut les passants, fiers comme Artaban, souvent râpés comme don César. L'acteur sait bien que tous les yeux sont fixés sur lui ; il s'agit de recevoir comme il faut ce feu roulant de regards et d'œillades. Croyez-moi, les plus belles comédies qu'il joue ne se passent point sur la scène.

Et les acteurs ne fascinent pas encore la foule moutonnière autant que les actrices. — Ah ! le joli roman, terrible aussi, que le roman d'une actrice ! On l'a fait — on le refera toujours — on en a fait des drames et des vaudevilles ! On les recommencera demain !

Mais le véritable vaudeville de l'actrice a été écrit par Jules Janin, il y a longtemps, aux beaux jours de ses plus étincelants feuilletons. Il nous a dit tous les rêves, tous les projets, tous les espoirs, toutes les déceptions des débuts. La débutante salue le directeur, le régisseur, s'incline devant le machiniste, jette un sourire suppliant au concierge, et

fait des courbettes au pompier. Quitte à se redresser
le lendemain, si elle a bien *enlevé* sa fameuse scène
du quatrième acte.

C'est chose souvent étrange que l'existence d'une
actrice. Elle débute, elle a seize ans, le teint frais,
l'œil vif, la dent blanche... On la regarde à peine.
Quelque collégien inflammable se risque peut-être
à lui adresser un modeste bouquet de violettes en-
veloppé dans une brûlante pièce de vers. Mais
c'est tout.

Le temps passe.

La débutante obtient trente lignes dans une pièce
nouvelle. On commence à la regarder. Mais elle rentre
si vite dans la coulisse ! N'importe. Elle reçoit parfois, mais rarement, un bouquet de roses. Les rôles
devenant plus importants, les bouquets de roses
deviennent plus fréquents. Pendant ce temps, elle
mange ses vingt années avec des dents moins blanches ; son teint emprunte des tons satinés à la poudre de riz, et son œil commence à réclamer un peu
de noir pour conserver sa vivacité.

Cependant elle arrive à remplir des rôles importants et des maillots ravissants dans la grande pièce
de M. d'Ennery. Sérieuse affaire ! Les roses se changent en camélias. Les camélias se multiplient, et les
soupirants crient : Victoire ! lorsqu'ils ont, après
avoir assiégé la place de bouquets, de bonbons et

de bracelets, obtenu les lendemains de ce que l'on avait jadis pour un bock de bière, du temps où la dame jouait *Célimène* au théâtre de la Tour-d'Auvergne.

Quant à la vieillesse de cette femme, elle est terrible. J'étais à l'Hippodrome, il y a quelques années. — Le nom illustre imprimé sur l'affiche en lettres colossales m'avait attiré, comme bien d'autres. *Madame Saqui* devait danser. Madame Saqui! la cabrioleuse légendaire, la fée des funambules, la déesse des acrobates. J'avais bien souvent entendu parler de madame Saqui; je ne l'avais jamais vue. Elle a quatre-vingt-trois ans, dit le programme. — Le croirez-vous? Cette Déjazet de la corde raide sautillait, pirouettait, gambadait avec l'agilité et toute la grâce de la jeunesse. Xavier Aubryet, dans un vieux feuilleton de *la Presse*, nous assure que les vieilles femmes sont des jeunes filles « sur la tête desquelles il a neigé. » Je suis assez de son avis.

Pendant que dansait madame Saqui, escortée de ses deux *cavaliers-servants*, on se répétait, dans la foule, les mille et une particularités de sa vie, qu'elle a elle-même racontées dans ses *Mémoires*, publiés il y a bien des années par *l'Eclair*, qui n'existe plus :

— Ce fut elle, chevrotait derrière moi un de ses contemporains, qui dansa *le pas d'allégresse* à la naissance du roi de Rome. Je m'en souviens comme d'hier. Elle était bien séduisante, ma foi, et je la prenais pour une nymphe. Ah! quand j'y pense, monsieur!... Mais Adélaïde était si jalouse!... Oui, figurez-vous...

Un violent accès de toux coupa malheureusement cours à la confidence du bon vieillard qui se prit mélancoliquement à grignoter des pastilles gommeuses.

— Un jour, ou plutôt une nuit, ajoutait un autre, il s'agissait d'allumer le feu d'artifice qu'on tirait pour la fête de l'Empereur. L'opération, à ce qu'il paraît, n'était pas sans danger. Quelques grenadiers hésitaient. Ils avaient cependant vu Austerlitz et Iéna. Mais il s'agissait alors de gagner la croix d'honneur (celui qui parlait ainsi portait à sa boutonnière la médaille de Sainte-Hélène) — tandis qu'on ne leur offrait, en ce moment, que de l'argent, pauvre denrée! Madame Saqui était présente. « Eh quoi! dit-elle, vous avez peur, vous? » Elle s'avance, prend la mèche enflammée, et grimpant, en véritable acrobate, sur les châssis garnis de pièces d'artifice, elle met le feu à tout cet assemblage qui s'embrase, éclate et s'épanouit en un magnifique soleil de pyrotechnie. — Madame Saqui redescendit, les vêtements à demi consumés, les mains brûlées, le visage noirci, et, un instant après, comme l'Empereur, instruit du fait *la mandait et la réprimandait* assez vertement, selon sa coutume. — « Eh! Sire, lui répliqua-t-elle sur le même ton bourru, laissez-moi faire mon métier et commandez à vos grenadiers, qui ne doivent pas, après tout, s'occuper à tirer des feux d'artifice. »

Et chacun de deviser de son côté.

Pour moi, je songeais à la triste nécessité qui contraignait cette pauvre femme, fatiguée et vieillie, à reprendre ce balancier qui devait sembler, maintenant, si lourd à ses mains débiles.

Et pendant qu'on applaudissait aux passes brillantes, aux saluts gracieux de la danseuse, je me disais :

— Combien de soupirs lui coûte ce rond de jambes, combien ce jeté-battu? Que n'a-t-elle pas souffert, pour rendre à ses membres leur souplesse, la légèreté à son corps? — Et après la torture physique, n'y a-t-il pas la torture morale, les douloureux regrets, les longs regards d'amertume jetés vers le passé !

C'est pourquoi, j'étais sortis navré, le cœur serré de cette représentation de l'Hippodrome — un de mes souvenirs macabres.

II

On a souvnet reproché à ces malheureux romanciers de s'occuper surtout des femmes de proie et des drôlesses, et je tiens à trouver ce reproche étonnant. Qu'est-ce qu'un romancier, sinon le baromètre qui doit montrer — il ne le montre pas toujours — le temps qu'il fait ? — Bon Dieu, est-ce donc notre faute si l'atmosphère est à la pluie et si la pluie produit la boue ?

Je recommande à quelque habile l'histoire de mademoiselle Germaine.

Elle avait, cette Germaine (ce n'est point le nom qu'elle porte) — elle avait pour amant un jeune fou qui l'adorait. Il la comblait de présents et d'attentions de toutes sortes.

Il avait sérieusement l'intention de se faire aimer. Un jour, je ne sais où, Germaine, à qui notre amoureux — nommons-le, si vous voulez, le vicomte de Vilagnes — avait présenté un de ses amis, oublie lequel des deux est son amant, et coquette agréablement avec le nouveau-venu. Vilagnes se fâche.

L'ami se met rire. La colère anime le vicomte, bref une querelle survient, des insultes sont échangées (doux échange!), une rencontre est arrêtée. Le vicomte envoie ses témoins à son ami. Tout arrangement est, d'avance, rejeté par lui. On décide enfin qu'on se battra le lendemain matin. Les témoins du vicomte étaient le soir, à la Maison-Dorée, lorsque lui-même arrive, pâle, abattu, les larmes aux yeux.

— Qu'avez-vous? lui demande-t-on. Vous êtes tout défait!

— Ah! dit-il, je suis bien malheureux! si j'étais tué demain? — Soyez tranquilles, ajoute-t-il — je n'ai pas peur! Vous me connaissez. Mais songez donc la quitter, la perdre!

— Vous parlez de mademoiselle Germaine? dit un témoin.

— Oui.

— Je croyais que vous songiez à votre mère.

— C'est vrai, pour cette enfant j'oublie tout, je ne pense qu'à elle, je souffre. Mais c'est un démon de séduction, ou plutôt c'est un ange. Tenez, je la quitte. Elle pleurait. Elle voulait empêcher ce duel, se jeter entre les épées, et, si j'étais tué, mourir.

Un des témoins se mit à rire.

— Vicomte, dit-il, soyons sérieux. Vous aimez

18

cette créature, soit; elle est charmante, je le veux bien: mais c'est une fille, rien qu'une fille, et tout à fait incapable du moindre sentiment. En vérité, lorsque vous l'avez quittée, elle était tout en larmes. Que diriez-vous, si dans un quart d'heure, elle accourait, ici, à la Maison-d'Or, sur un simple mot de moi?

— C'est impossible! dit le vicomte.

L'ami déchira de son carnet un feuillet, et, y traçant quelques lignes au crayon, il les signa d'un nom illisible — d'un nom russe, par conséquent, — et donna ordre qu'on portât le billet à l'adresse de la belle.

Peu de temps après, celle-ci arrivait, toute parée, diamantée, rayonnante.

Le vicomte bondit et s'élança sur elle. Il était pâle et voulait la tuer.

— C'est un guet-apens! s'écriait-elle au milieu d'une crise de nerfs. Ah! c'est affreux! c'est indigne! c'est infâme!

Elle se retira bien vite.

Le lendemain, la rencontre eut lieu. Le vicomte, à la première passe, reçut le fer de son adversaire en pleine poitrine Il ne tomba pas. On le mit dans un fiacre.

— Où faut-il vous conduire? lui demanda-t-on.

— Chez elle.

Il ne poussa pas une plainte durant tout le chemin.

Il répétait parfois :

— Je mourrai chez elle.

On arriva.

Il voulut monter lui-même l'escalier. Il s'arrêtait à chaque marche.

La redingote boutonnée jusqu'au menton, livide, effrayant, il entra chez sa maîtresse.

— Madame est au lit, dit la femme de chambre.

— C'est bien.

Il entra dans la chambre à coucher.

Germaine dormait.

— C'est moi, dit-il en la réveillant.

Elle le regarda d'un air indifférent, étirant ses bras blancs et bâillant avec une grâce singulière.

— Ah ! fit-elle.

— Oui, c'est moi.

Il déboutonna sa redingote, et, montrant sa chemise largement teinte de sang :

— Vois ! dit-il.

— Ah ! mon Dieu, s'écria-t-elle... ah ! Dieu ! ah ! du sang ! — Mais prenez garde, mon cher ! *Vous allez tacher ma couverture !*

Lecteurs, rassurez-vous, ceci n'est pas un conte.

Et après tout, elle n'avait peut-être pas tant de cruauté, cette Germaine. Mais *il* l'ennuyait. Il y a du

Néron dans toute femme qu'on ennuie. Implacable pour Vilagnes, Germaine était peut-être — elle était certainement — charmante pour un autre, capable de dévouement, de tendresse, de folie ! La vie est ainsi faite. La femme est ainsi bâtie. Démon pour toi, ange pour moi et réciproquement. Il ne faut s'étonner de rien et prendre comme ils viennent les jours de pluie, les chagrins d'amour, les billets de rupture et les baisers cueillis au hasard.

III

A l'endroit où s'élève à présent le nouveau Théâtre-Lyrique, à deux pas de la tour Saint-Jacques, existait, il n'y a pas longtemps encore, tout un labyrinthe fangeux de ruelles étroites. Ce coin de Paris avait quelque chose de sinistre.

Comme tout a changé !

Le triste Paris, le Paris affreux est mort, ou plutôt la pioche des démolisseurs l'a chassé de Paris même. L'expropriation a parfois du bon. Il fut un temps où, dans des ruelles étroites, vivait toute une population hâve et flétrie, qui ne respirait pas un atome

d'air pur, n'apercevait jamais un lambeau de ciel,
race fatale et terrible, dont l'âme ressemblait au
corps, race d'avance condamnée qui ne vivait pas,
mais végétait entre la misère et le crime ; certains
quartiers de Londres peuvent seuls donner, à l'heure
qu'il est, une idée de ces léproseries.

C'était le Paris que Victor Hugo nous a dépeint dans
les Misérables. Le *Paris misérable*, c'est tout dire, et
ce Paris a disparu — dit-on. Thénardier aujourd'hui
et ses farouches compagnons, Montparnasse et les
autres, ne trouveraient pas à se loger dans ce Paris
nouveau. Il n'y a plus, à quelques pas de nous,
comme autrefois, de ces bouges inquiétants, de ces
repaires, de ces *moules à misérables*, véritables ver-
rues que, cette fois, Montaigne n'eût pas aimées.
Mais, en revanche, au lieu des maisons aux escaliers de marbre, à rampes dorées, qu'on édifie de
tous côtés, pourquoi ne pas construire surtout de
sains logements à ouvriers, des abris pour les tra-
vailleurs?

Le Théâtre-Lyrique,[1] est précisément situé sur
l'emplacement de cette rue de la Vieille-Lanterne,
qu'un triste événement a rendu célèbre. O poëtes,
cherchez donc maintenant des antithèses! La réa-

1. Hier *Théâtre-Historique*, aujourd'hui *Théâtre des Na-
tions.*

lité en fait de plus étonnantes, à coup sûr, et de plus incroyables. Celle-ci justement : le théâtre, tout de marbre et de pierre, avec ses colonnettes aux nervures dorées, ses tentures de velours, ses étincelantes décorations, sa coupole lumineuse versant sur les spectateurs en habits de fête, des rayons dignes du soleil d'Orient. — Puis de ce côté, la vieille rue noire, lugubre, sans air et sans lumière, avec ses masures lézardées. Léopold Flameng, un véritable artiste, a buriné fidèlement ce tableau de la rue de la Vieille-Lanterne, et son eau-forte est un chef-d'œuvre.

Les murailles s'élèvent, hautes et droites, noires, humides. Un fauve rayon filtre à travers ces ténèbres, et éclaire, à la manière de Rembrandt, une sorte d'escalier dont les marches usées tournaient dans l'ombre.

C'est là qu'un matin, il y a des années, on trouva, pendu par sa cravate, le cadavre d'un homme qu'on ne reconnut que plus tard, et qui était un des illustres de ce temps-ci, un poëte (et ceux-là sont rares), Gérard de Nerval. Le corps était froid. Il y avait à ses pieds un oiseau noir qui demeurait immobile. Lorsqu'on s'approcha, l'oiseau s'enfuit. D'où venait cet oiseau de mort ? Les uns disent que c'était une pie du voisinage ; d'autres quelque corbeau, hôte lugubre de la vieille tour Saint-Jac-

ques, alors en ruines. Quand il apprit la fatale nouvelle, Paris tout entier poussa un cri de désespoir
et de regrets. C'est que Gérard de Nerval était un de
ces êtres privilégiés qui n'ont dans ce monde que
des amis. On l'avait aimé ; on le pleurait, et, cette
fois, les larmes étaient sincères.

Il faut, certes, que Gérard soit véritablement une
nature d'élite pleine de charme, d'attrait et de séduction, pour qu'on lui pardonne, sans hésiter, son
étrange vie. Au reste, sa nature et son existence
tout entières appartenaient à l'imprévu, à l'inconnu,
au hasard, à la bohème. (L'horrible mot et l'horrible chose ! *la bohême*, une des maladies, un des
symptômes de ce temps-ci.) Gérard, qui ne s'appelait point Gérard de Nerval, mais Gérard Labru-
nie, avait à peine connu son père. Son enfance
avait été vagabonde comme le fut sa vie. Il avait
grandi et étudié, ici et là, d'une façon décousue.
Jeune homme, il s'était lié à Paris avec d'autres
jeunes gens, des artistes, qui campaient dans une
maison mal assise de la rue du Doyenné, proche le
Louvre. Encore un de ces quartiers impossibles qui
ressemblent à un mauvais rêve dans les souvenirs
de la population parisienne. Ce petit phalanstère
de la rue du Doyenné est célèbre. Plusieurs de ses
membres sont devenus illustres. Et comme ils se
sont transformés depuis lors ! L'un d'eux, Arsène

Houssaye, est un financier à présent, et non plus seulement un millionnaire de l'esprit. Il a ressuscité tout un siècle et créé tout un quartier, le dix-huitième siècle et le quartier Beaujon ! Un autre, Théophile Gautier, a senti se calmer en lui ses fougues romantiques, et s'achemine gravement vers le pont des Arts, qui conduit au bureau du *Moniteur* et à l'Institut. D'autres sont morts. « Le temps est le compagnon des Parques. »

Tout jeune, Gérard avait commis une erreur bien triste : il avait pris le rêve pour la vie, et il rêvait, croyant vivre. Il rêvait, poursuivant son rêve à travers ses voyages ; en Orient, cherchant dans le mirage, le fantôme de la reine Balkis ; en Allemagne, évoquant dans les forêts profondes la poétique Lorely, la fée du Rhin. Il était né voyageur. Il ressemblait au papillon, qu'il a lui-même appelé « une fleur sans tige. »

On lui demandait un jour : « Que faites-vous, Gérard ? -- Je pars, » répondit-il. Sa vie était un départ continuel.

Quand il ne pouvait pas voyager à travers le monde, il voyageait à travers Paris. Il en explorait les recoins les plus secrets et rapportait de ses fouilles de curieuses révélations, qu'il donnait, par feuillets détachés, à l'*Artiste* ou à la *Revue de Paris*. Gérard avait tout exploré, jusqu'au pays inconnu de l'idéal. Il était devenu fou et avait écrit, chez le docteur Blanche, l'histoire de sa folie, *Aurélia*, une des œuvres les plus bizarres qui soient sorties du cerveau humain.

Gérard était ce qu'on pourrait appeler *un errant de jour et de nuit*. Il allait, au hasard, par les rues, à la façon de Mercier, de Rétif de la Bretonne, ou plutôt de Sterne, son maître, tantôt écrivant, pour un ami, quelque feuilleton fantaisiste, tantôt cherchant dans les étalages des bouquinistes, un livre précieux ou introuvable. Il faisait chez les marchands d'antiquités, de longues, d'interminables stations. Si quelque objet rare lui plaisait, il ne l'achetait pas, mais donnait un acompte et partait. Il oubliait ensuite sa faïence ou son vieux bahut, l'acompte donné, l'adresse du marchand, et on ne le revoyait plus. Il acheta cependant un jour et paya royalement, un lit qui avait appartenu à Catherine de Médicis. Ce lit, transporté dans sa chambre de poëte, faisait un effet merveilleux et remplissait de joie le cœur de Gérard. Gérard alors couchait par terre, ne voulant pas user un si beau meuble.

C'était, en général, dans le passage Colbert que Gérard écrivait au crayon, et debout, ses articles et même ses livres. Dès qu'il avait rempli quelques morceaux de papier, il les portait chez un écrivain public dont l'échoppe faisait le coin de la rue Vide-

Gousset et de la place des Victoires, et de là les envoyait à l'imprimerie.

Gérard était d'une prodigieuse fécondité et se prodiguait, de tous côtés, à ses amis. Il était, en outre, un étincelant causeur, recherché dans les salons pour ses discours charmants et parfois étranges. Il tenait souvent, durant plusieurs heures, tout un auditoire attentif à l'histoire des pierres, « qui ne sont que des hommes métamorphosés. » Gérard croyait à la métempsycose. Un soir, il soutint chez madame la duchesse de D. ., qu'il avait été, jadis, Alcibiade.

Ses bons mots et son esprit sont célèbres. On me contait hier cette étrange anecdote : Un de ses amis le rencontre : « Comment allez-vous, lui dit-il, et que faites-vous ? On ne vous voit plus. — Oh ! répond Gérard, je me suis retiré à Saint-Germain, et j'y étudie. — Vous étudiez ? — Certes. Vous connaissez Saint-Germain ? — Parfaitement. — Vous savez que Jacques-Stuart s'y était réfugié, sous Louis XIV, et qu'il y mourut ? — Eh bien ? — Eh bien ! dit Gérard, il avait amené, en France, avec lui, des chiens anglais. Or, savez-vous ce que j'ai découvert ? C'est que tous les chiens de Saint-Germain sont de race anglaise, et je me propose de faire un travail là-dessus. »

Puis, tout glorieux, le cher poëte s'éloigne ; Gé-

rard de Nerval avait ce bonheur d'être toujours
resté enfant !

IV

Une dernière *victime de Paris*. Celle-là, nous ne
la nommerons point de son nom véritable.

Il s'appelait Jean. — C'était un bon ouvrier, un
travailleur, un honnête homme. — A l'atelier, on
l'aimait beaucoup. Il était gai. — Souvent, quand
les roues grinçaient, quand les marteaux tombaient
lourdement sur l'enclume, quand les poitrines ha-
letaient sous le travail, on l'entendait chanter quelque chanson joyeuse, et ses compagnons, soudain
regaillardis, reprenaient en chœur le refrain.

Il s'appelait Jean. — Son père était mort, sa
mère était morte. — Au monde, il ne lui restait
plus de parents, et pas même les tombes de ses
parents. — La fosse commune ne garde point ses
morts : elle les ronge. Mais il vivait sans se plaindre, malgré tout, la conscience en paix, l'âme heureuse, travaillant sans relâche et ne se reposant,
chaque semaine, que le septième jour.

ne travaillait pas... Jean n'avait pas d'argent pour
payer les robes de Jeanne.

— Eh bien ! je m'en irai, lui dit-elle.

Il pleurait, il pleurait...

— Je m'en irai.

— Allons, dit-il d'une voix rauque. — Tu auras
des robes, des bonnets, des bijoux, des rubans...
Mais tu resteras, n'est-ce pas, Jeanne?... Viens, embrasse moi...

Oh ! jamais, dès lors, on ne le vit à l'atelier, et,
pour s'étourdir, au lieu de vin, il but de l'absinthe,
— le poison de ceux qui ont peur de l'arsenic...

Il demeurait souvent l'œil fixe, la tête alourdie,
absorbé, balbutiant d'un air effaré les mots terribles :

— Voleur... Oui, voleur!... Voleur! J'ai volé!...

Mais elle riait, elle riait — et, le prenant par le
bras, elle l'entraînait en l'appelant : *Bête!*...

Elle avait des bonnets, des bijoux, des rubans...

Elle était seule, un soir, au logis — il était parti
depuis longtemps — depuis le matin... Elle l'attendait, tout inquiète, car il avait dû, ce jour-là, faire
un bon coup.

Quand il revint, il était bien pâle. Il referma derrière lui la porte au verrou et, blême, se laissa tomber, accablé, sur le lit.

— Qu'as-tu ? lui dit-elle.

Il la regarda. Il se mit à rire.

— J'ai tué un homme, dit-il.

Il vida sur le lit ses poches.

— Oh ! dit Jeanne, y en a-t-il !

Elle compta. En argent, en or, en billets, il y avait là douze mille francs...

— Comment as-tu fait, Jean ?

— Eh ! dit-il, — le secrétaire était forcé, quand l'homme est accouru... J'avais mon couteau, celui que tu m'as donné... et alors... mais, au moins, va, il s'est défendu !

— L'imbécile ! — Allons, dit-elle en montrant l'argent, il nous faut cacher ça maintenant...

Jean fut arrêté, non pas Jeanne. — On le jugea. — Il dit tout haut : Je suis un assassin ! — Les jurés le condamnèrent.

Ces jours derniers, un matin, par un brouillard, il y avait une guillotine dressée là-bas. — La foule attendait, et dans la foule, une femme au bras d'un jeune homme.

Quand la lourde porte de la prison s'ouvrit, il y eut un frémissement dans tout ce monde. Le jeune homme dit à la jeune femme :

— Est-ce qu'il est bien changé ?

— Non, dit-elle, — j'aurais cru le retrouver plus maigre !

Sur la guillotine on dit à Jean : — Ne voulez-vous pas déclarer où vous avez caché les douze mille francs volés par vous?

— Je ne le veux pas, dit-il.

Et il pensait : Ce sera pour *elle!*

Elle disait au jeune homme : — Allons, il a encore du courage tout de même pour marcher droit comme il le fait!

On l'étendit sur la planche, les mains liées — et la planche fit la bascule.

Ce ne fut qu'un éclair; mais, comme un éclair aussi, Jean, le pauvre Jean, vit soudain, d'un seul coup d'œil, tout son passé... son enfance joyeuse, sa fière jeunesse et son atelier, si gai quand il le remplissait de ses refrains. Et tout aussitôt sa tête tomba.

— Il n'a point parlé, pensa Jeanne.

Et, comme des nuages gris, de grosses gouttes de pluie sortaient, elle dit au jeune homme :

— Bah! Il ne lui importe guère qu'il fasse aujourd'hui un beau ou un vilain temps.

— Pauvre diable! murmura l'autre.

Une heure après, — non loin de là, — en tête-à-tête, ils étaient ivres tous deux..

————

Excusez les fautes de l'auteur, disaient les Espagnols à la fin de leurs comédies ! Pardonnez à l'auteur ses sombres histoires. Il avait vingt ans lorsqu'il les écrivait et à cet âge où la vie paraît toute rose pourquoi faut-il qu'on voie souvent tout en noir ?

Est-ce que le jeune homme de vingt ans devinerait les opinions de la quarantaine ?

FIN

TABLE

Imprimerie générale de Chatillon-sur-Seine, Jeanne Robert.

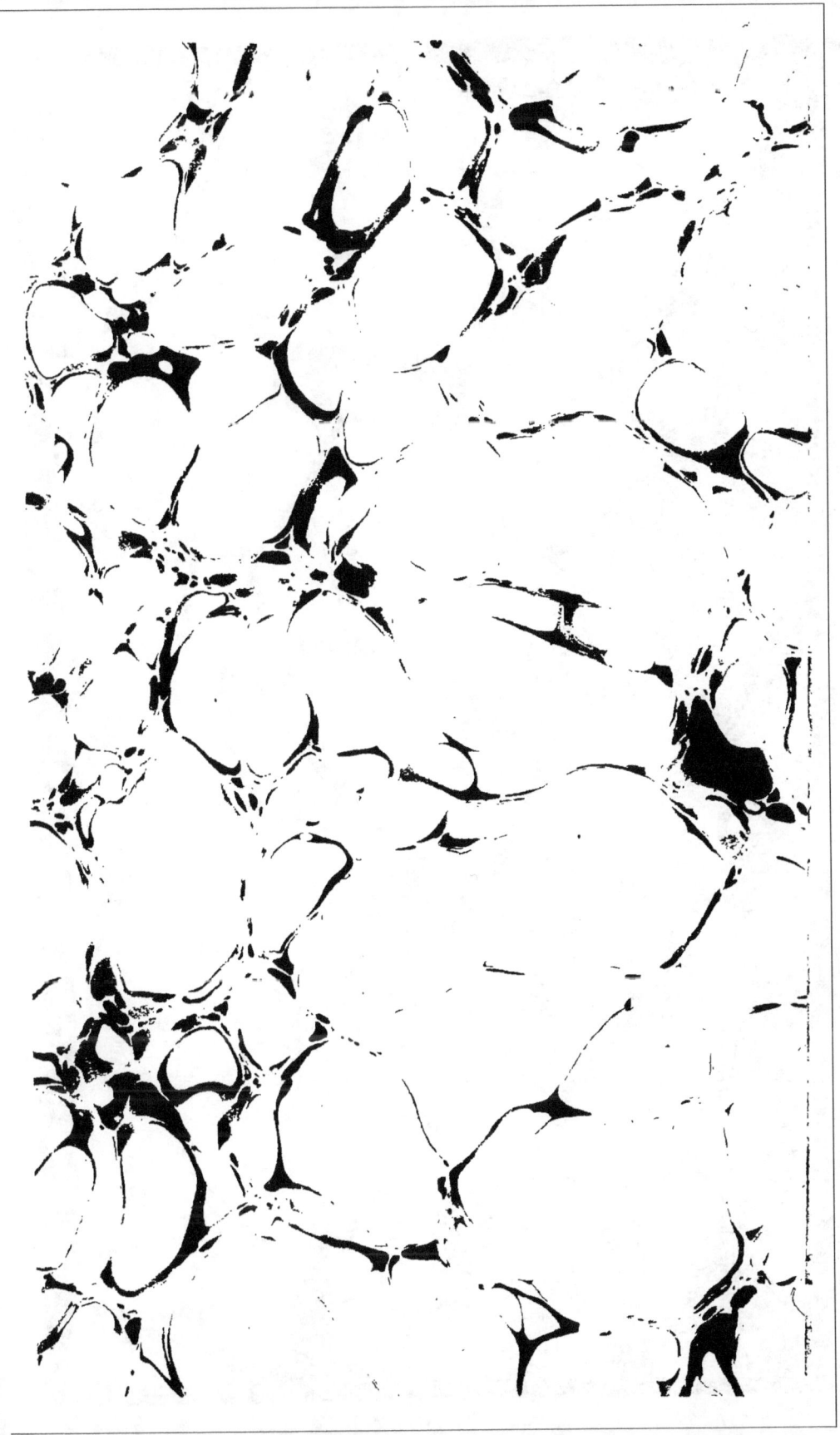

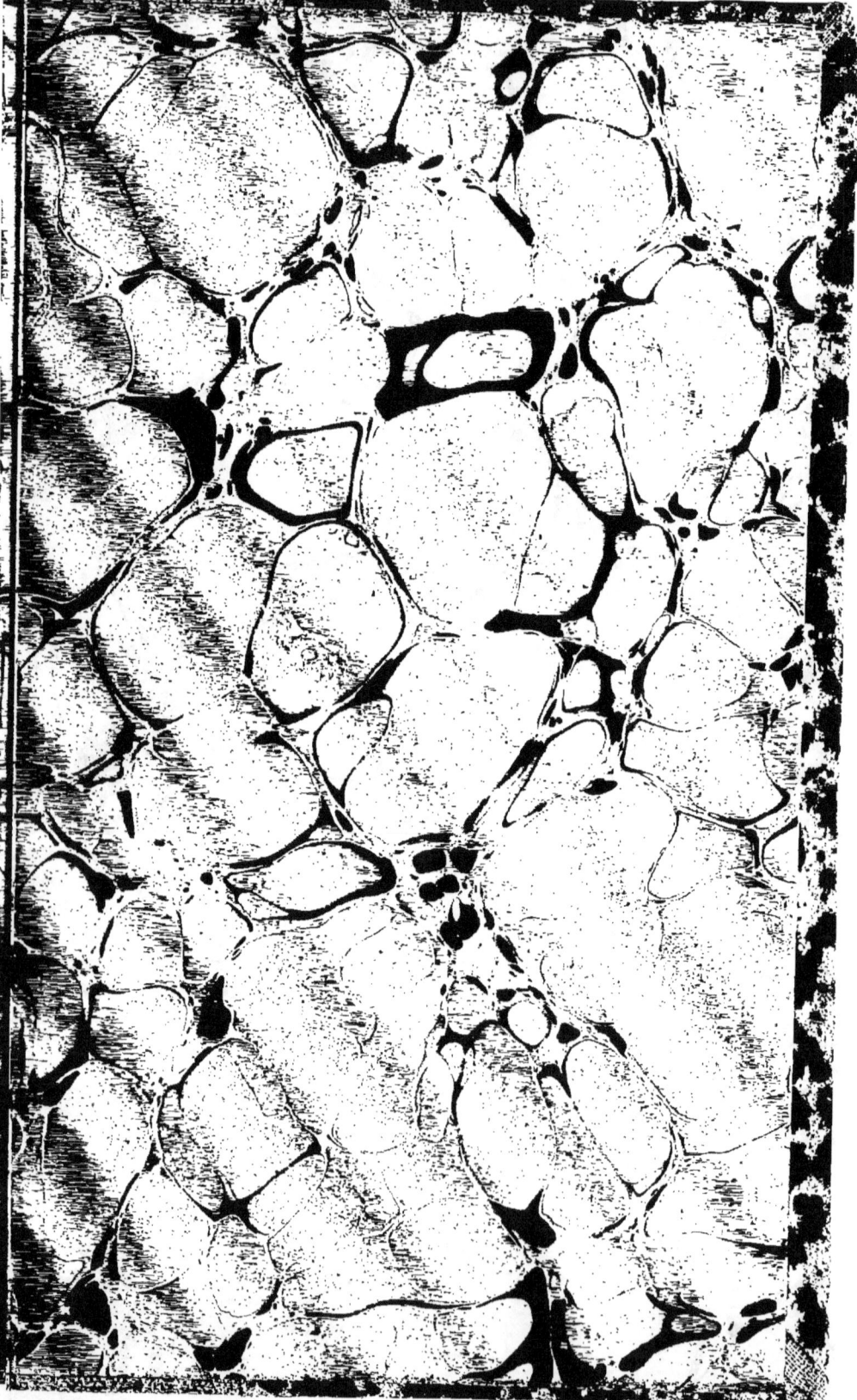

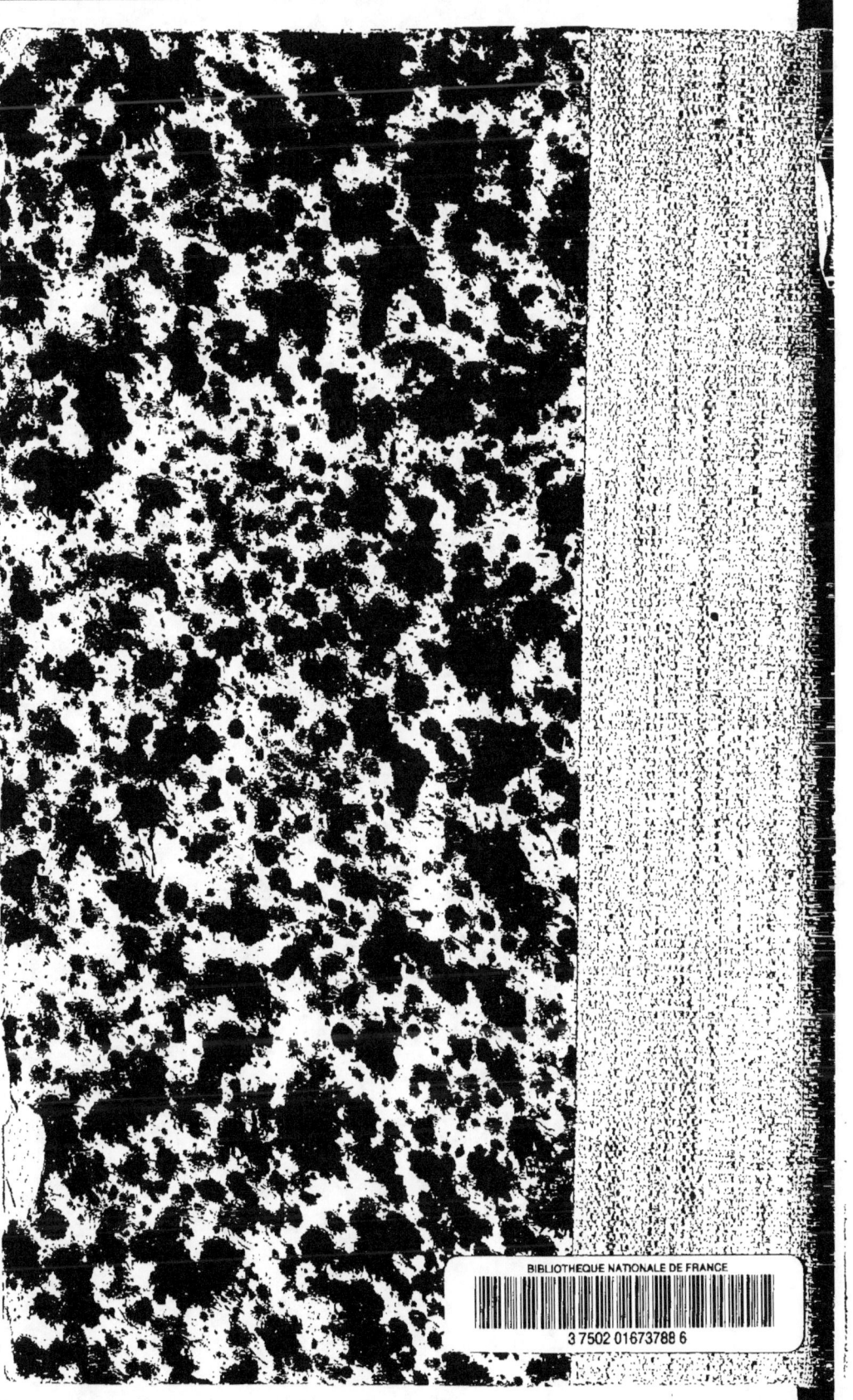